鏡．雙城

下

滄月 著

Kadokawa Fantastic Novels DX

第十一章　重逢

漆黑一片的街道，所有門都對她關閉了，黑色的長街看上去似乎沒有盡頭。

那一瞬的恐懼和孤立，讓那笙幾乎想回身撲過去敲打賭坊的大門，哀求他們讓自己回到裡面的喧囂熱鬧中去。

「哼，此處不留人，自有留人處！才不……才不回去求那群傢伙。」那笙咬著牙，倔強地呢喃，摸索著往有光的地方走去。可是，哪裡會有收容她的地方呢？沒有人願意當她的同伴吧？該死的，那隻臭手，當初把戒指給她的時候，為什麼沒說這些？

已經半夜了，初春的風很冷，吹到身上已經有了寒意。

那件千瘡百孔的羽衣已經給了炎汐包裹鮫人的屍體，那笙身上只著單衣，不由得縮了一下脖子、籠起手，小步小步地跳著往前走，以暖和身子。漆黑的街道長得看不到盡頭，那笙蹦蹦跳跳地走著，哼著歌緩解內心的恐懼，抬頭看著夜空。

「啊……好漂亮！」無意間抬起頭，第一次在深夜裡注意到天空盡頭的白塔，那笙停下腳步，忍不住驚嘆了一聲。漆黑的夜幕下，那座雪白的高塔彷彿會發光，令人不由得驚嘆人力居然能夠創造出如此奇跡。

「那個空桑人的星尊帝，一定很厲害吧。」想起建造這座塔的帝王，中州來的少女仰頭嘆息。「但為什麼皇太子會是臭手那樣的德行？雲荒，雲荒……原來並不是神仙住的地方啊。不過，這裡怎麼到處都是奇奇怪怪的事情呢？」少女瑟縮在風裡，忽然間眼睛一亮。「流星！」

暗淡的天幕下，一顆白色的星星忽然從北方向著東邊滑落，劃出一道光亮的弧線，彷彿要墜入桃源郡。

那笙連忙低下頭閉目許願。

「許什麼願呢？」忽然間耳邊聽到有人問，溫柔親切。

那笙詫異地抬頭，想看看這條漆黑的無人巷子裡是誰在問她，然而才一抬頭，就被光芒刺得閉了一下眼睛。她下意識抬手擋住，小心翼翼睜開眼，幾乎不敢相信自己的眼睛——那顆流星……那顆流星，居然從天上落到了自己面前！

不，那不是流星……而是一位白衣白馬的女子。

純白色的駿馬收攏薄薄的雙翼，無聲落到漆黑的街道。白色紗衣如同夢一般飛揚而下，馬背上清麗的女子對著她低下頭來，在面紗後微笑，笑容寧靜而純美，純白色的長髮在風中揚起，長及腳踝。
一切恍如夢幻。
「怎麼，不認識我了？」看到她張大嘴巴發愣，女騎士笑了起來。
那笙擦擦眼睛，再看，確信自己不是在作夢。那個神仙姊姊對著她伸手，手指上和她一模一樣的戒指閃著璀璨的光芒，輕輕握拳和她手上的皇天碰了一下，輕聲道：「天闕一別未久，那笙姑娘便忘了嗎？」
「啊？妳、妳是……」那笙終於想起來了，脫口道：「妳是太子妃！」
「我叫白瓔。」女騎士對她微笑，躍下馬背。「上次多謝你救了真嵐。」
「啊……那隻臭手？」幾日以來的顛沛流離，讓那笙回憶慕士塔格雪峰之事宛如隔世，看著面前神仙般的女子，忍不住脫口道：「妳是那隻臭手的老婆？真的？哎呀，姊姊就像神仙一樣，怎麼會嫁給那隻臭手呢……」
「呃？」白瓔跳下馬背，聽得這樣心直口快的話語不由得愣了一下，失笑道：「真嵐其實就是說話不中聽，看來那笙姑娘一路上被他氣著了吧？」
「我就是想不通，一個皇太子怎麼說話會是那樣？」那笙嘟嘴看著白瓔說：「姊姊妳像太子妃，但他一點都不像皇太子啊。」
白瓔看著面前的少女，有些意外地搖頭微微苦笑。這就是皇天選中的人嗎？宛如未諳世事的小孩子，不會劍術也沒有心機，身邊沒有一個可以依靠的同伴，如何能在雲荒大地上保全自己？看來，自己靠著「后土」感應「皇天」，到處尋找她，果然是正確的。

「那笙姑娘，妳方才許的什麼願？」不願糾纏於那種話題，白瓔笑著問。

那笙抬起頭、舉起手，把右手那一枚戒指給她看，苦著臉說：「我求上天保佑，能讓我平平安安戴著這倒楣的東西走去九嶷。」

皇天安靜地閃爍在少女指間，白瓔嘆了口氣說：「嗯，戴著它給妳引來很多麻煩吧。不過，我們不會讓妳一個人辛苦的。」

「真的？」那笙眼睛閃過喜悅的光芒，跳了起來。「我還以為誰都不理我了呢！還是你們好。對了，九嶷山在哪裡呀？是不是很遠？」

「九嶷山在雲荒最北方，很遠。」白瓔解釋了一句，看到那笙垂下來的頭，連忙安慰道：「不過不要擔心，會有人帶妳去的。那笙姑娘，妳先隨我一起找個安全的地方住下，等我找到了人，再拜託他一路照顧妳。」

「嗯！太好了！我以為誰都扔下我不管了！」那笙歡歡喜喜地起身，伸出手想拉白瓔的手，然而一握之下，她的手指卻穿透白瓔的手腕，握了個空。

苗人少女震驚地抬起頭，看著白衣女子微笑的臉——那樣浮現在黑夜中，清麗典雅得有些不實在，如同霧氣凝結般縹緲。

她不是活人？怎麼回事……她、她是鬼魂嗎？

「別害怕，我其實已經死了，現在跟妳說話的確實是我的魂魄。」白瓔解釋，頓了頓又笑道：「也就是你們中州人所說的『鬼』吧。不過是不會害人的鬼，妳不用怕。」

「啊……」那笙微微抽了一口氣，倒是沒有多少害怕，只是震驚。「太子妃，妳、妳是鬼？那個臭手皇太子也是那種奇怪的樣子……天啊，難道你們空桑人，都是這樣的嗎？」

「不，本來不是這樣的。」白瓔翻身上了天馬，伸手拉起那笙——那雙虛幻的手居然能發出真實的「力」，可以掌控實形。她將那笙一把拉起，眼色微微冷銳起來。「是有些人、有些事，把我們逼成這般不見天日的鬼。」

「是滄流帝國嗎？」那笙想起了如今大陸的統治者。「他們很壞！」

「嗯，所以，為了避免他們害妳，我要找一個人，拜託他照顧妳。」白瓔一抖韁繩，駕馭著天馬騰空而起。「坐穩了。」

天馬薄薄的雙翼展開，奔騰如飛，轉瞬飛上百尺高空。那笙從馬背上看下去，只見底下萬家燈火，陡然間目眩神迷。

「好厲害啊……太子妃！」那笙從來沒有飛起來過，驚喜莫名地歡呼：「那個照顧我的人也有妳這麼厲害嗎？也會騎著馬飛天嗎？」

「他呀？他叫西京。」白衣女子微笑著介紹：「他是我師兄。我師父只教了我半年就走了，所以我的劍術大多還是他教的。他當然比我厲害，只是居無定所，我也還沒聯繫上他——怎麼了，那笙姑娘？」

感覺背後猛然一輕，白瓔連忙回頭抓住那笙的肩膀，平衡她的身子，驚問。那笙幾乎從馬背上掉下去，看著白瓔半晌，吃驚道：「什麼？妳準備拜託那位西京大叔照顧我嗎？他、他剛剛才把我趕出來呢！」

「唰」的一聲勒韁，這一回吃驚回首的是白瓔。「什麼？妳說妳剛見過我師兄？真的？」

「西京？就是那個醉鬼大叔是嗎？拿著一把會發光的銀色劍。」那笙被她猛地拉韁又差點弄得掉下馬背，連忙緊緊抓著馬鞍。「他就在前面的如意賭坊裡嘛。」

前頭賭場裡的喧鬧聲還依稀透入，吆五喝六，然而醉醺醺的人依然在雅座裡垂著頭打瞌睡，微微咂嘴，手裡握著空空的酒瓶。

窗外忽然有輕輕的風一樣的聲音，叩著窗戶。醉漢朦朧的醉眼應聲睜開了，隨口喚道：「汀……回來了嗎？」

窗戶輕輕響了一聲，一個女子輕盈的身影來到窗外，卻沒有回答。

「汀？」醉漢又喚一聲，忽然覺得不對，眼睛閃電般睜開，手指微微一動，光劍滑落手中，錚然出鞘。一劍橫斜，人未站起，劍氣已縱橫而至一丈外的窗外。

「叮叮」兩聲，窗外白光宛如閃電般騰起，交剪而過，來人居然一連迅速格開了他的兩劍，而且用的是一模一樣的劍氣。

「誰？」那兩劍他用了真力，能接下的劍客在整個雲荒大地上寥寥無幾，知道對手不簡單，西京終於站起了身喝問。

「大師兄。」外面的人輕輕回答，恍然如夢。「是我。」

窗開了，暗淡的星光灑進來，夜風沉沉，有欲雨的氣息。窗外，白衣女子的笑容沉靜溫婉，一頭長髮在風中飛揚如雪。「大師兄，我的劍法沒有退步吧？」

「天啊……阿瓔？阿瓔！」怔愣片刻，彷彿終於確認眼前的真實性，窗內的醉漢陡然大笑起來，探手出去，猛然想抱緊多年不見的小師妹。「竟然是妳！」

已是將近百年不見了吧？

自從葉城兵敗，回國都請罪起，他就沒看過這個小師妹。那時候，她快要正式冊封為太子妃，居住在伽藍白塔最高的神殿裡，遠離一切人群。但是，無論如何他也沒有料到，和師妹的最後一面，竟是在響徹雲霄的驚呼聲中，仰頭看著一襲羽衣自萬丈白塔的頂端墜落。

那個瞬間，戰場上天崩地裂都面不變色的名將，和周圍無數的平常百姓一樣，脫口發出了震驚和痛苦的呼叫聲，臉色剎那間慘白。

他們是歷代劍聖門下裡最奇特的一對師兄妹，雲遊四方的尊淵師父只教了白瓔半年劍法便飄然而去，慕湮師父則因為身體不適更早就隱居修養。於是，他這個師兄便當仁不讓地擔負起了繼續教導的責任，把這個小師妹手把手地教到學成——直到她十五歲，被遴選為皇太子妃，必須離開所有家人，單獨居住到高高的白塔頂端。

最後一堂劍術課結束了，他按劍聖門下的規矩，將光劍慎重交付給她，算是正式承認她已出師，然而，那個瓷人兒一樣的小郡主忽然對著他哭了起來：「師兄，我、我不想被關到白塔上面去啊……我好害怕。」

那是這個一向安靜聽話的女孩，第一次表達出內心的恐懼和孤獨。

他不是不知道這個少女內心對於自己的隱約期許，和她的孤獨無助。然而，身為夢華王朝的名將，他又能夠對王室的決定說什麼呢？難道他真的能幫助她逃離樊籠，當一個仗劍天涯的女劍客？

她已經注定要成為空桑最尊貴的女子，住在雲荒最高的宮殿裡。

白王的女兒白瓔郡主，是王族裡最負盛名的女子，品性、容貌、血統，乃至劍技無一不出類拔萃。然而美中不足的是，她有一個不甚光彩的母親。白王的原配夫人在女兒三歲時離棄了丈夫和族人，跟隨別人遠走他鄉，讓這個醜聞成了諸王的笑柄。

因為那樣的汙點，本來不會輪到白瓔當選皇太子妃，由她的繼母——青王之女所生的妹妹，比她更適合成為那種顯貴的角色。然而沒有料到，負責在白之一族裡遴選皇太子妃的大司命，卻指出白瓔郡主是千年前白薇皇后的轉世，皇太子妃的人選非她莫屬。

那一句話一錘定音，當即承光帝便頒布了詔書，送來玉冊。一切都沒有問過當事的兩位少年少女，他們是否願意。

那時候白瓔還不知道真嵐皇太子是如何強硬地反對這門婚事，但她知道自己是不願意的。不過因為柔順的性格，讓她根本無法開口對父王和族人說出反對的話，最後還是按照所有人的意願進了白塔。

十五歲的少女放下光劍、披上嫁紗，眉心被大司命塗上朱砂的十字星封印，開始與世隔絕的婚前修行，心如止水地等待著，等待那個沒有見過面的夫婿在她滿十八歲時正式娶她為妃。

命運的急流席捲而來，所有人都身不由己……出師的最後一堂劍術課，居然成了永別，那之後這兩位同門師兄妹再也沒有見過一面。

百年後重逢時，他狂喜地探出窗外用力擁抱她。

然而，剎那間他的懷抱是空的——他的手穿過她透明的身體，毫無阻礙。他震驚地看著自己空空的兩手，然後抬頭看著小師妹，說不出話來。

「是啊，我已經死了，大師兄……」白瓔看著西京，微微苦笑起來。「九十年前，為了打開無色城，六王已經一齊隕落在九嶷山。你應該也有所耳聞吧？」

「我忘了。」他有些尷尬地看著面前的幻影，苦笑道：「阿瓔，師兄對不起妳。當年師父託我照顧妳，我卻根本沒有盡到責任。」

「哪裡的話，都是命中注定……」白瓔看著滿面風霜的西京，眼裡也有苦澀的笑。「當年葉城陷落時，你和你家人的事我也略聽說一二。百年來，師兄也很辛苦吧？以前你是滴酒不沾的，如今變成這樣……」

「別說我了，我不值一提。」顯然不願多說下去，西京改變話題。「無色城裡的大家都好吧？」

「不見天日，都是十萬活死人而已。」白瓔淡淡回答，低下頭去。

「皇太子殿下如何？」西京嘆息問道：「你們現在在一起？還好嗎？」

「挺好的。」說起真嵐，白瓔倒是微笑了起來。「就是他嘴很壞，我鬥不過他。他經常說如果師兄在就好了，無論鬥嘴還是打架，都正好是對手。」

「呵……你們相處得很好？」西京有些意外地看著她，打量道：「我還以為你們一輩子都處不到一塊兒去呢，沒想到還真成恩愛夫妻了？」

「什麼夫妻？有看過我們這樣的夫妻嗎？」白瓔微笑，笑容裡卻是一言難盡。「不過說恩愛……那倒是有的，恩大於愛而已。若沒有真嵐，這百年來，我可真不知道怎樣過日子。」頓了頓，白瓔微笑起來，看著師兄說：「師兄百年來也不是一個人吧？剛才師兄脫口喊的那位名叫『汀』的姑娘，看來是師兄的妻子嗎？」

西京愣了一下，尷尬地苦笑回答：「不是……她是個鮫人，被我路過救了出來，就賴著不肯走了。」

「鮫人？」白瓔微微一震，喃喃道：「你莫非介意她是鮫人嗎？」

「不是。」西京回答了一句，又不說話了，許久才慢慢道：「妳也知道……妳嫂子死得早。有些事情，不是時間長了就能忘記。」

彷彿觸動了什麼敏感的話題，兩人忽然都是沉默。

風好像越來越大，有欲雨的氣息，微涼地拂動在兩人之間。

「喂喂，你們兩個累不累啊？光站著說話，也不進去坐。」沉默中，忽然有個聲音終於忍不住地開口抱怨，打破凝滯的氣氛。

西京一怔，才從重逢的驚喜中回過神來，看見了片刻前被趕出去的少女站在白瓔身後，一臉不耐煩地看著兩個滔滔不絕敘舊的人。

「嘿嘿，本姑娘我又回來了。」那笙迎著他的目光，得意洋洋。看兩人方才的情形、聽得那番對話，她隱約猜到了西京和太子妃交情匪淺，不由得「嘿嘿」笑著看著西京，心想這回看你還能再趕本姑娘出去嗎？

白瓔拉過了那笙說：「師兄，是我把那笙姑娘帶回來的。」

「哦？」西京的眼神慢慢凝聚起來，看到兩位女子相握的手上，那一對銀色的藍寶石戒指相互輝映。他緩緩抬起頭看著師妹開口：「這麼多年沒見，妳是為了她來找我的嗎？」

「嗯。」白瓔有些不好意思，然而還是靦顏請求：「這位那笙姑娘是皇天選中的人，她已經破開真嵐身上的第一個封印，我想拜託師兄照顧她，直到她打開下一個封印為止。」

「什麼，東方的慕士塔格封印已經破了？」西京不禁脫口驚呼，隨即點頭說：

「難怪……難怪皇天會到她手上。真嵐的右手能動了嗎？恭喜，那小子身首分離也夠久了，苦頭吃得不少。」

「滄流帝國在派人追殺那笙姑娘，所以我想拜託師兄照顧她，讓她能去解開剩下的四個封印。」白瓔看著西京，懇切地拜託。「你也知道，我們冥靈無法在白日裡行走雲荒。」

「四個封印？」西京頓了一下，邊回想邊說：「東方『王的右手』已經回歸無色城，加上被妳奪回的真嵐頭顱，那麼剩下的四個，分別在北方的九嶷空桑王陵、西方的空寂之山、南方的鏡湖入海口海底……最後軀體的部分則在伽藍帝都白塔底下。嘖嘖，全部破開『六合封印』，可不是一般的奔波折騰啊。」

「所以才專程來拜託師兄。」顯然也知道事情的艱難，白瓔微笑道：「空桑人亡國滅種，能行走於雲荒，又有這個能力的，也只有西京師兄你了。」

西京沉吟，不知道心裡想著什麼，只是拿起桌上的空酒壺一個個搖晃，終於找到了一個還發出聲音的。他抓起酒壺，眼睛卻看著外面夜空高聳入雲的白塔，慢慢問：「阿瓔，現在妳是以師妹的身分拜託我，還是以皇太子妃的身分命令我呢？」

「師兄？」顯然沒料到西京會忽然問出這個問題，白瓔愣了一下。

「老實說，我打從第一眼看到這個小姑娘，就料到她和空桑有關。但是，我依然趕走了她。」西京一仰頭，喝下酒去，眼神渙散。「阿瓔，和妳直說吧，我真的不想摻和到什麼戰爭啊、復國啊裡頭去了……百年來，我早就看淡了。」

白瓔看著鬍子邋遢的男子，眼裡情緒劇烈變換著，咬緊嘴唇。「師兄，你難道忘了你也是個空桑人嗎？你、你忘了當年你是怎樣死守葉城、抗擊冰夷的嗎？」

「忘是忘不了的……那麼多人的血灑在面前，一閉眼就能看見啊。」西京喝著酒，臉上忽然有某種痛苦的神色。「多少人死在那一場『裂鏡』之戰裡？血流得鏡湖都紅了啊……阿瓔，妳沒看過，所以妳才不怕——不要再打仗了，真的，我再也不要打仗了。」

白瓔凝視著面前的驍騎將軍，眼神慢慢冷下去。「所以，你只會喝酒了？」

「喝酒好啊。」西京忽然笑起來，拿起酒壺看著天空盡頭的白塔。「阿瓔，妳知道嗎？我最初也曾和妳一樣心心念念要復國報仇，但是一百年來，看到滄流帝國的統治越來越穩固，四方越來越安定，我就……」他搖了搖頭，苦笑道：「那一年，冰夷舉行開國五十年大慶，所有鎮野軍團、征天軍團的戰士都出動了。鐵甲覆蓋地面，風隼的雙翼遮蔽天空，夜晚伽藍城裡的火把繞著白塔層層上去，就像龍神升空一樣，多麼壯觀……我知道他們是在對四方展示帝國的力量，讓人們知道新的秩序如鐵般堅固，但是那個瞬間，我還是被震住了！比起空桑糜爛不堪的統治，如今的滄流帝國實在是強大得多。」西京喝著酒，彷彿這些話在心中埋藏了太久，噴發而出，無可抑制。「空桑怎能不亡國呢？阿瓔，當年我不顧一切死守葉城，但是最後又如何？空桑已經從裡面開始爛了！」

白瓔回想起當年葉城是如何被出賣的，也是一時無語。

「不過那時候我不後悔，如今回想也不後悔。我是戰士，自然要盡全力守住國家。」酒汩汩流入咽喉，西京的聲音也帶了醉意。「但我盡了力，空桑還是亡了——那是必然的結果。如今新秩序已經建立，難道妳又要讓我去推翻這種安定，讓雲荒回到動亂中，讓鏡湖再一次流滿鮮血嗎？」

「那麼，你就要十萬空桑子民永遠不見天日嗎？」

白瓔再也聽不下去，拍案而起，令房子一角正在吃著點心的那笙嚇了一跳。沉靜優雅的太子妃彷彿忽然換了一個人，眼神雪亮，咄咄逼人。

「西京將軍，我承認你說的有你的道理，但請你別用俯視蒼生的語氣說這樣的話！你是修史書的嗎？你是不相干的旁觀者嗎？別人可以說這樣的話，但你是空桑人！是空桑人啊！」她揚起手，劈手奪去西京手裡的酒壺，扔出窗外，厲斥：「拜託你稍微低下仰得高高的頭，去聽聽無色城裡那些不見天日的『鬼』的叫喊吧！那都是你的同胞、你的國人！十萬人啊……一百年了！你難道沒有聽見那些地底的呼叫？」

酒壺裡潑出的殘酒灑了他一身，然而西京只是怔怔看著白瓔，彷彿忽然不認識她。

「你有什麼理由漠視同胞的性命和鮮血，說著誰該亡、誰該活的話？你忘了你腳下的土地了嗎？」白瓔冷笑，看著師兄。「即使你是外人，你也無法否認空桑人有活下去的理由。真嵐和我這麼多年的努力，不就是為了那一天嗎？」

「阿瓔……」西京怔怔抬頭看著自己的小師妹，不知該說什麼。

變了……完全變了。百年前那個柔順聽話、瓷人兒般的貴族少女，如今居然能用這樣犀利的話語反駁他，按劍而起，縱橫談論天下。

西京忽然沉默下去。

「你們不要吵了。」沉默的對峙中，那笙的聲音響起。苗人少女怯生生地插話進來，想拉開白瓔。「太子妃姊姊，妳不用求這個醉鬼大叔，我一個人也能行。我會自己去九嶷山幫你們破開封印的。妳別和他吵了，我們走吧。」

白瓔眼中的寒芒慢慢減弱，手從光劍上放下，輕輕嘆了一口氣，轉身說：「嗯，妳說得是，我們不求他。」白衣女子不再說話，拉起那笙的手離開。外面庭院裡，天馬輕輕打著響鼻。「我們走吧。」

「呃……下雨了。」走到庭下，濕潤的風吹來，那笙忽然感到雨點落到臉上，抬頭看著夜空，喃喃道：「要淋濕了。」

「下雨了嗎……難怪都快天亮了，天色還是黑沉沉的。」同樣抬頭看著漆黑的天幕，白瓔靜靜道。那些雨點毫無阻礙地穿過她的身體，斜斜落地。她挽起了馬韁，招呼那笙：「快上馬，我得找個安全的地方安頓妳。天亮了我就要回無色城去，等明晚才能再來看妳。」

「啊？妳住在無色城？」那笙詫異，拍手笑道：「那為什麼不帶我去那兒住呢？」

白瓔苦笑說：「那是水下的鬼城，妳不是魚，也不是冥靈，怎麼能進去呢？」

「水下的鬼城？」那笙吐了吐舌頭，念頭轉得飛快。「對了，那麼妳把天馬借給我，讓我飛去九嶷山不好嗎？」

「也不行。我是無形無質的冥靈，所以騎著天馬可以一夜飛遍雲荒，但牠如果馱著妳這個有實體的人，速度比一般馬匹快不到哪去。」白瓔搖頭，否定她的提議。「而且妳在半空中，很容易碰到滄流帝國出巡的征天軍團，更是危險。」

「啊，說來說去都不行，我還是老老實實地走過去吧。」那笙沮喪地翻身上馬。雨簌簌落下來，打濕她的頭髮，她不由得縮了縮頭。

白瓔挽起馬韁，準備躍上馬背，忽然間，背後的窗口開了。

「阿瓔。」西京推開窗扇，看著庭中的白衣女子，緩緩開口：「我再問妳一次，妳是以師妹的身分拜託我，還是以皇太子妃的身分命令我？」

「那又如何？」白瓔沒有回頭，淡淡反問：「有區別嗎？」

「我會答應『師妹』的任何請求，因為我虧欠她良多，但是空桑的『皇太子妃』已經無法再命令驍騎大將軍。」隔著稀疏的雨簾，劍客微微笑著，將拿著酒瓶的手放在窗欞上。

「師兄！」風吹過來，白瓔的長髮隨風揚起，她驀然回首。

「哎呀，你們好麻煩，兜來兜去原來不過是一句話的問題嘛。」回到了房裡，那笙重新拿起糕點對付餓扁的肚子，抱怨道：「這麼繞繞彎彎做什麼？」

「多謝大師兄。」將那笙交付給了西京，白瓔深深一禮。

西京搖頭微笑。「不用謝。天快亮了，妳該回去了。」

「好，我晚上再來和師兄詳細說那笙姑娘的事。」白瓔點點頭，也不多客套，起身要走。然而西京眼裡神光一掠，彷彿想到什麼，搖頭道：「不，妳不用再來這裡，我大約天亮等汀回來就要離開。」

「何必如此匆促？」白瓔不解。

「當然要快點走啊……就算醉鬼大叔留我，但這裡是蘇摩那傢伙的地方，他早就放話說，要趕我出門的！」那笙在一旁安然吃著糕點，懶懶地開口：「他是那群鮫人的『少主』，所以老闆娘都聽他的話……」

猛然間，她感覺西京的眼神如同刀鋒般掠過，嚇得手裡糕點「啪」地落地。她不知道自己哪裡說錯，而西京要阻止她多嘴，卻已經來不及，抬頭看到小師妹即將離去的身影陡然頓住。

完了。終究，還是讓她聽到不該聽到的那個名字。

「蘇摩？妳說『蘇摩』？」白瓔看著那笙吃驚地問，臉色蒼白。「難道……難道他也在如意賭坊？」

「呃……嗯……」那笙覺得自己似乎說了不該說的事，看了一眼西京嚴厲的眼神，含糊答應：「是啊。」

「他竟然也在這裡？是命數的會集嗎？」白瓔喃喃低語：「他在哪裡？」

那笙剛要指向後面一排廂房，西京忽然抬手阻攔，眼神沉沉地看著白瓔說：「師妹，妳沒有必要去看他，如今他和我們沒有任何關係。妳趕快離開這裡，不要再見他了。」

「師兄……」看著西京的表情，白瓔忍不住笑了起來。「別那樣緊張呀，我不是十八歲那時候了，沒關係的。真嵐和我都關注他此次回來的意圖，既然那麼巧他也在這裡，我不妨去見見他。」

「呃……真嵐和妳還說起他？」顯然以為局面還停留在百年前，可憐的西京不明白情況，抓抓頭尷尬地說：「真嵐他……呃，那小子也真是奇怪……好端端地提這個人幹嘛？」

「他在後面嗎？我去看看吧。」白瓔看了看天色。「問候一下就回來。」

西京站了起來。「我陪妳去。」

白瓔搖搖頭說：「不用了，師兄這麼緊張幹嘛？你跟過來聽壁角嗎？」

「這個，這個……」西京尷尬地晃晃酒壺，只好讓她走了。白瓔臨走前，他還不忘加一句：「喂，萬一那傢伙對妳不客氣，妳就出聲叫我，我這裡聽得見。」

那笙吃下一碟雲片糕，心滿意足地舔著手指，斜眼看焦急的劍客，嘖嘖道：「大叔，你緊張什麼啊？太子妃姊姊好生厲害呢，蘇摩那傢伙肯定打不過她。」

「小丫頭，妳知道什麼？」看到白瓔離開，西京心裡總是忐忑，聽到那笙那般說，忍不住劈頭蓋臉地厲喝：「百年前阿瓔就在他手上吃過虧，我怕她再次被那傢伙迷住。妳不知道那傢伙有魔性！要是再被他纏上，阿瓔就完了！她從白塔頂上再跳下來一次也沒用！」

「啊？」那笙嘴巴張得可以放下一個雞蛋，吃驚道：「你、你說什麼？太子妃……太子妃姊姊和蘇摩有一腿？怎麼……怎麼可能？他們兩個差太多了吧？」

西京狠狠瞪了少女一眼，坐下道：「既然妳也知道差太多，幹嘛還多嘴？」

「我又不知道他們有什麼關係嘛。」那笙委屈地跳了起來，然而好奇心大起，拉住西京纏著他問：「到底怎麼回事，大叔你告訴我好不好？我要是清楚了，也好知道什麼話不能說啊。你說是不是？」

「汀怎麼還沒買酒回來？」西京忽然覺得自己失言，不想再提及百年前的事情，翻翻空酒壺，看著黎明前下著雨的黑暗天空，喃喃道。

「告訴我告訴我告訴我嘛……」那笙聽八卦的心被撩撥了起來，像一塊牛皮糖一樣地纏了上去。「告訴我！」

黑暗的房間沒有一絲風，爐裡熏香的味道甜美而腐爛。身下女子赤裸的身體還在微微抽搐，但已經不能說話。

那具軀體還是溫暖而柔軟，身下流滿的鮮血更加熾熱。他把臉埋在那具溫暖的肉體裡，想讓冰冷的身子多獲得一些暖意，然而多少年來每夜都從心底漫出的寒冷，依然彷彿要把全身的血凍得凝固。

鮫人……鮫人本來就應該生活在水裡吧？不然，身體裡的血會被陸地的寒冷凝固。然而，又是誰逼著他們離開那一片大海，淪為任人屠戮的魚肉？

在沒有風的夜裡，心底黑暗的欲望在巔峰後潮水般退去，留下無盡的疲憊。滿床的鮮血慢慢冷下去，身邊的女子屍體也慢慢僵硬，他吐出了一口氣，嫌惡地推開，閉上眼睛，開始短暫的休息——然而，閉上眼的瞬間，他又看到那一襲白衣如同流星一樣，從眼前直墜下去，越來越遠、越來越遠……然而，奇異的是墜落之人的臉反而越來越清晰地浮現，離他越來越近、越來越近。蒼白的臉上仰著，眼睛毫無生氣地看著他，手指伸出來幾乎要觸摸到他的臉。

「蘇摩。」枯萎花瓣一樣的嘴唇微微翕合，喚他。

黑暗中，他猛然驚醒。簾幕重重，熏香的氣息甜美糜爛，混合著血的腥味。又作夢了嗎？他慢慢合上眼睛，強迫自己睡去。

「蘇摩。」

然而，那個聲音又重複了一遍，近在咫尺。

手指輕輕敲擊在門上，在黎明前的寂靜中聽起來宛如驚雷。

「是我。」

他從錦褥堆中霍然坐起，床頭上那個小偶人似乎被他的動作牽動，也「喀嗒」一聲跳躍了起來。鮫人和偶人的頭同時轉向簾幕外的門。傀儡師空茫的眼睛在暗夜裡閃過雪亮的光，倏忽變了無數次，然而終究沉默，沒有說話。

「我是白瓔。」門外的聲音很輕很平靜，恍然如夢。「你在裡面嗎？」

小偶人的嘴角向上彎起，然而嘴巴剛一咧開，傀儡師的手猛然探出，狠狠捂住它的嘴，彷彿把什麼話語硬生生攔住。

然而偶人的手動了起來，在主人來不及控制它之前，左右手腕上的引線飛了出去，上面連著的戒指纏繞上門扇一扯，「嘩嗒」一聲拉開。

黎明前微亮的青灰色天光透進來，伴著下雨天濕潤的風，吹動房間內重重疊疊的簾幕。門轟然打開，剛要走開的白衣女子停住了腳步，轉頭看向毫無遮攔而敞開的門內。廊下的風雨吹起她長及腳踝的頭髮，蒼白如雪。

看不到東西的眼睛彷彿承受不了此刻忽然透入的天光，傀儡師從榻上赤身坐起，下意識抬手擋住了眼睛。然而隨著他坐起，橫在床頭那一具滿身是血的女屍「啪」的一聲摔落。

在這樣詭異的情況下，門內外的兩個人都沒有說話。

驟然而來的沉默如同看不見底的深淵裂了開來，吞沒所有。只有那個小小的偶人坐在床頭上，咧開嘴無聲地大笑，並張開雙手，對著門外來客做出一個「歡迎觀摩」

的姿態。

雨下得越發大了，捲入廊下，吹動白衣女子那一頭奇特的雪白長髮，接著吹入密閉的房間內，瞬間把充盈房間的熏香味道掃得一乾二淨，讓人頭腦猛然清醒。

兩個人都沒有說話，靜靜地凝視。這一次對望，中間已經是隔了百年的時光。怎麼能不震驚呢？再回首，已是百年身。不管曾經有過什麼樣的過往，如今的他們都已不認識眼前的人。

原來，她是這個樣子。

多麼可笑的事情，他居然還是第一次「看」到她。

百年前那個鮫人少年，與她朝夕相處過三年，聽過她的聲音、觸摸過她的臉頰、吻過她的眉心……然而，盲人少年從來沒有看過她的樣子。

手指的觸摸在心裡勾勒出那個貴族少女的模樣，那張虛幻的臉，在百年間無數次出現在惡夢裡——蒼白的臉仰著，眼睛毫無生氣地看著他，手指伸出來幾乎要觸摸到他的臉，枯萎花瓣一樣的嘴唇微微翕合，喚他。然後，時空忽然裂開，那一襲白衣宛如羽毛，輕飄飄墜向看不見底的深淵，唯獨她指尖的溫暖還留在他頰邊。

而白瓔也已經認不出眼前這個血泊中的年輕男子。

百年前最後的時刻，她對著那個鮫人少年道別。那個孩子臉上鐫刻著隱祕的冷笑，深碧色眸子暗淡散漫，毫無焦點，宛如某種爬行動物的眼珠。儘管如此，那張十幾歲的臉上依然帶著稚氣和青澀，完全不似如今眼前這個人的陰鷙桀驁，看不到底。

百年未見，這一刻，真是最糟糕的重逢。

長長的沉默。滿身是血的傀儡師嘴角忽然一動，浮出一絲莫測的笑意，一腳把死屍徹底踢落床下，無所謂地披了件長衣走下地來，挑釁似地抬起頭，迎接任何表情和眼神。

沉默間，忽然有一道閃電裂開長空，照得天地一片雪亮。

白瓔沒有說話，只是沉默地看著這一幕。天上的閃電映照她的臉，映得她全身隱隱透明，非實體的虛幻。許久許久，她垂下眼簾彷彿掩住了什麼表情，只是隨著嘆息吐出一句話：「蘇摩，你怎麼把自己弄成了這個樣子啊……」

輕輕一句話，瞬間就將所有豎立的屏障完全擊潰。

他忽然動手了。

暗室內，在蘇摩猝不及防動手的一瞬間，白瓔反手拔劍，削向那幾枚打向自己的指環。「叮叮」幾聲，指環觸到光劍反向飛出，然而迅速變換了方向和速度，又從另外幾個方向打來。

她一驚，旋即閃電般地掠起，身子在斗室中迅速穿梭，宛如白色的光。然而，她還是漸漸感到了窒息——那些絲線！那些若有若無絲線，居然介於「無」和「有」之間，讓不被任何實物羈絆的她都無法躲開，一層層纏繞上來，不知道到底有多長，彷彿透明的絲將她慢慢包裹。

蘇摩披著長衣站在黑暗的室內，微微垂下眼簾，表情奇異。

他沒有動，而在他身側，那個小小的偶人從來沒有這樣高興過，手足不停地舞動，彷彿依節奏跳著奇怪的舞蹈。連著那個偶人關節的引線在空中飛舞，彷彿織成一張看不見的網，阻攔住白瓔的身形，居然不讓她退出門外半步。

白瓔知道長夜即將過去，心下一急，出手陡然變得迅疾，毫不留情。光劍削斷了幾根引線，偶人的身子一震，右手肘部「喀啦」一聲，動作微微一慢。

白瓔拂袖回劍，豁出去不顧那些打向她身子的戒指，一劍削向另外一根連著偶人頸部的絲線。劍忽然扭曲，那光柔和地纏繞上了同樣柔軟不受力的引線，相互糾纏，然後，她輕斥一聲，手腕一震，準備陡然發力，震斷那根引線。

忽然間，她的動作頓住了，側目瞥過，猛然看到蘇摩的臉色變得非常詭異，彷彿痛苦，又彷彿無比歡躍。兩種神情閃電般交錯著掠過他的臉，而傀儡師的右手肘部慢慢滲出血來。

那樣的傷口，和她手中光劍對偶人右手造成的傷口一模一樣！

難道這是……白瓔霍然明白過來，光劍纏上了牽引偶人頸部的絲線時，忽然停住，不敢發力。一瞬間，那些被操縱著的戒指趁著她此刻的空門，全數擊中她背部。

白瓔猛地往前踉蹌了一步，光劍錚然落地。整個身體忽然間模糊起來，彷彿煙霧渙散。那一剎那，模糊的視覺中，她看到了那個偶人咧開嘴大笑起來。那樣的眼神……那樣的眼神，彷彿莫名熟悉，又彷彿陌生可怕。

她想喚起「后土」的力量，然而，在黑夜和黎明交界的一剎那，戒指沒有發出保護主人的回應。

「師兄！」她終於出聲，呼喚西京：「師兄！」

「死在這裡吧！」恍惚間，她聽到那個小小的偶人在說話：「妳逃不掉的。」那個聲音竟是少年的蘇摩，惡毒又歡躍。「妳逃不掉的！」

早晨的雷陣雨已經過去，天色慢慢亮起來，光從廊下透入，絲絲照進來，冥靈將會如同冰雪一般消融在天光裡。

光線刺得她眼前模糊一片，她猛然間有些後悔，自己根本不該如此大意地過來看蘇摩。百年前，那個少年將她逼上絕境；百年後，依然要置她於死地。

他，為何竟如此恨她？

「師兄！」光線照進來的一剎那，她大呼。然而，西京沒有來。

在生死一瞬間，忽然有一隻手伸過來，「唰」的一聲關上門，拉下重重的簾幕，把所有光線截斷在外面。那些半空中飛舞著的指環忽然都掉落在地，另一隻手伸過來，一把抓住那些幾乎看不見的引線握緊，絲線勒入手中，鮮血沁出。

偶人看到白瓔被救，不甘心地繼續掙扎，想發動那些引線。然而那隻蒼白的手毫不放鬆，用力一拉，劈劈啪啪，所有引線在剎那間全部斷裂。

偶人猛然發出一聲聽不見的痛苦叫聲，跌倒在榻上。

房內轉瞬回到了一片漆黑，白瓔感覺到有人俯下身來靜靜地看她，有什麼東西落了下來，跌落她手心。她一驚，下意識地將那細小的顆粒握在手心。等她渙散的靈力重新凝聚，看得見眼前的景象，卻看到傀儡師忽然鬆開支撐著的雙手，頹然跌倒在黑暗中，無聲無息。

白瓔起身，驚詫地看到他全身瞬間湧出的鮮血。

他身上每個關節都在出血，如同一具被扯斷絲線的傀儡。

「天！這、這是『裂』？」她回頭看了看同樣痙攣著倒地的小偶人，不可思議地驚呼：「蘇摩，你這是……」

「好安靜。」那笙聽著後面廂房裡的動靜，半天沒有聽見什麼，不由得喃喃說：

「他們兩個久別重逢，不會很快又好上了吧？」

「不許烏鴉嘴！」西京大怒，厲斥了一聲。

那笙吐了吐舌頭，不敢再說，卻纏上了西京，繼續磨：「那麼說來，那時候太子妃也不過和我差不多的年紀。再給我講詳細一些嘛，那麼精彩曲折的故事，你這麼幾句話就說完了嗎？」

「故事？」西京被纏得沒辦法，才言簡意賅地和這個小丫頭說了百年前的故事。他正在後悔自己接下的是如何難纏的生意，聽到這句話忍不住跳起來。「妳這丫頭，知道個鬼！有本事妳從那裡跳下來給我看看。」

那笙沒料到西京反應那麼激烈，不由得縮了縮頭，吐舌。

「我就知道那個蘇摩不是好人。」更加印證一開始的看法後，苗人少女憤憤皺眉說道：「但沒想到他從小就壞成那樣！」

話沒說完，她猛然閉上嘴，看著雅座打開的門。

有一個人走了進來，一頭水藍色的長髮在晨曦裡耀眼奪目。炎汐顯然是清晨起來看望西京，卻不料看到苗人少女也在室內，露出了驚詫的表情。那笙忽然結巴起來，不敢看炎汐的眼睛，低下頭去。

「那笙姑娘，妳為何又回來了呢？」炎汐皺眉看著她，聲音冷淡。「少主說過了讓妳走。」

那笙尷尬地笑一下，不知道如何回答，然而聽到炎汐那樣的語氣，心裡感覺很是委屈——怎麼人都有兩張臉呢？不過一天之前，那個帶著她出生入死的炎汐，如今哪裡去了？

「抱歉，是我讓她留下來的。」西京站起來回答。「我在等汀回來，等她一回來，我立刻帶著那笙姑娘和慕容公子離開如意賭坊，請稍微寬待一下。」

看到面前的劍客，炎汐眼神波動一下，低首行禮：「抱歉，少主的命令必須執行。那笙姑娘必須離開如意賭坊，否則在下不得不動手。」

「呃……動手？」西京沒有料到這個鮫人戰士如此死腦筋，倒氣急反笑。「你料想和我動手，能贏嗎？」

「令不可違。」炎汐按劍站起，聲音平靜。「死而後已。」

西京的眼睛微微瞇起，眼神冷銳，從鼻子裡笑了一聲說：「你想死？那容易啊。」

「喂、喂！大叔，別動手！」那笙見識過西京的厲害，大驚失色地跳了起來，生怕他一怒之下就拔劍，忙不迭回答：「我出去！我出去！我先出去在街角等你，你等汀回來了，再一起出來找我就好。」

「呃？」西京本來也沒有要拔劍的意思，倒是有些詫異地看著她。「怎麼，妳怕我殺他啊？妳那麼緊張做什麼？」

那笙有些不好意思，終於想起一個理由：「他……他從風隼下救過我的命啊。」

「哦。」西京狐疑地看了那笙一眼，總覺得這個理由有些牽強，但是看著炎汐，還是點了點頭。「復國軍的左權使，百年來聽聞你的大名，果然挺有種的嘛。」

劍客扔掉了手裡的酒壺，拍拍手，看向窗外。

「得了，也不讓你為難。那笙，妳先出去避避吧……汀那個丫頭是怎麼了？不就是去城東買壺酒，怎麼這麼久還沒回來？」

說話間，他的臉色倏地變了，看向城東的方向。

黎明暗淡的天幕下，雨簾密密，忽然間，一道藍色的火焰劃破天幕。

「糟了！是汀發出的求救訊號！」西京驀然站起，抓起光劍。「她出事了！」

炎汐同時看向東方天際，看到雨簾中暗淡模糊的影子盤旋著。他分辨出雨裡的尖嘯聲，臉色也變了。「風隼！那邊有風隼！風隼發現了汀！」

那笙還沒有回過神來，只聽耳邊風聲一動，西京和炎汐居然都已經不在原地。

「啊……跑得好快。」那笙看呆了，驚嘆地喃喃道：「現在沒人趕我出去了吧？不過我還是自覺地出去等他們好了，免得炎汐看到我又要沉下臉來……」

然而，不等她走出門去，後面廂房裡忽然傳來呼喊：「師兄！」

太子妃姊姊？是她的聲音嗎？那笙大吃一驚，猛然轉身。糟糕，蘇摩果然在欺負她，可是西京不在了！

黎明即將到來，庭前天馬感受到晝夜交替的來臨，不安地揚蹄嘶喊，彷彿在提醒主人快些返回無色城。然而，白衣女子沒有回應。天馬不可多等待，當下長嘶一聲，展開雙翅在黎明前飛上了天空，消失在雨簾。

「師兄！」白瓔的聲音再度急切地呼喚：「師兄！」

那笙跺了跺腳，雖然心裡害怕那個詭異的傀儡師，還是硬著頭皮衝過去。門緊閉，她壯著膽子一把推開，闖了進去，隨即被滿室熏香憋得喘不過氣。

「師兄，快關門！我不能見光！」白瓔的聲音在重重帷幕後響起來，卻看不到人，只聽見她急切地說道：「你快過來看看！你來看那個偶人，這、這真的是『裂』嗎？」

那笙應聲關上門，眼前頓時一片昏暗，隱約只看到重重帷幕後的一點燭光。

「太子妃姊姊。」她忽然間有點怕，走過去輕聲問：「我是那笙……西京大叔他剛出去了。有人欺負你嗎？」

「那笙姑娘？」白瓔的聲音頓了頓，有些失望。「妳別過來，要嚇到的。」

那笙隱約間覺得莫名恐懼，然而不肯示弱，壯著膽子笑說：「我才不怕。」

一語未畢，腳下忽然踩到什麼軟軟的東西，她一下子撲到了床上，滿手黏黏的腥臭——等看清楚手上和腳下是什麼東西，苗人少女忍不住尖叫出聲。

床下是一個赤身裸體的女人，已經死去多時。一個偶人跌落在她眼前，四仰八叉，面目痛苦扭曲。

那笙看到這個名叫阿諾的偶人，比看到屍體還恐懼，不由得大叫一聲，向後踉蹌著退去。

「蘇摩、蘇摩怎麼了……他又殺人了嗎？」那笙結結巴巴，遠離那張床。「太子妃，天都亮了，妳是不是……是不是回不去了？天馬都自己回去了……」

「真的是『裂』……天啊。」彷彿沒有在聽她講什麼，白瓔喃喃自語：「他怎麼把自己弄成這個樣子……」

那笙好不容易轉過了屏風，忽然怔住，詫異地看著眼前景象。

昏暗的燭火下，一襲白衣的太子妃俯身抱起昏迷不醒的傀儡師，為他擦去全身關節上滲出的血，然後小心地將斷了的絲線一根一根接回到戒指上去。她那樣的神色，完全不似被欺負了，反而有一種母親的溫柔和悲憫。

「他、他怎麼了？」那笙吃驚地看著似乎沒有知覺的人。

「阿諾想殺我，蘇摩就扯斷了『它』身上的線。」白瓔低聲交代一句便不說了，看著跌落一旁的偶人，神色複雜。「……結果也傷了自己。」

她的手指慢慢握緊，手心裡是方才黑暗中跌落的東西。

「呃？那個東西果然是活的！他們兩個吵起來了？阿諾居然比蘇摩還厲害嗎？」那笙大大出乎意外，看了一眼阿諾，一怒之下拿起那個偶人湊近燭火。「這個東西太壞了，我們把它燒掉吧！」

「不要動！」白瓔大驚，厲斥：「絕對不可以動它……他們是『鏡像的孿生』，一榮俱榮，一損俱損。如果它被毀了，蘇摩也就毀了。」她吐了一口氣，放緩了口氣對那笙解釋。「妳快把它放下來。」

「怎麼會？」那笙卻是更加詫異地反駁：「我看過蘇摩折騰這個不聽話的東西好幾次呢！」

「是嗎？他原來對自己也不放過啊……」聽到那樣的話，白瓔的神色更加暗淡，低頭看著傀儡師沉睡的臉，眼睛裡有晶瑩的亮光。「怎麼把自己弄成這個樣子……怎麼會？」

那笙看到她那樣的神色，忽然忍不住問：「太子妃，妳、妳不恨他嗎？」

「嗯？」抬頭看了少女一眼，白瓔微微笑了，搖頭道：「不恨。」

「從那麼高的地方跳下來的時候，也不恨嗎？」終究覺得不可思議，那笙追問：「如果換作我，看到他現在這樣，一定立刻找把刀子殺了他。」

「哦？」白瓔嘆息。「如果能如妳所說那樣就好了……可惜我做不到。」

「妳做得到。」忽然間，有人回答，聲音沙啞低沉。「妳要救他。」

白瓔還以為是那笙在說話，然而轉瞬看到重重簾幕悄無聲息地掀起，一名華服的麗人不知何時進入內室，手裡捧著早點，臉色蒼白地看著昏暗燭火下的人。

「妳是……」白瓔詫異地抬頭，詢問地看著面前這位鮫人女子。

「我是如意夫人。」麗人看著面前的白衣女子，神色複雜。「白瓔郡主。」

在所有鮫人心裡，對這位空桑皇太子妃的感觸都是複雜而微妙的。白瓔顯然也能體會到如意夫人眼裡的那種情緒，微微笑了一下說：「如意夫人，妳快來看看蘇摩。他傷得很厲害，我剛幫他把引線接回去。請你們勸勸他，不要再用那個『裂』的偶人了。」

如意夫人怔怔看著面前的女子，眼裡的情緒不停變換。

原來……是這樣的女子。那個「墮天」的女子，竟然是這樣啊……

「白瓔郡主，請妳一定要救少主！」那個瞬間，如意夫人終於拋下了在昔日仇家面前保持的尊嚴，猛然跪下，匍匐在白衣女子面前，失聲道：「沒人能救他了……請郡主一定要救他！」

「救他？」白瓔愣了一下，連忙扶起如意夫人。「但我又能做什麼呢？我已經死了啊……」

如意夫人猛地怔住，定定地看著白瓔。昏暗的燈火下，她一頭白髮如雪，整個人似乎隱隱透明——那是無色城裡的冥靈。

遲了，終究什麼都遲了……淚水忽然從美婦人的眼角滑落，化為珍珠，漸漸凝定。那笙第一次清楚地看到鮫人落淚化珠，瞠目結舌，幾乎要驚訝地叫出聲來，但是感覺到氣氛凝重，終於生生忍住。

「對不起，我一時情急，強人所難了。」如意夫人忍住淚，微微躬身，從白瓔手裡接過昏迷的傀儡師。「很多事做錯了就永遠不能挽回。這個道理，我到了這個年紀才漸漸領悟，又如何能要求一個孩子當時就懂呢？」

白瓔忽然一怔，臉色微微一變，嘴角動了動，似乎是想問什麼，卻生生忍住。

「如果捨身一躍，便能扯斷所有牽絆，那倒是輕鬆了。」如意夫人勉力扶著蘇摩，拂開一層層簾幕，嘆息著離去。「可如今，是無論如何都無法斬斷命運的絲線了。」

「難道……」白瓔的手指慢慢握緊，脫口而出，又猛然止住。

「白瓔郡主，妳該猜到的。」如意夫人笑了笑，回頭道：「當年妳受的一切苦，都會百倍地報復在他身上。」

「不，請不要叫我『白瓔郡主』。」那笙詫異地看到白衣女子的手指不作聲地握緊，手中彷彿抓著什麼東西，然而她的臉色平靜，直視華服的麗人靜靜道：「叫我『太子妃』。」

如意夫人臉色驀然變得複雜，不再說什麼，轉身黯然離去，只留下重重帷幕空空蕩蕩。

「啊？妳們在說些什麼？」一頭霧水的那笙撿起方才如意夫人落下的珍珠，放在眼前看，驚喜地說：「妳看，太子妃姊姊，鮫人的眼淚真的會變成珍珠，好奇妙啊！咦，妳手裡也拿著一顆？哪裡來的？」

那笙探過頭去，看那一顆被白瓔緊緊握在手心的明珠，猛然間抬頭，看到太子妃的表情，大吃一驚問：「怎麼了？太子妃姊姊，妳怎麼了？」

天光透入水底之前，一道白光掠入，然後無色的水流迅速旋轉起來，巨大的漩渦漾開來，封閉了通道。

天馬輕輕躍入水底，長長的鬃毛飄曳如緞，然而馬背上空無一人。

本來開了水鏡一直觀察著水面上孤身出行的白王行蹤，然而所有一切在她踏入蘇摩房間後便模糊一片，再也不可見。所有人都在焦急地等待，此刻看到單獨返回的天馬，大司命的臉色猛然變了，脫口道：「太子妃沒回來嗎？」

「糟糕！」不但諸王變色，連斷手都猛拍了一下金盤，頭顱脫口而出：「真是太不走運了！居然會碰上蘇摩那傢伙？那傢伙想做什麼？瘋了嗎？」

「皇太子殿下，請莫焦急。」看到真嵐變色，生怕那個率性的皇太子會做出什麼，大司命連忙勸阻：「如今白晝，大家都無法出行，待得入夜，再讓藍夏他們去吧。」

「入夜？入夜還不知道事情會變成啥樣。」真嵐眼神冷銳，拍案而起。「白瓔被截留在那裡。皇天的『晝』對應后土的『夜』，在白日裡她根本比氣泡還脆弱，出事怎麼辦？就算我不介意頭頂綠油油，你們就不擔心后土落入他人之手嗎？」

「殿下……」很少看到真嵐動氣發飆，大司命一時間倒是怔了一下。「可是目前諸王和冥靈戰士都無法出發，看來只有讓老朽去一趟了。」

「呃？」真嵐看了太傅一眼，笑了起來，倒是消了氣。「算了，太傅，你準備拿書卷去敲蘇摩的頭嗎？」

皇太子看了看諸人，斷臂忽然躍出，抓住一旁玄王的斗篷，「嘩」的一聲扯回來。斗篷憑空立起來，從頭到腳嚴嚴密密遮著，只露出一張臉。

「誰說沒人能去？難道我不行？」真嵐大笑，從斗篷中伸出右手拉緊帶子。

大司命和諸王大驚失色，齊齊跪下勸諫：「殿下，萬萬使不得！」

「誰說使不得？我做事你們放心好了，天黑前就能帶白瓔回來。」斷手縮回，斗篷放下，真嵐的臉躲在斗篷裡眨眼，根本不理睬眾人的勸告。「何況，我還要上去處理一些事，看看能否和鮫人復國軍結盟。」

百年來，也不是不知道皇太子我行我素的脾氣，眾人無計可施。

「殿下，請帶上武器防身吧。總不能披著一襲空心斗篷就這樣出去了吧？」赤王紅鳶嘆了口氣，解下自己的佩劍呈上。「請千萬小心。殿下若有任何不測，空桑必將萬劫不復。」

「放心。」真嵐倒是不再說笑，正色道：「我知道輕重緩急。」

他也不接佩劍，披著斗篷離去。斗篷長可及地，遮住了全身，倒也看不出這個只有一顱一臂的無腳幽靈是在懸空飄動。

「唉，皇太子說話做事還是那麼……不拘禮節。」看到那一襲斗篷離去，紅鳶哭笑不得地和眾人一同起身，諸王一起苦笑。大司命忽然感覺蒼老的臉上有點發燙，慚愧地低頭，暗恨自己無用。

「不過，『就算我不介意頭頂綠油油』……哈哈哈，這句話真妙！」紅鳶捂著嘴，忽然忍不住銀鈴般地笑起來，身子亂顫。「殿下還是緊張白瓔的嘛。不過，如今還能有什麼帽子可給他戴？她都是死人了……」

第十二章　天問

頭頂的風隼在盤繞呼嘯，黑翼遮蔽了黎明前下著小雨的天空。

汀不顧一切地奔逃，懷中放著剛剛打回來的酒。如意賭坊在城南，她卻是用盡了力氣向著北方急奔，腳尖點著石板鋪的大街，用盡所有西京傳授給她的輕功身法。

她想躍入路邊的房間去躲避頭頂那些如急雨呼嘯而來的勁弩，然而黎明前的街道四壁峭立，沒有一家開著門。頭頂那些呼嘯的風隼，每次看到她腳步稍微一緩，便知道了她躲藏的意圖，立刻低低掠下，用暴風驟雨般的一輪激射逼得她不得不繼續逃離。

是的，那些征天軍團的人還不想立刻殺她。他們在逼著她繼續逃離，想從她身上得知其他同伴的下落。

汀不知道自己跑了多久，只感覺天色慢慢亮起來，力量慢慢從身體裡消失。鮫人的體質本來就不適合長時間的激戰和對抗，即使跟主人學習了那麼久，她的體能還是無法跟普通的人類相比。

好幾次，在風隼掠低的時候，她幾乎都看得見風隼內操縱的鮫人傀儡那張面無表情的臉。她的手指緩緩握緊佩劍，忍不住想一劍投出，刺穿那個傀儡的護甲，讓那架風隼墜毀落地。

然而，每個剎那，彷彿有股無形的力量禁錮著鮫人少女的手，讓她無法拔劍。

——瀟……瀟，風隼上的那個鮫人傀儡會不會是妳？我的姊姊啊，妳如今在何方？會不會就在上面，毫無表情地看著奔逃的我？

恍惚間，腳下一痛，彷彿有什麼東西洞穿了骨骼。她面朝下重重跌倒在路上，懷中猛然有什麼東西碎裂。她低下頭，看到碎瓷片扎入胸口，混合著鮮血流出來，濕透前襟。

「啊，灑了！」她脫口低呼，陡然間有不祥的感覺，抬頭呢喃：「主人……」

就在那一瞬，一枝勁弩射穿她的小腿，把她釘在地上。

她咬著牙想反身拔掉那枝箭，然而剛剛一動，半空中的勁弩接二連三射來，猛然穿透她的手臂和肩膀，將她釘在地上——奇怪的是，卻不射任何致命的部位。

「哎呀，殺掉她得了！」風隼上，一個滄流帝國的戰士不耐煩起來，臉上青筋凸起，興奮道：「幹嘛要跟著她？她是個鮫人，又沒有咱們要找的皇天！殺了殺了！」

「住口！少將吩咐，從桃源郡東邊搜查起，任何異常都不能放過！」旁邊的戰士猛然喝止。「這個鮫人居然隻身半夜出來走動，說不定她和我們要找的東西有關係！她方才發出了求救訊號，我們等著看誰來救她不就得了？」

那個按著機簧的戰士不甘心地放開手，看著底下滿身是血被釘在地上的少女，依然充滿殺氣地手舞足蹈，大笑道：「射死她！射死她！哈哈哈……那些卑賤的鮫人！」

「真是個瘋子。」看著那樣猙獰的神色，旁邊的滄流帝國戰士不屑地搖頭，對另一邊的同伴冷笑道：「真怕這小子獸性發作起來，連我們都砍了。真是的，這種新手，還不如鮫人傀儡派得上用場。」

「小心點，這種抱怨要是被上面的人聽見，可要把你軍法處置！」看到鮫人傀儡面無表情地拉起風隼，繼續盤旋，同伴謹慎囑咐：「少將治軍嚴厲，你又不是不知道。昨天那些逃回來的人，還不是被嚴厲懲處了？」

「活該！駕著風隼還被人打下來，根本是一群飯桶。」風隼上的滄流帝國戰士冷笑一聲。「不過你們有沒有覺得奇怪，怎麼會一連在桃源郡遇到那麼多鮫人？難道這裡最近有復國軍出沒？」話剛說到這裡，他忽然間眼神凝聚，斷喝：「人來了！快掠低，放箭！」

透體而過的長箭將汀牢牢釘在地上，血冰冷地流出來，和著黎明前零落的雨點，淌了滿地。汀的意識慢慢模糊，看著滿地的鮮血，忽然苦笑：為什麼鮫人的血還是紅的呢？既然鮫人和那些人類不同，乾脆不一樣得徹底一些吧？

耳邊傳來尖嘯聲，風隼又俯衝過來。為什麼？為什麼他們還不殺自己？

他們……到底在等什麼？

又一輪的勁弩呼嘯而來，這一次，已經絲毫不避開她的要害，直射心臟、咽喉和頭部。漫天的箭雨中，她閉上眼睛，鬆開握著劍的手。雖然在風隼又一次的低空逼近中，她還是有機會殺掉上面那個駕駛機械的鮫人傀儡，然而她最終鬆開了手，喃喃嘆息：「姊姊……」

「汀！」猛然間，聽到有人大喊她的名字。

那個熟悉的聲音，瞬間將她殘留的神志凝聚。她睜開眼睛看到從長街的另一端閃電般掠過來的黑衣劍客，猛然明白了，用盡所有力氣大喊：「主人！別過來！風隼要伏擊……」

然而，那句話未落，尾音隨著射穿她頸部的利箭「唰」地停住。

黑衣劍客閃電般掠過來，抬手揮劍，那些勁弩在白光中紛紛截斷。他趕到她身邊跪下，雙手顫抖，不知道該如何抱起她——共有七枝長箭射穿了汀纖細的身體，將她牢牢釘在地上。

最致命的一枝，射穿了她的咽喉。

「汀！汀！」他不敢碰她，顫不成聲。

「主人……」鮫人少女的口唇微微張開，顯然那枝箭未損壞聲帶。她指向天空，臉上的神色滿是急切。「風……風隼……逃……」

隨著口唇的開合，血沫隨著呼吸從頸部冒出，染紅她藍色的長髮。

「別說話！別說話！」西京大聲喝止，右手的光劍猛然掠出，沿著她身體與地面的間隙一掠而過，切斷那些釘住她的長箭，他將她抱起。

一輪勁弩射過，風隼再度掠起，在上空轉了一個圈。

炎汐跟著西京隨後趕到，一眼看到渾身是血的汀，猛然眼神就銳利起來。他轉過身去不看兩人，按劍冷冷看著天空中盤旋而上的風隼，全神戒備。

汀低聲喃喃道：「我好笨啊……主人，酒、酒灑了……」

「笨蛋！妳為什麼不往回跑！」西京看到她那樣的傷勢，猛然覺得全身的血都冷了，聲音發抖。「妳……妳來得及跑回來的啊！」

「不能、不能……讓他們……發現我們復國軍的祕密……」汀的眼神慢慢渙散，喃喃說著：「少主、少主在賭坊……不能讓他們發……發現……」

「笨蛋！就為了蘇摩那個傢伙嗎？」西京猛然明白過來，忍不住大罵，身子都顫抖起來。「不值得！根本不值得！」

「少主是、是我們所有鮫人的……希望。」汀微微笑了起來，忽然間手指動了動，抓住西京的手，艱難地說：「主人，請你、請你原諒我一件事……」

「別說話。」西京騰出一隻手，想為她止住血，然而汀身上傷口太多，一隻手根本按不過來。血迅速染紅他的手，冰冷的血卻彷彿炙烤著他的心肺。

「不，我如果不說……死不瞑目。請你一定要原諒我……」汀大口呼吸著，臉色迅速灰白下去，用力抓緊西京的手，淚水沁出眼角。「當時、當時我來到主人身邊……賴著不肯走……是、是因為，我受命……來偷學主人的劍法……回去教給復國軍戰士。要知道，我們、我們鮫人……無法得到什麼技藝……對抗滄流帝國。請原諒我，欺騙了……」

西京低下頭，看著少女猶帶著稚氣的臉，手顫抖得不能自控。

「我知道，早就知道了……我沒有怪妳。」他抱著汀站起來，彷彿有些不知所措地喃喃說：「好了，我去給妳找大夫，妳先別說話。」

「主人，你、你原諒我了嗎？」微亮的天光下，汀微笑起來，那個笑容一閃即逝，卻是歡喜無比。「我知道我要死了……不過，我、我比紅珊幸運……我不想離開你。主、主人……你不要再喝酒了，好不好？」

「好，好……不喝，不喝了……」忽然間感覺汀的身體如同火一樣滾燙，西京眼裡的恐懼瀰漫開來。「不要叫我主人！叫我的名字，汀。」

「啊……」汀的臉上忽然有羞澀的紅暈，她閉了閉眼睛，彷彿積攢了許久的力氣，才慢慢道：「西京……西京，別傷心。我會一直和你在一起……我們鮫人死了後，會升到天上去……然後，碰上了雲……就、就化成……」

她的話語戛然而止，頭微微一沉，跌入黑衣劍客懷裡。

零落的雨點落到臉上，冰冷如雪。

忽然間所有力量都消失了，他雙膝一軟，跪倒在地上。黎明已經到來，天光亮了起來，他卻感覺眼前一切都模糊了。

再一次俯衝後，在勁弩的掩護下，風隼上的滄流帝國戰士跳下地面，從四面包圍那三個人，細細審視，忽然臉上有沮喪的表情，七嘴八舌說道：

「不是說我們要找的是個中州來的少女嗎？怎麼來的兩個都是男的？而且沒有戴著那樣的戒指啊？」

「好像是弄錯了……果然不是我們要找的人！」

「回去回去，浪費時間！」

「喂，這裡還有個死了的鮫人，要不要查一下那個鮫人有無奴隸的丹書？」

「磨蹭什麼！別的隊說不定搶在我們前頭了！」

那群風隼上下來的滄流帝國戰士圍上來，看了一眼死去的鮫人和活著的其餘兩人，發覺並沒有他們這次行動搜索的目標，不由得興致索然，準備離開。

「給我站住。」炎汐的手剛剛按上劍，卻聽得旁邊的黑衣劍客低喝。

滄流帝國的戰士們本來不想理睬那個損失了奴隸的黑衣人，然而那個新戰士一下子回過頭來，兩眼發光。他剛剛上戰場，血在身體裡沸騰，正巴不得有機會殺人。

「別浪費時間！」隊長攔阻了那個新兵，看了一眼抱著死去奴隸的黑衣人，冷冷道：「喂，這不怪我們，誰讓你放自己的鮫人單獨上街？違反了帝國法令，射殺也不過分。自作自受，大家走！」

一行人剛轉身，那個黑衣人抱著鮫人，居然攔到了面前。

「你們都給汀陪葬吧。」西京沒有抬頭，緩緩道。雙手微微顫抖著，將光劍的劍柄放入死去鮫人的手中，握緊，抬起頭來看著面前的士兵。

陡然間，隊長被眼前人的氣勢震懾，倒退了一步。

「別、別那副表情……不就死了一個鮫人嗎？」莫名地，身經百戰的隊長居然不想跟面前的人動手，聲音甚至有些緊張。「趁屍體還新鮮挖出一對眼睛做凝碧珠，再添一點錢，就可以去葉城東市再買一個新的鮫人啊……」

「住口！一群混蛋！」猛然間，白光閃電般滑落。「一群混蛋！」

隊長反應很快，立刻往後避開，然而那名處於興奮狀態的滄流戰士卻反而衝上去，咆哮著揮劍，呼嘯砍下，氣勢逼人。

但只是一眨眼，人頭斜飛出去，血如同雨點落下，剩下數名戰士猛然跳開。滄流帝國的戰士都經受過嚴格的遴選和訓練，無論配合作戰還是單兵的戰鬥力都非常強，此時立刻朝著四個不同方向跳開，迅速準備好了反擊。

西京根本無視對方布好的陣勢，只是把著汀的手，劍光縱橫在微雨中，宛如游龍。

「汀，妳看，這是劍法裡最後的『九問』……」他抱著死去的鮫人少女衝入人群，一邊揮灑劍光，一邊低聲告訴她，手上絲毫不緩。「我從未在妳面前使過，現在妳看清楚了……」

炎汐沒有拔劍，甚至沒有上去從旁幫忙的意思。他只是看著西京拉著汀的手，迅速無比地斬下一個個人頭，鮮血飛濺。轉身之間，汀藍色的長髮拂到了他臉上，濕潤而冰冷。

黎明下著雨的天空是暗淡的，西京抬頭看天，手中的劍連續問出劍聖「天問劍法」裡面的最後九問：問天何壽？問地何極？人生幾何？生何歡？死何苦？不過，問到「蒼生何辜」時，他已經將風隼上下來的所有戰士殺絕。

劍氣在雨中激蕩，西京止住手，提劍怔怔低語：「我早就察覺妳在偷師，所以從來不曾使出『九問』。都怪我……如果我早日教給妳，妳又怎麼會變成今天這樣？」

空了的風隼再度掠下，上面那個鮫人傀儡不知道下地的滄流戰士已經全滅，依然極低地擦著地面飛來，放下長索，以為那些戰士會回到上面來。

「最後一個。」西京冷冷看著，握著汀的手，準備投出光劍。

炎汐忽然間伸出手，按住他的光劍說：「別殺那個傀儡……為了汀。」

西京愣了一下，轉瞬間那架風隼已經遠去。炎汐看著風隼上那個面無表情的鮫人傀儡，手指在劍上握得發白。「其實不關你的事，汀只要單獨碰上風隼都會死……因為她根本無法對那些鮫人傀儡下手。」

「為什麼？」西京詫然追問。

炎汐低下頭看著死去的汀，眼裡的光芒閃了閃，許久才道：「汀有一個姊姊叫做瀟。二十年前那次起義失敗後，她被滄流帝國俘虜，再也沒有回來。有傳言說她叛變了，成為征天軍團裡的傀儡。」

「剛才那一架風隼上，難道是……」西京震驚地脫口道。

「不知道。誰都不知道。」炎汐搖了搖頭，淡然望著天空。「汀也不知道哪一架風隼上是她姊姊，所以不敢下手……我們鮫人，實在難以克服這樣軟弱的天性……」

西京沉默地看著懷中死去的汀，臉色漸漸蒼白。「那群混帳！」

炎汐走過來，對著西京伸出手。「把我的族人交給我吧。汀為了海國的夢想戰死，我們要讓她安安靜靜回到天上去……所有死去的兄弟姊妹，都會和她一起在天上看著我們。」

看到西京不動，炎汐低下眼睛，臉上第一次有了悲涼的笑意。「請不要再自責，你畢竟給了汀一場美夢。不知道多少鮫人會羨慕她的一生。她遇到了你，很幸運。」

「蒼生何辜……蒼生何辜。」許久許久，西京喃喃重複著最後一問，忽然在清晨零落的雨點中揚起頭，不知是雨水還是熱淚從他的臉上滑落。他看著復國軍左權使，一字一字開口：「我要見你們少主。」

外面的天光越來越亮，而室內雖然簾幕低垂、重重遮蓋，但白瓔的神志依然持續渙散。哪怕照不到光，冥靈在白晝裡依然會慢慢衰竭。

周圍很靜。簾幕重重，熏香濃郁，她伏倒在那一片錦繡堆中，所有一切都感覺變得遙遠。不知道是因為自己變得虛弱而無法聽到聲音？還是所有人忽然間都從這個地方消失？她開始封閉自己的五蘊六識，以減緩衰竭的速度，避免在天黑前形體就徹底消散。

那笙以為她睡著了，經過一番左思右想，終於下定決心躡手躡腳地走出去，準備乖乖退到大門外等西京歸來。要不然被炎汐那傢伙看到，他可又該沉下臉罵她了。

想到板著臉的那個人，那笙就忍不住委屈。難道鮫人都這樣翻臉比翻書還快嗎？昨日那樣帶著她出生入死、照顧周全，今天見了那個蘇摩後就徹底翻臉。慕容修也一樣，見她戴著皇天，就彷彿碰到燙手山芋一樣把她推出去。

她恨恨地想著，穿過人聲熙攘的大堂，推開側門走了出去。

猛然間，聽到天空裡傳來熟悉的刺耳尖嘯，她抬起頭看著清晨暴雨後的天空——有一架奇怪的銀色風隼掠過前方天空。抬首之間，銀色的金屬反射出刺眼的光，讓她下意識地抬手擋住眼睛。

苗人少女沒有留意，在這一剎那，她手上的皇天折射出了一道白光。

「降低，我看到她了。」銀色風隼上只有兩個人，居左的青年將領冷冷俯視著腳下的城市，脫口命令。「是皇天！」

「是，少將。」在他身邊操縱風隼的是一個冷豔的鮫人少女，有著美麗的藍色長髮，應聲操作，動作嫻熟且迅捷。「要直接降落在如意賭坊嗎？」

她的眼神不似其他鮫人傀儡那麼空洞凝滯，說話的語氣也有起伏頓挫，竟然是一個依舊有自我意識和思考能力的鮫人。

「是。」雲煥冷冷回答：「立刻降落！」

如意賭坊的最深處，熏香的氣息快要讓人不能呼吸，連房內濃厚的血腥味都被混合了，發出奇異的香味。難怪……難怪蘇摩喜歡點著這種奇特的香。

那樣，就聞不到血腥味。

心神慢慢渙散，那個瞬間，她彷彿回到百年前瀕臨死亡的那一剎那——時空恍然消失了，塔頂上所有人的臉在瞬間遠去，天風呼嘯著灌滿她的衣袖，白雲一層層在眼前散開、聚攏……她完全失去了重量。

然而那個下落的瞬間，卻漫長得彷彿十幾年，她只是不斷地下跌、下跌，似乎永遠接觸不到地面。

「白瓔！」猛然間，飄落的她聽到有人喊她的名字。「白瓔！」

不是蘇摩……不是蘇摩。那個鮫人少年居然自始至終保持沉默，不發一言地看著她墜落。仰臉看去，白塔頂端喚她名字的那個人伸出手，手指上戴著一枚形狀奇異的銀色戒指。那個人叫著她的名字，對她伸出手——她下意識地舉手，忽然間看到了自己手上一模一樣的一枚戒指。

是真嵐？那個瞬間，她忽然間又清醒了。

那一刻，光劍從她袖中流出凜冽的劍芒，撕裂她的衣袖，躍入她戴著戒指的手中。她感覺到自己尚有力量未曾使用、尚有東西未曾守住，怎麼可以就這樣死去？擁有「護」之力的后土，卻未守護她的國民、她的父親，導致家破人亡。她扔下了丈夫，不曾和他並肩戰鬥。伽藍十年孤守，十萬空桑人終究亡國滅種，沉睡水底。那樣的錯，一次便可萬劫不復。

「白瓔！」高入雲端的塔頂，真嵐在呼喚她的名字，對她伸出手。深淵自身下遠去，他將她拉出了永無休止的墜落。

「白瓔，起來！」恍惚間，耳邊忽然聽到有人說話，真切地說：「都什麼時候了！」

驚詫於對方居然能將聲音傳到她已經封閉了五蘊六識的心裡，白瓔勉力睜開眼睛，想看看誰來到這個昏暗的房間內。

「快起來，滄流帝國的軍團都搜到外面了！」黑暗中，一雙熟悉的眼睛低下來，然後黑色的大斗篷散開，一隻手伸出來，想拉起她。「起來，我帶妳走！」

「真嵐？是你？」昏暗的房間裡，她凝聚起殘餘的靈力才分辨出來人，忽然間鬆了口氣，微笑起來——真的是他啊……在昏迷中，她聽到的聲音不是別人，真的是來自無色城的他。

然而，微笑未消失，她的形體猛然再度渙散。

「喂、喂！妳幹嘛？別睡了！」來人更加著急，連忙低下手，去握那枚「后土」。那枚后土戒指一接近空桑皇太子的手，猛然發出淡淡的光芒。光芒照耀著伏地睡去的太子妃，陡然間，她渙散中的形體重新凝聚。

「真嵐。」白瓔終於睜開眼睛，看到來人，詫異道：「你怎麼出了無色城？」

「快起來，那笙在外頭要出事了。這次滄流派來的是雲煥，那丫頭可沒有上次那樣的好運氣，可以揮揮手就打下一架風隼。」真嵐語氣急切，顯然這邊情況的複雜棘手超出了他原先的預想。「妳一個人在這裡我不放心，得跟我出去。」

白瓔拉住他的手站起來，看著緊閉的門皺眉道：「外面是白晝，我沒法子出去。」

「沒關係，我帶著妳走。」真嵐回過手來，揭起斗篷，那直立的斗篷內空空蕩蕩，根本沒有人的軀體。他伸出僅存的一隻手，對著她招了招說：「進來！」

「呃……」白瓔哭笑不得，看著那個披著斗篷的空心人——多麼詭異的樣子，也只有這位殿下，才能想出這種把太子妃打包帶著離開的主意。

「快進來，外頭要打起來了，妳還磨磨蹭蹭！」真嵐不耐煩，一把將她拉入空蕩蕩的懷中。「反正妳還沒我肩膀高，斗篷夠裹著妳了。」

大斗篷「唰」地裹起，擋住一切光線，彷彿一個密閉的小小帳篷。

「別擔心，外頭的一切我來應付。」真嵐用唯一的右手掩上斗篷，繫緊帶子。聲音從頭上傳來，對白瓔囑咐：「妳可要咬緊牙，千萬別再睡過去。我趕緊打發走那群人，安頓了那笙後，我們一起回無色城去。」

「嗯。」她在黑暗中應了一句，忽然間感到說不出地踏實和安詳。

外面剛到清晨，但室內輝煌的燈火徹夜不熄。如意夫人屏退了采荷，親自在榻邊守著，靜靜看著受傷後昏迷的傀儡師。

絲線都已經全部接回到那個小偶人身上，在燈下閃著若有若無的光。那個叫做阿諾的小偶人此刻也安安靜靜地待在床頭，表情呆滯。方才所有引線猛然間斷裂，似乎對這個偶人造成極大損害，每一個關節上居然都流出了奇怪的殷紅色液體。

然而，轉頭之間，她詫異地看到榻上沉睡者全身同樣慢慢滲出了鮮血。

蘇摩的臉色是平靜的，但平靜之下，彷彿有暗潮反復漲退，在他和他的人偶之間洶湧來去，順著連著他十指戒指的透明絲線，宛如波浪慢慢起伏。

一切都在悄無聲息中進行。傀儡師身上的血漸漸消失，碎裂的肌膚開始彌合，偶人身上的紅痕也迅速地褪去。很快，一切彷彿未曾發生。

終於，彷彿取得了什麼平衡，偶人臉上呆滯的表情開始活潑起來，「啪嗒」一聲自動跳起，踢踢腿、抬抬手，忽然轉過頭來，對著如意夫人微微笑了笑——那樣詭祕的笑容，讓如意夫人心中陡然一冷。

她一時有些發怔。這個小東西她以前也看過，空桑尚未覆滅的時候，蘇摩只是一個少年，孤獨而桀驁，手裡一刻不離地抱著這個小小偶人，稱它為阿諾。可是，那個時候的偶人是一個真正的偶人，不會動也不會笑，全憑引線操縱。

不知從何時起，這個叫做阿諾的偶人，居然活了過來嗎？

「外……外面是什麼聲音？」不等如意夫人回過神來，忽然有聲音發問。「怎麼會有風隼聚集在如意賭坊上空？怎麼回事？」

「少主。」如意夫人詫然回頭，隨即看到已經披衣下地的蘇摩。

傷勢好得出奇地快，蘇摩乾脆地坐起，彷彿一切都沒有發生過。傀儡師的眼睛還是空空蕩蕩，穿過了窗櫺看著外面的天空，神色冷厲。「該死，難道是那些人全面搜索桃源郡，發現了復國軍？」

一語未落，呼嘯的箭如雨射入。

在門外等候的那笙，在看到勁弩射落的一剎那，來不及多想，跳入了背後的如意賭坊，掩上大門。

「咚咚」的聲響如同雨點般打落，那些從風隼上射落的飛弩力道強勁，許多居然穿透了厚厚的紅漆大門，釘了進來，差點劃破她的手。

「糟糕，居然忘記包上皇天……完蛋了！」她急忙在箭落如雨時騰出手去撕下衣襟，忽然頭頂一暗，強烈的風撲頂而來，吹得她睜不開眼。呼嘯聲彷彿就在耳邊，她嚇了一跳，下意識地舉手，對準那架風隼大喊一聲：「去死吧！」

她以為皇天在手，那架風隼便會如上次那樣掉下來。

然而，那枚戒指只是在日光下再度折射出一道光芒，毫無動靜。

「拉起來！」看到地上少女伸出手，皇天閃耀在指間，風隼上的雲煥立即脫口吩咐：「小心皇天，不要接近它的力量範圍。」

「是。」鮫人少女的操作極其靈活，風隼的雙翅角度陡然改變，以飛快的速度立刻揚頭掠起。

「發出訊號，讓隊裡其他幾架風隼都來這裡。」雲煥一邊繼續吩咐，一邊打開了風隼底部的活動門。「縱使把這裡夷為平地也不能讓這個女的跑了！妳穩定一下速度，我要下去捉這個女的，讓後面的人快些過來。」

「是！」藍髮少女的眼睛直視前方，臉色平靜，彷彿只會說這個字。

風隼掠起，在天空裡盤旋一圈，重新回到如意賭坊的上方。速度放緩後，銀色的大鳥腹部忽然打開，一道閃電滑落，打在如意賭坊外牆上，土石飛揚。整個賭坊裡的人都被驚動，賭客們湧到外面院子裡，怔怔看著天空中漸漸密集的黑雲。

「天！那是什麼？那是什麼？」無數雙賭紅的眼看向天空，以為自己在作夢。

「好大的鳥啊！但是為什麼翅膀都不用動？」人群中有個拿劍的人喃喃說道。

「什麼鳥！這是風隼！」人群中有個聲音忽然間響起來，是那個光頭的遊俠。他手裡抱著一甕酒，抬頭看著半空中，臉色緊張。「快逃！該死的！是征天軍團的風隼，它要射殺全部人！都快逃啊，呆了不成？」

聽到「征天軍團」四個字，賭客們轟然發出一聲叫喊，呈鳥獸散。

征天軍團是滄流帝國百年來最精悍的隊伍，能夠縱橫天地之間，征服一切不服從帝國的人。五十年前北方砂之國霍恩部落動亂，二十年前鮫人復國軍起義，到最後都是被征天軍團用暴烈的手法鎮壓下去，其強大的戰鬥力和快如疾風的行動速度，讓整個雲荒大陸上對帝國不滿的人都心驚膽顫。

但是二十年前鮫人復國軍被鎮壓後，雲荒進入了平靜的時代，沒有任何大的動盪出現，所以滄流帝國的十巫從未再派出征天軍團，賭坊裡的賭客們自然也沒有目睹過那支可怕的軍隊。

光頭遊俠看著人群奔逃，卻遲疑著不肯離開。

「老大、老大，你還不快走！」他的同伴在遠處停下腳步喊他，然而那個光頭遊俠咬著牙，看著手裡剛買來的昂貴雕花酒，喃喃自語：「不行，不能走，老子要留在這裡等著西京大人回來！」

好不容易向老闆娘買了二十年的陳年醉顏紅，想獻上去當禮物，求西京收他為徒，如果被這點考驗嚇跑，怎能當劍聖傳人？

他握緊了劍，抬頭看著半空中盤旋的風隼，一顆光頭熠熠生輝。

「少主，果然是征天軍團！」看到前院那樣的喧囂奔逃，如意夫人出去看了看，臉色蒼白地回來。「怎麼辦？他們會不會已經發現我們？」

「未必。」蘇摩沒有走出門去，只是聽著風裡的呼嘯，淡淡道：「大約只是被皇天引來的。如姨，妳快把復國軍相關的東西轉移一下，我在這裡替妳守著，攔住他們。」

「是，少主。」聽得那樣毫不慌亂的吩咐，如意夫人的心神了定了定，不禁跺腳說：「左權使這時候去哪了？他和雲煥碰過面，要是被雲煥發現他出現在這裡，雲煥大約就要起疑心了！要他趕走那個女孩，怎麼這點事都做不到？」

蘇摩空茫的眼裡有冷銳的光。「莫不是他不忍心吧？妳說那個女孩好像救過他的命，是不是？」

「是倒是，但左權使一向公私分明。」如意夫人邊手忙腳亂地從鎖著的櫃子裡抱出一大疊帳本，邊還不忘辯解，連忙從後門出去。「少主，我走了，你要小心！」

蘇摩有些不耐地點頭，沒有回答。

等房中又只剩下他一個人，他張著空茫的眼睛「看」著外面越來越黑暗的天空。天空盡頭有好幾架風隼飛過來，朝著這一點凝聚，巨大的雙翼遮蔽天空，發出奇異的尖銳呼嘯。

真是麻煩。自己剛返回雲荒沒幾天，居然這麼快就碰上滄流帝國最棘手的軍隊。這一場遭遇戰提前了那麼久，還是令他有些不悅。

戴著奇異指環的手指抬了抬，他身後那個小偶人被牽動了，「喀嗒喀嗒」走過來，躍上了窗櫺，看著窗外大軍壓境的場面，嘴巴緩緩咧開，雙手張開，彷彿歡喜無比。

「你笑什麼？」傀儡師對這個分身越來越感厭惡，雙手一扯，將偶人從窗上扯落。然而阿諾咧著嘴巴，忽然抬手指了指旁邊那個緊閉著門的房間——那是他的臥室，夜夜充滿糜爛和血腥味道的房間，他永遠不能解脫的無間地獄。

順著偶人的手看過去，傀儡師的臉色忽然微微一變，看到了那邊的門猛然打開，一襲拖地的黑色斗篷飄出來。

不知為何，他陡然覺得心頭莫名一怔，手指暗自握緊。

是誰……到底是誰，會從那個房間裡走出來？

他看向廊下。彷彿注意到了他的目光，那個穿著黑色斗篷的人掩上門，也轉過頭來看著他。那是一張年輕男子的臉，眉目端正，神態疏朗自然，並非特別英俊，毫無顯眼之處。

然而蘇摩看到那個人的臉，心中卻是一怔。這是誰……如此眼熟，應是自己認識的人，他卻叫不出名字。

傀儡師不禁握緊手指，而阿諾看到那個人，卻是比他還興奮，「喀嗒」一聲跳回到了窗台上，對著那個人咧嘴微笑，用力揮了揮手。

「好噁心的東西。」那個披著黑色斗篷的男子轉頭看到窗台上的偶人，皺眉呢喃，抬頭看了他一眼，彷彿毫不驚詫地點頭招呼：「好久不見，蘇摩。」

那聲音！他聽過……究竟是誰？

傀儡師的手猛然一震，凝視著對方的臉，想通過幻力看到這個人的過去未來，但卻是一片空白——他居然看不到！這是什麼樣的一個人，居然連他都看不穿？他為什麼會從那個房間裡出來？白瓔呢？

「怎麼？認不出我了？」那個人撓撓頭，似乎有些沮喪。「我就這麼沒特點，容易被人遺忘嗎？」

蘇摩的瞳孔針尖般凝聚起來。「你是誰？來這裡幹嘛？」

「你還問我？」那個男子驀然冷笑起來，看看他，點頭道：「你把我妻子扣留在你臥室半夜，還問我來這裡幹嘛？」

啪！一聲輕微的聲響，傀儡師手指下的窗櫺驀然斷裂。

「真嵐？」蘇摩臉上第一次顯露無法掩飾的震驚神色，定定看向對方，眼神瞬息萬變。「你……你是真嵐？」

說起來，他也是第一次見到這位空桑的皇太子。

一百年前，無論是被押到座下問罪，還是被赦免逐出雲荒，少年時期自己的命運一直掌控在眼前這個人手裡，幾度因他的決定而轉折。然而，盲人鮫童從來沒有看見這位空桑人的主宰者、白瓔的丈夫、自己的救命恩人。

「你就是蘇摩？抬起頭讓我看看，到底憑什麼能讓白瓔那樣？」

那次驚天動地的婚典變故後，整個伽藍帝都被憤怒的暴風驟雨淹沒，對鮫人一族的惡意也達到最高點。然而，這樣惡劣的內外環境下，對著被押上來準備處死的罪魁禍首，那個王座上的聲音卻是平靜且克制。

一直沉默的鮫人少年微微冷笑，抬起頭循著聲音的方向看過去，眼前卻是空洞的一片，看不見任何東西。

然而，似乎是看到了鮫人少年那樣銳利又惡意的笑，王座上的人陡然改變語氣，也忍不住暴怒：「你還笑！白瓔死了！她從那麼高的地方跳下去，屍骨都找不到了！你還笑？你們鮫人都是冷血的嗎？」

有什麼東西重重砸落，鮫人少年根本沒有閃避，額頭頓時流下血來。

「殿下！殿下！怎麼用傳國玉璽砸鮫人？玷汙寶物啊！」高高的王座旁，傳來大司命的惶恐勸阻。

玷汙？少年冷笑起來——沒錯，他就是要玷汙空桑人視為珍寶的東西！就是要把一切他們認為最珍貴的東西撕裂摧毀！鮫人少年忽然戴著枷鎖撲過去，摸索著抓起掉落身前的玉璽，用力砸落在丹階上。

一下，又一下。等旁邊的侍衛們蜂擁而上，將他死死壓在地上的時候，玉璽已經被磕破了四角。少年的臉被緊緊壓在漢白玉的台階上，扭曲變形，嘴角流著血，卻不停冷笑。

「反了！簡直反了！快把這個鮫人拖出去砍了！」看到這一幕，大司命大怒。周圍的侍衛拖起蘇摩，準備架出去。然而王座上的人手一揮，卻發出阻止的命令。

「果然還是有點血性，不是除了這張臉就一無可取。」有人走到他身側，低下頭看著他，冷笑道：「你想求死是不是？我知道你罪行重大，就是砍頭十次都不夠，但我答應過白瓔要放你一條生路，所以你就算要死，也不許死在我的國家裡。滾吧！趁我還未反悔之前，離開雲荒！」

…………

是的……他是被他放逐的，卻從未見過那個人的臉。如今，百年過後，居然第二度聽到這個熟悉的聲音，恍如隔世。

「真嵐？」嘴角驀然浮起一絲笑意，傀儡師低著頭，眼裡陡然有壓抑不住的殺氣漫起。手指緩緩握緊，他忽地抬頭，一字一句道：「我要殺了你。」

那一架銀白色的風隼速度放緩，盤旋在如意賭坊上空，雲煥冷冷地俯視著底下院落裡四散奔逃的賭客們，眼睛始終不離那個戴著皇天的少女。

那笙跳入門後，躲過風隼第一輪的攻擊，忽然間想起什麼，臉色微微一白，居然回過頭來推開布滿勁弩的門，又衝到外面的大街上，跟著人流一起奔跑。

「才不要那群人看不起我！死也要死在外面！」苗人少女恨恨地想著，忽然看見頭頂上那一架風隼的腹部忽然打開了，精鋼鍛造的長索猶如閃電擊落，打在如意賭坊的外牆上，土石轟然飛揚。

那笙還沒有明白過來，只見一襲黑色勁裝沿著長索飛速掠來，宛如流星。

「哎呀！」等看清楚沿著飛索從風隼滑落的居然是個年輕軍人時，那笙才覺得害怕，驚呼一聲，反身就跑。該死的，西京去哪裡？太子妃姊姊還在那個房間裡吧？這兩個人難道都不管她了嗎？

「還逃？」苗人少女剛剛轉頭，忽然聽到身後一聲冷喝，勁風襲來。

轉頭之間，眼前一花，黑色勁裝的滄流帝國軍人尚未落地就反手拔劍，「啈嚓」一聲輕響，一道劍氣瞬間吞吐數丈，急斬向奔逃的少女。

那笙用盡力氣奔逃，然而眼前忽然齊齊落下一排勁弩，射死了她身前數十名奔逃的亂民，屍體堆起一道障礙，阻攔住她的腳步。銀色的風隼低低掠過，盤旋在上方，鮫人少女面無表情地操縱著龐大的機械，配合著下地作戰的滄流帝國少將，圍捕這個戴著皇天的少女。

唰！來不及躲避，那道奇異的白光切過來時，那笙閉著眼就把手往面前一擋。痛！右臂從肩膀到指尖猛地一震，彷彿有什麼錚然拔出——這一次靈驗了！她心頭一陣狂喜，忍痛睜開眼睛。

然而，那一劍雖然沒有真的落到她身上，可是睜開眼睛的一剎那，她大驚失色地看到那位從風隼上下來的黑衣軍人竟安然無恙地避開這一擊，並已經逼近到她身側不足一丈的地方。

什麼？他閃開了？皇天沒能奈何得了他嗎？

那個瞬間，那笙真正感到了害怕。她的右手胡亂往前揮，一邊想阻擋那個人逼近，一邊在滿街的屍體中踉蹌著奔逃。皇天在她手指間回應了藍白色的光輝，隨著她毫無章法的揮動軌跡，劃出道道光芒，交擊在黑衣軍人揮來的長劍上。

兩種同樣無形無質的東西，居然在碰撞時發出了耀眼的光。

「厲害。」感覺到手中的光劍居然被震得扭曲，少將不禁暗自驚詫：難怪第二隊的風隼會被打下來。猝不及防遇到這種力量，誰能不倒楣？

然而，畢竟是身經百戰的軍人，幾劍過後他便從少女毫無章法的亂揮中看出了她的弱點，迅速改變戰術。他不再耗費力氣正面對抗皇天的力量，身形陡然游走無定，從那笙的視野裡消失。

「啊？」轉瞬就看不到那個黑衣軍人，那笙詫異地鬆了口氣，轉身繼續奔逃。然而，在轉身的一剎那，她的眼睛陡然睜大——面前一襲黑色軍衣獵獵，那個年輕軍官手持光劍站在眼前，雙手握住劍柄，狠狠迎頭一劍砍下。

「哎呀！」那笙根本沒有應對的能力，面對近在咫尺的對手，居然怔住了，一時間來不及還手。

「笨蛋！」陡然間，聽到有人大罵，一道閃電投射過來。「快躲！」

「唰」的一聲交擊，雲煥手中的光劍猛然被格擋開來，猝不及防，滄流帝國劍術第一的少將居然一連倒退三步。同一個時間裡，另外一個人影閃電般奔來，一把挾起那笙，從雲煥的攻擊範圍內逃離。

天上的風隼立刻發出一輪暴雨般的激射，追逐著那個帶走苗人少女的人，那個人反手拔劍，一一格擋。隨著劇烈的動作，他的背後有血跡慢慢沁出，然而他絲毫不緩地帶著那笙從雲煥身邊逃開。

「趴著，別亂動！」一口氣帶著少女逃離十丈，將那笙按倒在巷口的圍牆下風隼無法射到的死角，那個人才喘著氣放開手。「妳居然敢跟雲煥交手，不要命了嗎？」

「炎、炎汐？」此刻才聽出那人的聲音，那笙又驚又喜。她方才在奔逃中下意識地抱著他的肩膀，此刻鬆開來只見滿手鮮血。昨日才受了那麼重的傷，如今還要這樣奮力搏殺，只怕他背後的傷勢更加惡化了。

「炎汐！」彷彿緩過神，那笙忽然鼻子一酸，大哭起來：「原來……原來你還是管我死活的。」

猝不及防接下一劍，雲煥一連退了三步，驚詫地回頭看向來人。

天色已經大亮，雨後的街道彷彿罩著濛濛的霧氣，那些方才被攢射而死的屍體堆積著，血水流了滿地。然而在滿地的屍首裡，一襲黑衣飛速掠來，一手抱著一個似乎已經死去的人，另一手握著白色的光凝成的長劍。

方才那一劍，就是從那個人手裡發出的。

光劍？滄流帝國的年輕軍人忽然間愣住了，居然忘了攻擊對方，只是看著那個中年男子橫抱著死去的鮫人少女，鐵青著臉掠過來，右手劃出一道閃電，對著他迎頭斬落。

「生何歡！」那個瞬間，陡然認出了對方的劍式，雲煥脫口驚呼。

同一個瞬間，他身子往左避開，右手的光劍由下而上斜封，同時連消帶打地刺向來者。

「問天何壽？」同一瞬間，顯然也認出滄流帝國戰士的劍法，黑衣來客猛然一驚，想都不想地回了一劍。

十幾招彷彿電光般迅疾地過去，每一招都是發至半途便改向，因為從對方的來勢已經猜出了後面的走向，為了避免失去先機，便不得不立刻換用其他招式。然而，彷彿都是熟稔至極的人，無論如何變換，雙方都是一眼看穿。彷彿是操演劍術，但即使是一個餵招一個還手，也沒有配合得那麼迅速妥帖。

十幾個半招過後，急速接近的兩人終於來到近身搏擊的距離，一聲厲喝，兩道劍光同時劃破空氣，宛如騰起的蛟龍，直刺對方眉心——「蒼生何辜」！雙方不約而同使出來的，居然同樣是九問中的最後一問「蒼生何辜」。

兩柄光劍吞吐出的劍芒在半空中相遇，彷彿針尖撞擊。轟然巨響中，雙方各自踉蹌退開，氣息不穩。

黑色軍服下，滄流帝國的少將臉色蒼白，看著面前的來人，緩緩將光劍舉至眉心，肅穆行禮：「劍聖門下三弟子雲煥，見過大師兄。」

「三弟子雲煥？我不曾見尊淵師父教過你。」退開三步，抱著鮫人屍體的西京猛然怔住，看著對方手裡的光劍，忽然大笑起來：「三弟子？是了！你是慕湮師父的關門弟子。沒想到『空桑』劍聖收的弟子，居然是滄流帝國的冰族人！」

「劍技無界限。」雲煥放下光劍，冷冷回答。銀黑兩色的戎裝襯得青年軍官的臉更加堅毅冷定。「慕湮師父只收她認為能夠繼承她劍技的人而已。」

「劍技無界限？」西京驀然冷笑起來，看著面前這個奉命追殺的軍人。「可是劍客有各自的立場。我不管你是誰，如今你們殺了汀，罪無可赦！」

「汀？」雲煥愣了一下，看著西京懷中的鮫人少女，不禁冷笑。「為了一個鮫人？別裝模作樣了，師兄，你是想保護那個戴著皇天的女孩子吧？直說就是，何必找那麼卑下的藉口？」

「混蛋！」西京的瞳孔猛然收縮，殺氣慢慢出現。「才學了幾年劍技，就這樣漠視人命？非廢了你不可！」

「大師兄，聽說你喝了快一百年的酒，還能拿住劍嗎？」雲煥微微冷笑起來，言辭也毫不客氣。「我早就想拜見一下你和二師姊，可惜你們一個成了酒鬼，一個成了冥靈，我又長年不能離開帝都，如今可要好好領教一番！」

半空中的銀色風隼看到兩個人對面而立，一時間生怕誤傷，盤旋著不敢再發箭。

「瀟！別愣著！快去追皇天！」在拔劍前，滄流帝國少將仰起頭，對著飛低過來的鮫人傀儡厲斥。「蠢材，我這裡沒事！快讓大家去追那個戴著皇天的女孩子！」

在那一架銀色風隼飛低的時候，西京眼神冰冷地握緊光劍，準備一劍殺死那個鮫人傀儡，將風隼擊落下來。然而，聽到雲煥那一聲厲喝，劍客臉色驀然大變，抬頭看著飛低的巨大木鳥。

那樣可怕的殺人機械，被一個深藍色頭髮的鮫人少女神色漠然地操縱著，在頭頂一掠而過。

「瀟，瀟……」西京猛然脫口，喃喃自語，抱緊了汀的屍體，忽然間喝多了酒後的雙手開始顫抖。「汀，妳看到了嗎？瀟！那個就是瀟！」

天際湧動著密雲，遮蔽晨光，暗淡如鐵。

第十三章 血戰

如意賭坊內，蘇摩攔在披著斗篷的真嵐面前，忽然毫無預兆地出手。一照面便被這樣截擊，讓意欲離去的真嵐脫身不得。

「你發什麼瘋？怎麼見誰都殺？」手指迅速揮出，虛空中彷彿有看不見的琴弦被彈開，真嵐忍不住厲喝，根本不瞭解眼前這個鮫人到底在想什麼。

蘇摩壓根兒沒有回答，空茫的眼裡充滿殺氣，十指迅速地交錯，操縱著窗台上那個叫做阿諾的偶人。偶人跳著奇異的舞蹈，帶動各處關節的引線，十枚戒指在空中交錯飛舞，切向披著斗篷的男子。

「該死的，沒時間跟你打，我還有正事要辦。」真嵐皺眉，在漫天透明的引線切來的同時，忽然宛如幽靈般飄出。那一襲斗篷居然產生奇異的扭曲，彷彿被隨意揉搓變形的黏土，倏地從那些銳利引線的間隙中穿過。

蘇摩嘴角泛起一絲冷笑，忽然向前掠出。第一次，在偶人發出「十戒」後，傀儡師竟然親自出手了。

蒼白的手揮向空桑皇太子的頸項，一道極細極細的金色影子忽然從傀儡師的袖中掠出，靈活得宛如靈蛇，在空氣中輕嘶著切向真嵐。

猝不及防中，真嵐伸手握住那條金索，忽然間手心中流出血來。

這是什麼？居然能傷到他？要知道，除了百年前徹底封印住他的「車裂」酷刑外，一般世上的兵刃根本無法傷到「帝王之血」一絲一毫。

在他身形停滯的瞬間，小偶人左手上的引線再度飛揚而來，捲向他的右腕。蘇摩嘴角帶著冷笑，右手中的金索被真嵐扣住，手指繼續輕彈，袖中飛出更多的金色細索。這些金色的絲線，重疊在偶人身上的引線之上，那個剎那間，空氣中彷彿結起了無可逃避的網。

真嵐一直漫不經心的眼神陡然凝聚，右手抬起，快得不可思議地握住半空中數根引線，手掌被割破，血沿著引線一滴滴流下。

他低喝了一聲，陡然發力。他必須破開這張無形的網，不然蘇摩收起手中引線的時候，他將被割裂成千萬片。然而，即使要扯裂那些千絲萬縷的線，恐怕也要付出這隻右手被割碎的代價。

顯然知道真嵐放手一搏的意圖，傀儡師的眼裡陡然閃現莫名的興奮和殺意，將雙手往後一拉，同時對應地發力。只見無數的引線陡然繃緊，割入真嵐的右手。

啪！雙方同時用力，其中一根金色的細索立刻斷裂。

那一剎那，台上偶人的身子猛然一顫，彷彿失去平衡，左膝微微往前彎一下。同一時間，真嵐皇太子詫異地看到蘇摩居然做出一模一樣的反應，左膝微微往前一屈，身形一個踉蹌。

與此同時，金索割破真嵐右手，血洶湧而出。

「這、這是──『裂』？」看到傀儡師和人偶一模一樣的舉止，真嵐猛然脫口，看向傀儡師，眼神瞬息間變了變，似是驚詫，又似惋惜。

蘇摩的左膝上有血滲出，然而血腥味彷彿更加激起他的殺意，他的動作快得宛如閃電，手上細細的金索如靈蛇般遊動而出，撲向真嵐，竟似懷了多年恨意，非置眼前人於死地不可。邊上，偶人的膝蓋在窗台上微微一磕，旋即站起來，繼續舞動手足。

真嵐眼角掃過，面色頓時微微一白。

傀儡師和偶人，居然都彷彿在同樣奇異的節奏下，舉手投足。不知道是他們操控著那些若有若無的漫天絲線，還是那些絲線在牽引他們。一模一樣的偶人和傀儡師，一模一樣的動作，彷彿是孿生的兄弟，嘴角帶著同樣莫測的笑。

在手再度被割破、勁風襲向咽喉的剎那間，真嵐皇太子心中陡然雪亮──這已不僅僅是「裂」，而是成了「鏡」。鏡像般存在的孿生，已不再是從本體中游離分裂而出的從屬分身。

「你這傢伙，真是沒救了……」真嵐喃喃自語，手指挽住另一根呼嘯而來的線，陡然發力。或許自己的手將被切斷，但是與此同時，那個傀儡師只怕也不會好過到哪裡去。

「鏡」無論哪一方，如果受到攻擊，那麼內外將同時受傷。

真嵐流著血的手抓緊那些絲線，往裡扯回，瞬間傀儡師的手也往裡收，臉上居然有奇特的笑容，竟似毫不介意兩敗俱傷的結局。那怨毒之深，居然更甚於百年前在丹階上砸碎傳國玉璽之時。

「簡直是一個瘋子！」真嵐不能理解蘇摩為何對他抱有那樣大的恨意，忍不住在心裡苦笑，卻知道面對這樣瘋狂的對手不能退讓分毫，手上力道瞬間加大。

絲線繃緊，血從絲線兩頭同時沁出，如同紅色的珊瑚珠子滑落。

那一根絲線連著偶人的脖頸，那個瞬間，偶人和傀儡師的臉上都有劇痛的神色。

就在即將拉斷偶人頭顱的一剎那，真嵐忽然一驚——

「不要。」

斗篷裡，有人按住了他的手臂，力道很小，柔和安靜，卻是堅決的。那個瞬間，空桑皇太子臉色微微一變，手指忽然下意識地鬆開。

白瓔……妳不願看到這樣的結果嗎？

妳不願我在百年後再度處死這個人嗎？

高手對決，成敗只在剎那間。真嵐的手剛一鬆開，引線那一端的力道失去平衡，飛揚而起，被偶人操縱著，宛如毒蛇怒昂，驀地呼嘯撲來，猝不及防地扎入真嵐的心臟部位。斗篷被撕開一個口子，引線如離弦之箭穿過軀體，從背後透出——然而真嵐臉色毫無變化，斗篷裡卻傳出一聲低低的痛呼。

傀儡師手上的金索本來同時飛出，從各個方位切向那個披著斗篷的男子身軀，要把他撕得支離破碎，然而聽到那個聲音，手便是微微一震。

彷彿明白真嵐身邊傳出的痛呼是誰的聲音，蘇摩雙手陡然凝滯一下，半空中那些金索引線紛紛墜地。

「白瓔！白瓔！」天光灑落在身上，真嵐的臉色變了，急切地抬手按住胸口那個破裂的口子，低下頭急喚：「妳沒事吧？」

斗篷裡彷彿有微風湧動，輕輕動了幾下，然而終究沒有一絲聲響。蘇摩看著那一襲中空的斗篷，臉色倏地慘白，沒有顧得上趁機補上一擊將對手徹底擊敗，雙手頹然垂落，無數的引線彷彿失去生命力，無聲無息地凋落一地。

受傷的真嵐顧不上一旁的傀儡師，忙亂地掩著前襟，想要把射入的日光掩住，然而只有一隻手的他，怎麼也無法按住背後對穿而出的破裂口子。

「快回屋！」陡然，有一隻手伸過來，按住背心那一處破口，低聲道。

真嵐詫然抬頭——說話的，居然是蘇摩！

片刻前那樣邪異的殺氣和恨意都消失無蹤，蘇摩抬起尚自流著血的手，幫他按住斗篷上的裂口，一把推開背後臥室的門，催促道：「快進去！」

「蘇摩？」空桑皇太子脫口低呼，目光瞬息萬變。

如意賭坊內那一輪瞬息生死的激鬥過後，外面卻已經開始一輪血腥的屠殺。

巨大的飛鳥聚集在桃源郡城南，羽翼遮蔽了日光。雨已經停歇，但是空氣中充滿呼嘯的聲音，勁弩如同暴雨般傾瀉。街上奔逃的人紛紛被射殺在當場，血在積滿雨水的街道上縱橫，畫出觸目驚心的圖案。

「少將有令，一旦發現皇天，則封鎖相應街區，一律清洗！錯殺一千也不可放過一個！」銀色的風隼帶領著四方匯聚來的隊伍，盤旋在城南。風隼上，藍髮的鮫人少女瀟冷冷重複著雲煥的命令。她喉頭顫動，卻沒有發出聽得見的聲響，用的全是鮫人的「潛音」。

那是鮫人一族在水下相互通信的特有方式，聲音可以在空氣中和水中傳遞出數十里的距離。如今在風隼群集的時候，相互之間也必須用潛音來傳遞命令，不然以人的聲音，根本無法互通訊息。這也是滄流帝國決定將鮫人作為傀儡、操縱風隼的理由之一。飛翔於天宇的征天軍團，無法離開鮫人這一項天生優勢。

距離瀟最近的風隼上的鮫人傀儡接到指令，面無表情地念出來，傳達給機上的滄流帝國戰士。命令就這樣一個接一個傳遞開來，迅速擴散至整個軍團。

昨日從伽藍城派出的風隼共有十架，半途被皇天擊毀一架，此刻還有九個小隊聽命於下。

「是！」接到了少將的命令，風隼內的戰士齊齊領命，然而副將鐵川冷冷斜視著這個代替主人發號施令的鮫人少女，內心嗤笑：雲煥少將真不知道幹什麼去了，居然由鮫人來坐鎮征天軍團。

「封鎖城南九個街坊，凡是逃出來的一律射殺！將所有奔逃的人趕到一處來，然後留一半人手在風隼上，其餘的給我下地細細搜索，找出那個戴著戒指的女孩！」副將鐵川下令，轉頭看見前方一架風隼上居然只剩一個鮫人傀儡，滄流帝國的戰士一個都不見，猛然臉色大變。

這……這是怎麼回事？難道方才又遇到強敵？到底這次受命尋找的那枚「皇天」戒指和那個戴著戒指的少女，是何來頭？

城南到處一片慌亂，所有人都在奔逃，想躲開那些如雨般傾瀉的勁弩。然而那些平民百姓如何能從那樣可怕的機械下逃脫，還沒有跑出一個街區，無數人就這樣被射殺在大街小巷裡。哭號聲、驚叫聲、瀕死的呻吟，充斥著耳膜。

「城南那邊怎麼了？怎麼來了那麼多征天軍團的人？」桃源郡雲中城官衙前的大街上，一隊剛出來巡邏的士兵詫然。領隊的抬頭仰望南邊天空中盤旋的巨大羽翼，古銅色的臉充滿震驚和怒意。「居然在我們澤之國隨便殺人！兄弟們，跟我過去！」

「總兵，別、別衝動啊！」看到總兵握緊佩刀，咬牙切齒，旁邊的副總兵連忙拉住他。「征天軍團每次出動都有特赦令，無論殺多少人都不會被追究，我們管不了啊，我們不過是屬國的軍隊罷了。」

「胡說八道，冰族是人，屬國的人就不是人嗎？」總兵更加憤怒，滿臉絡腮鬍子幾乎根根立起。「也沒有預先通知我們郡府，就闖過來莫名其妙亂殺人，難道眼睜睜看著那一群瘋狗在我們地盤上亂咬人？跟我過去給他們一點顏色看看！」

「是！」身後大隊的士兵轟然回應，握拳贊成。很多人的家眷都還在城南一帶的街坊裡，此刻心中怒火更甚，恨不得上去將那群屠殺百姓的滄流帝國軍隊碎屍萬段。

「你們敢！」總兵正要帶隊離開，身後陡然有人暴喝：「反了！」

「太守？」一群士兵詫然止步，看到自府衙門口匆匆出來的桃源太守姚思危。顯然他還在用早膳，連穿戴都不整齊，聽得外頭要出亂子，敞著懷、散著髮就趕來，指著總兵怒斥：「郭燕雲你這個找死的，想煽動軍隊謀反嗎？你們想被滅九族嗎？」

「謀反」這兩字一出，群情沸騰的士兵陡然一陣沉默，安靜下來。和滄流帝國對抗的下場會如何，幾十年來雲荒上已經無人不曉。滄流帝國鐵一般的統治，很大程度上是靠著三大軍團無與倫比的戰鬥力來維護，讓四方屬國不敢發出不服從的聲音。

同樣是軍人，那些士兵當然知道「征天軍團」四個字代表什麼意思。

家園被燒殺的憤怒，如火一樣燒上熱血男兒的心頭，總兵登高一呼，所有人便什麼也不顧地準備去阻攔那些闖入者。然而，太守此刻的提醒，宛如迎頭潑下冷水，讓大家都沉默下去。

且不論和征天軍團對抗無異螳臂當車，就說身為軍人，沒有接到上司的指令便襲擊宗主國的軍隊，這個「謀反」的罪名壓下來可不是鬧著玩的，就算他們不怕死，但這種大罪要株連家族，不是一個人豁出去就算了。

「你們給我好好去巡邏，別管城南那邊的事！」太守看到那群士兵都安靜下來，才鬆了口氣，瞪了郭燕雲一眼。「總兵，你今天也給我回家抱老婆去！你老是這樣不用腦子擅自行動，讓我每天都覺得頭頂烏紗帽搖搖欲墜啊。」

「太守，你不管那些混蛋嗎？」風裡呼號聲慘烈，郭燕雲指著南邊天際，額頭青筋暴起。「那群強盜！他們是在咱們桃源郡殺人啊！」

「住口！」姚太守瞪了總兵一眼。「沒有高總督的命令，無論他們做什麼，我們只能服從。你是屬國的一個小小總兵，能做什麼？而且他們一定是為了抓反賊，才迫不得已動手的。」

「迫不得已？」郭總兵哭笑不得。「那群殺神迫不得已？太守你是不是沒睡醒？」

「唉，懶得和你這個不知好歹的傢伙囉唆。」姚太守撇了撇嘴，想起自己早膳還沒用完。「反正沒有高總督的命令，絕對不許對征天軍團有任何舉動！你回家去抱著老婆快活吧，操這份閒心幹嘛？」

看姚思危太守摸著山羊鬍子搖搖擺擺地走回郡府，聽著風裡傳來的哭號，郭燕雲的眼睛瞪得有如銅鈴般大，如缽的拳頭攥起，一拳打在衙門前的石獅子上。「去他的冰夷！」

屠殺還在繼續，如意賭坊的院子裡也充斥著哭鬧聲。

來到雲荒後連日辛勞，慕容修好不容易睡了個踏實的覺，然而一早未起，就聽到外面喧鬧沸騰的人聲。他還沒反應過來到底發生什麼事，「噗」的一聲，一枝勁弩穿透了屋瓦，釘在窗前小几上，尾羽猶自微微顫抖。

慕容修大吃一驚，瞬間跳起，迅速拉過外衣穿好，將昨夜睡前攤開晾乾的瑤草收攏起來打包揹上，拉開門衝向前廳，邊跑邊叫著保護人的名字：「西京……西京大人！救命！」

然而如意賭坊內早已人去樓空，一片狼藉散亂，屋瓦到處碎裂，從屋頂的破洞中不斷有勁弩落下，釘在屋內傢俱上。

慕容修冒著落下來的飛矢，一間間房尋找西京，然而四顧不見那個醉酒的劍客，不由得心下又驚又怒。母親將他託付給這個陌生的大叔，卻沒料到他這般不可靠，在這樣危急的時刻居然不見人影。

到處都找不到人，一日前那樣熱鬧的賭坊居然轉眼荒涼，連老闆娘如意夫人都不知道去哪裡。中州來的年輕商人冒著如雨的流矢，一間間房尋找，尚自懷了一線希望，以為那個醉酒的劍客會在某間房裡猶自酣睡。

然而，最後一間房的門被推開，裡面只是黑洞洞一片。

「西京！西京！」慕容修大聲喊，但沒人回答。那個剎那間，猛然身子一震，半空中一枝流矢射下，穿透他的小腿。他雙膝一軟，踉蹌著跌入門中。

更多飛矢如同雨點散落，擊碎廊下屋瓦，令人無處可逃。

「進來！」毫無武功的商人抬手想要徒然地阻擋，黑暗中忽然有個聲音低呼。慕容修覺得憑空裡有什麼拉住他手臂，「唰」地將他拖進房中。門扇「砰」的一聲在背後關起，飛弩釘在門上，如同暴雨。

他忍著腿上的痛，在漆黑一片的房間摸索，扶著牆站起，判斷著這裡到底是什麼地方。手指觸摸處，似乎是頗為豪華的臥房，四壁上砌著光滑的石頭，大約因為屋梁高厚，一重重做了天花吊頂，竟然不曾有一枝飛弩射破。

房間內一片暗淡，充滿說不出的詭異氣味，香甜而腐敗。

「她的魂魄渙散了？要怎樣才能凝聚？」黑暗中，一個聲音忽然問。

慕容修怔了一下，隱約記起那個聲音似乎在哪裡聽過。然而不等他發問是誰出手相救，另外一個聲音在黑暗中開口：「要靠皇天來引發后土內蘊藏的力量，才能在白日裡保住靈體不散。」

前面那個聲音沉默一下。「難道后土本身的力量不會保護它的主人？皇天后土，不是力量對等的兩枚戒指嗎？」

「后土的力量其實遠遜於皇天。」另一個聲音停頓了一下，忽然低聲說道：「它的力量已經被封印了，根本不足以凝聚渙散的靈體。」

「誰封印的？」一開始的聲音驚訝地問：「誰能封印后土？」

那個人沒有回答，對話到了這裡停頓下來，兩人沉默。

「請、請問是哪位恩人……」待得眼睛稍微習慣房內的昏暗，慕容修開口詢問，隱約看到掛著重重錦帳的大床旁坐著幾個人。他看不真切，摸索到了燭台，正待點起蠟燭，陡然手臂一麻，燭台「噹啷啷」飛了出去。

「別點。」黑暗中有人冷冷吩咐，「嘩」的一聲扯下帳子，彷彿生怕一點點光照入。慕容修猛然怔住，終於聽出這個聲音。

這個黑暗裡的人，竟然是天闕上的那個鮫人傀儡師。

喀嗒、喀嗒……黑暗中，有什麼走了過來，拉著他的衣角。慕容修詫異地低下頭，看到黑暗中一雙熠熠生輝的眼睛，在離地兩尺高的地方，詭異地對他笑著。

「哎呀！」他嚇了一跳，往後退一步，聽到房間裡另外一個聲音響起，有些詫異地問他：「你是誰？你推門進來的時候叫著西京的名字，難道你認識西京？」

那是個陌生的聲音，慕容修估計著對方沒有敵意，點頭承認：「是的，他是家母的故人。」

「哦？」黑暗中彷彿有什麼來到他身側，居然輕得沒有絲毫腳步聲。極暗的光線裡只能隱約看到那個人披著一身斗篷，蒼白的臉在風帽下看著他。「你母親是……」

「紅珊。」黑暗最深處，另一個聲音淡淡替他回答了。「鮫人紅珊。」

那是蘇摩的聲音。慕容修一直對這個詭異的傀儡師有莫名的避忌，此刻黑暗中乍然聽到，不禁打了個寒顫。

「哦，鮫人的孩子啊……難怪你肯出手救他。」披著斗篷的人微笑起來，伸手拍拍慕容修的肩膀。「西京去哪裡了？我也在找他呢。」

慕容修搖頭說：「不知道，我早上醒來的時候，已經找不到他人了。」

「呃，西京怎麼變成這樣吊兒郎當？」身側那個人微微詫異。「有正經事的時候跑得人都看不見，難道真的喝酒喝廢了？我出去找找他。」

當那個人站起來的時候，重重的簾幕被拂起，床上轉著一團白光，宛如融化的初雪，在暗淡的室內發出奇異的微光，隱隱看得出是一個人的形狀，卻渙散得如同春日裡正在消融的白雪。

傀儡師放下帳子掩住，忽然站了起來，拉住正準備離去的人說：「我出去找皇天，真嵐你留下。」

他只留下一句話，就頭也不回地掠出去。門在眼前重重關上，房間裡陡然恢復為一片漆黑，慕容修莫名其妙地站在那裡，甚至沒有發覺那個傀儡師是如何從這個房間裡消失的。

「果然是這樣啊。」黑暗中，真嵐陡然吐了一口氣，喃喃道。

「呃，難得看見他這樣熱心。」慕容修想起天闕上那個袖手旁觀的冷血傀儡師，不禁感嘆了一句。僅憑直覺，他也感到這個叫做「真嵐」的人，遠比蘇摩要好相處。不過，總覺得「真嵐」這個名字非常熟悉，似乎……母親在講起雲荒往事的時候，曾對他提過？

他在一旁苦苦回憶，然而披著斗篷的男子許久沒有說話，嘴角慢慢有了一絲苦笑。「哪裡……他只是害怕而已。他怕自己一個人待在沒有風的黑暗裡，會被『鏡』中『惡』的『孿生』控制，不知道會對白瓔做出什麼事來吧。」

「啊？」慕容修似懂非懂。

真嵐沒有再和他說話，來到榻前撩開帳子，俯下身去看那一灘融化的白雪。他的右手停在上方，忽然間白雪中一縷微光閃爍，應著他手上的力量，「噗」的一聲跳入他的手心——那是一枚銀白色的戒指，雙翅狀的托子上，一粒藍寶石熠熠生輝。

「天啊……這是皇天？」年輕商人脫口驚呼。

真嵐將戒指握在手心，似乎在傳遞什麼力量，榻上那一灘白雪陡然起了微微變化，彷彿從渙散中凝聚起來。慕容修目瞪口呆地看著這奇異的一幕。真嵐沒有睜眼，許久，只是淡淡道：「不，這不是皇天，而是后土。」

「后土？」慕容修看著，忽然間彷彿記起什麼，恍然大悟。「我知道了！你、你原來就是空桑末代的皇太子？」

「是的。」黑暗裡的人微笑起來。「我就是真嵐。」

賭坊外大街上的那一場屠殺還在繼續。

「別亂動！」第五次將那笙的頭按下去，炎汐的聲音已經有些不耐煩，手上的力道也加大了，一下子將那笙重重按倒在街角的石板路上，發出沉悶的聲響。

「啊！」然而苗人少女拚命掙扎著，想再度抬起頭來。「血！血！放開我！」街上已經沒有幾個活人，屍體堆積在那裡，流出的血在地面蜿蜒，合著清晨的雨水。那笙的左頰上沾了一大片血水，她尖叫著，拚命想抓開他的手。「讓我出去！他們是不是在找我？我出去就是！不要殺人……不要殺那麼多的人！」

「胡鬧。」炎汐毫不放鬆地按著她，將她的臉繼續浸在血汙裡。鮫人戰士藏身在隱蔽的死角，看著聚集在上空的風隼，眼色慢慢冰冷。好狠的征天軍團！為了找到一個女孩，居然將整個街區的人都趕出來，盡數射殺。

在他們看來，為了「皇天」，犧牲區區數千賤民，只怕也是值得的吧。

想到這裡，炎汐陡然愣了一下。空桑人的事與自己何干？自己為什麼要護著這個戴著皇天的姑娘？空桑人是鮫人數千年的死敵，少主也吩咐他驅逐這個女孩。而他，復國軍的左權使，百年來看過多少兄弟姊妹死在空桑人手裡，如今居然還拚死護著皇天的主人，豈不是天大的笑話？

那樣一愣，手上的力量不知不覺便減弱了，那笙在地上用力一掙，竟然從他手下掙脫，拔腿便跑了出去。

街上已經看不到奔逃的人，所有房屋都被射穿，屍體橫陳在街上，偶爾還有未死的人低低呻吟，讓人毛骨悚然。

「住手！不許亂殺人！不許亂殺人！」少女揮舞著雙手，沿著堆滿屍體的街道跌跌撞撞跑著，對著天上聚集的風隼大喊。回應她的，果然是漫天而落的勁弩。她揮著手，指間的皇天發出藍白色的光，一一擊落那些勁弩。

炎汐在後面看著，陡然間便是一個恍惚——或許……就讓她這樣跑出去也好吧？畢竟少主命令過了不許再收留這個戴著皇天的少女，而她或許有力量保護自己，能逃得掉也不一定。

自己加入復國軍時曾發誓，要為鮫人回歸碧落海的那一天獻出一切，那麼自己的性命也該為復國軍獻出。如果就這樣在這次追逐皇天引發的風波裡終結性命，那豈不是違反了當年的誓言？

炎汐終於轉過頭，決定不再管這個戴著皇天的女孩。

「皇天！」看到跳出來的少女，風隼上滄流帝國的軍人齊齊驚呼，注意到底下藍白色的光芒。

「小心，不要靠得太近！不要像上次那樣被擊中！皇天的力量有『界限』，注意離開五十丈！」風隼上，副將鐵川代替缺陣的雲煥少將，下達一連串的命令。「兩架為一組，封鎖各方，輪換著用最強的踏弩聯排發射！」

「是！」風隼上的戰士領命，各自散開，立刻織起一張密不透風的箭網，將那個少女網在裡面。

從半空看去，那一排排密集的勁弩如同狂風般一波波呼嘯而落，縱橫交織，凌空射向那名竟然意圖以血肉之軀攔下風隼的少女。

沒料到一下子受到的攻擊增加十倍，那笙胡亂地揮著手。然而，沒有學習過任何武學技藝的她，只會毫無章法地隨手格擋，哪裡能顧得了全身上下的空門？猛然一個措手不及，一枝響箭呼嘯而來，穿透她的肩膀。那笙因為疼痛而脫口大叫，身子被強勁的力道帶著往前一傾，手指停頓，全身頓時空門大露。

那個剎那間，更多的勁弩射向她的周身。

糟了！炎汐深碧色的眼睛陡然收縮。片刻前汀那樣悲慘死去的情景，彷彿在眼前回閃。

那笙……那笙也要被這樣射殺嗎？

「快回來！」這一刻來不及想什麼國仇家恨，炎汐猛然掠出，閃電般衝過去，冒著生命危險一把將她拉倒，兩個人一起跌倒在厚厚的屍體背後。無數的箭「嗖嗖」地擦著他們射下，在屍體上發出肉質的鈍音。那笙被拉得踉蹌，跌在他身上，炎汐感覺後背重重撞上路面，幾處傷口再度撕裂般地痛起來，整個背部和右手都開始抽搐。

沒辦法……終究還是無法眼睜睜地看著她送死啊。

「如果不想連累我一起送命，就給我安分點！」跌落的一剎那，他厲聲吩咐：「聽我的吩咐，一起衝出去！」

重重跌落在他身上後，那笙眨了眨眼睛，不說話了。她知道炎汐這句話一出，便是答應了要照顧自己周全。只是她忽然間覺得有些奇怪，蘇摩那傢伙不是說過，不許他們鮫人管自己的事嗎？

她抬頭看著炎汐，忽然將頭湊到他耳邊，輕輕道：「你是個好人。」

此時地面上已經一片死寂，天空中的風隼發覺兩人的蹤跡，排列成隊，依次低掠。在掠到最低點的一剎那，風隼的腹部齊齊打開，一道銀索激射而出，釘入地面，一隊隊身穿銀黑兩色軍裝的滄流帝國戰士手握長劍，沿著飛索從風隼迅速降落地面，開始合圍作戰。

那笙趺在炎汐懷裡，看到那樣的聲勢，嚇得動都不敢動。雖然剛才口口聲聲喊著不怕死，但此刻命在旦夕，身子還是不自禁地微微顫抖。

從八架風隼下來了大約五十名戰士，顯然是訓練有素，一落地立刻分成兩路散開，一路在前街，一路在後街，截斷了所有去路，宛如雙翼緩緩合攏，將方才出現活人的街區圍合。

街上屍體堆積如山，所以他們推進得並不快，然而每走一步，便要確認周圍路上和房舍中是否還有人存活，一旦發現尚有未死的人，未花時間確認，一律殺死。屍體堆中零落地有慘叫聲傳出，忽然有幾個受傷未死的人跳出來，用盡全力拔腿奔逃。

天上九架風隼還在盤旋，監視著地面上的一舉一動。那些原先躲在屍體堆裡裝死以求能逃脫這場屠殺的人剛一躍起，風隼上的勁弩就如同暴雨般落下。

傷者很快陸續被射殺，宛如稻草人般倒下。然而，其中一個光頭男子居然身手頗為矯健，一連格開了幾枝勁弩，飛快地在屍體中奔逃。

不過天上的風隼盯準了他，地上的戰士也向他包圍過來，那個人滿臉血汗，奔逃得氣喘吁吁，面目都扭曲了，右手揮著劍狂舞亂劈，奇怪的是，左手卻抱著一個酒罈死死不放。

不可以、不可以扔掉！那是二十年的醉顏紅……是敲開西京大人之門的寶物……如果他有幸成為劍聖的門下，那便是……

只想到這裡，「噗」的一聲鈍響，箭頭從脖子裡穿出。

血沿著箭杆滴落在底下那笙的臉上。

苗人少女躲在屍牆下，身子嚇得彷彿僵硬了，一動都不能動。咫尺的頭頂上，那具剛成為屍體的臉還在抽動，眼球翻了起來，死白死白，神情可怖。溫熱腥臭的血瀑布般滴落，流到她臉上。那笙呆呆地看著，居然連稍微扭頭避開的力氣都沒有。

雖然從中州來雲荒的一路上也曾經歷戰亂流離，然而這樣可怖的大屠殺，她還是第一次遇到。在那樣咫尺的距離內直擊，力量懸殊的屠殺和死亡，令少女的心經受了極大的震撼和打擊。

雲荒……這就是雲荒？

她呆呆發怔，對視著頭頂逐漸斷氣的平民，血滴滿了她的臉。忽然間，一隻手伸出來擋在她臉前，擋掉了如瀑布般流下的鮮血。背後有人輕輕拍了拍她的肩膀，那笙這才恍然記起自己並不是孤身一人。

炎汐，炎汐！她忽然間快要哭出來。

「咦，難道就這樣死光了？」周圍寂靜下來，落地的滄流帝國戰士發現再也沒有人動彈的跡象，有些詫異。「方才明明看到有個女的跳出來，怎麼這一輪捕殺的全是男的？」

「囉唆什麼，一定是還在躲著裝死呢，慢慢搜。」帶隊的校官冷笑，喝斥下屬，然而看著滿街堆積如山的屍體，眼睛忽然瞇起來。「太麻煩了，乾脆點把火，把整條街燒掉吧。反正守著兩頭街口，還怕她不逃？」

「好主意！」士兵們已經搜索得有些不耐煩，立刻回應。「把風隼上帶的『脂水』扔下一袋來，咱們潑上去燒了吧！」

地面搜索隊暫停下來，打出訊號，天上的風隼立刻有一架掠低，上面的鮫人傀儡毫無表情地操縱著機械，底艙打開，長索吊下了幾大皮袋的東西，迅速落地。

士兵們退回，分成幾組，紛紛打開皮袋。袋子裡有奇異的味道透出，黑色的水蜿蜒而出，流到地面上，居然比雨水和血水都輕，漂浮在上面，宛如詭異的黑色毒蛇，迅速地蔓延開來。

「糟糕，他們要用脂水燒街！」嗅到奇異的味道，炎汐猛然一震，抓緊那笙的肩膀，在她耳邊低聲囑咐：「那笙，快起來，妳還記得剛才西京大人所在的方向吧？」

「西京？我忘了……」那笙愣了愣。作為一個路痴，被炎汐拉著狂奔了一段路後，方才西京和那位滄流少將對決的方位她早就完全糊塗了。

這樣的情況下，還看到她這般神情，炎汐簡直不知道如何說才好。他哭笑不得地低聲比劃：「妳等一下要往對面跑，遇到路口就往左拐，轉彎五十丈後就該是如意賭坊大門。如果西京大人還在那裡，他一定會保護妳。」

說到這裡，他忽然沉默了一下：如果西京此時已敗在雲煥劍下，又該如何？

然而，眼前步步緊逼的危機讓他無法假設得更遠。如果那笙留在這個街區的包圍圈裡，很快就會被抓到殺死，也只有讓她去西京那個尚有一線生機的方向試試了。

「等一下看到煙冒起來後，我先衝出去，妳數到十就往那邊拚命跑，知道嗎？」刺鼻的味道越來越濃，低頭看見黑色的小蛇從屍牆下蔓延滲透過來，炎汐知道情況危急，低聲囑咐。一邊說，他一邊騰出手來，解開自己束著的髮髻，將頭貼著地面，將一頭藍色的長髮浸到黑色的脂水裡，滾了一下，瞬間全部染黑。

「啊……那是什麼？」那笙看得心驚，脫口低聲問。

「北方砂之國出產的脂水，這是比火油更厲害的東西。」炎汐將頭髮染成和常人一般的黑色，並從身邊屍體的傷口上抹了一些鮮血，塗到自己臉上。「看來他們要燒街，逼我們現身。」

那笙嚇了一跳，沒想到堂堂滄流帝國的軍隊居然如強盜一樣，燒殺搶掠都不眨眼。然而看到炎汐這般奇怪的舉動，她更加詫異地問：「你、你在幹什麼？」

炎汐沒有說話，只是將死人的血抹在嘴唇上和臉上。黑髮披散、紅唇素顏，一眼看過去居然男女莫辨。

「咦，比女孩子都好看呢。」畢竟年紀小，那笙邊因為緊張而全身微微哆嗦，邊卻因同伴這樣奇異的樣子而感到新鮮有趣，忍不住笑了起來。然而話音未落，「刺啦」一聲，忽然間，彷彿有什麼焦臭的味道瞬間散開。

「燒起來了！」那個瞬間，炎汐猛然站起，低呼：「快逃！」

「你要幹什麼？」那笙下意識地伸手，將他死死拉住。陡然間，她明白過來了，尖叫起來：「不許去！」

前方濃煙滾滾，黑色的水在瞬間化為火焰。濃煙火焰的背後，不知道有多少雪亮的長劍和勁弩在等待著從火中奔出的獵物。

炎汐準備掠出，被那笙那麼一拉就阻了一下。

「喂、喂！你不要去！」那笙用盡全力拉著他，幾乎要把他的衣袍撕破。「我有皇天！不怕他們的！你不要去……不要去！」

「傻瓜……皇天不過是帝王之血的『鑰匙』而已，力量有限，只能在他們未防備的時候打下一架風隼罷了。」濃煙滾滾而來，炎汐已經被嗆得微微咳嗽。他指著天上說：「如今他們有備而來，上面有十架風隼……地上還有雲煥！妳……咳咳，妳逃不掉的！」

「逃不掉就逃不掉！」那笙說不過他，只能聲嘶力竭地喊：「我不怕死。」

「說什麼呢？我不會讓妳死的！可惜我的力量也不夠。」炎汐苦笑著，一把推開她。「我先引開他們，妳快逃去西京大人那邊！他的力量應該足以保護妳……」

濃煙滾滿了整條街，讓人無法呼吸。

那笙大口咳嗽著，眼裡不停地流下淚來，手卻死死拉著炎汐的衣袍。「咳咳，別去！你別去！」她急切間想到了一個理由，忽然抬頭說：「你去了……咳咳，蘇摩要怪你的！」

那一句話，果然讓鮫人戰士的身子一震，看著映紅天空的火光，聽到那些屍體在火中發出的「滋滋」恐怖聲音，死亡的腳步近在咫尺。

炎汐忽然笑了。「那就讓少主責怪吧。我這一生，也就率性而為這麼一次。」

一語未畢，他一劍割裂衣袍，從屍牆後掠出，足尖點著堆積如山的屍體，衝入烈烈燃燒的火中。

那個瞬間，應該是用盡了全力，鮫人戰士的速度快得驚人。

滄流帝國的戰士只看見自濃煙中衝出一個美貌女子，紅唇黑髮，一掠而過，跳入燃燒著的房屋中，飛揚的長髮帶著火焰，隨即被劈啪落下的燃燒木頭湮沒。

「發現了！在這裡！在這裡！」地上搜索的軍隊發出了確認的信號。

天空中，風隼立刻集結。

那笙用力抓著自己的肩膀，用力得掐入血肉，她想跳起來大叫，讓炎汐回來，然而全身微微顫抖，她咬著牙，終於還是忍住了。

一、二、三、四……按照炎汐的吩咐，她閉著眼待在屍牆底下，一動不動地默數，顫抖著數到十，那些呼嘯和搜索聲果然遠離。她再也不猶豫，用手背擦了擦眼淚，「呼」地一下子從屍體堆中跳起，借著濃煙的掩蔽用盡全力狂奔。煙熏得她不停流淚，火光映紅整條街，那些被亂箭刺穿的屍體在火堆裡燃燒，被火一烤，手足奇異地扭曲，發出「滋滋」聲響，看上去彷彿活著一樣。

這裡就是雲荒……簡直是人間地獄啊……

那笙用手背抹著淚，拚了命往前跑，不敢再回頭看炎汐的方向。為什麼？為什麼會變成這樣……她根本不想這樣，根本不要看到這樣！

她不要什麼皇天，不要什麼空桑國寶，不要和這些瘋了一樣的戰爭和屠殺有任何關係！她拚命逃離中州、來到雲荒，難道是為了這些？她只想找到一個容身的地方，好好地生活、賺錢，和喜歡的人戀愛……不要捲入這些莫名其妙的爭鬥中去！

然而，已經有人為她流了血。那些流下來的血，鋪就她至今平安的旅途。她不可以再視而不見。

千百年來被奴役的鮫人，無色城裡不見天日的鬼，四分五裂的臭手真嵐和已經死去的皇太子妃……她要活著，要為那些幫過她的人盡自己的力量——不管那些人為何接近她。

那笙不顧一切地在燃燒的街裡狂奔，衣角和長髮著火了。她跌跌撞撞地穿過那些堆積如山的屍體，狂奔而去。

終於到了一個街口，她記起來那是如意賭坊門前的大街，立刻左轉。

因為沒有被潑上脂水，別處的火暫時沒有蔓延過來，前方的火勢稍微小了些。那笙咳嗽著，躲在斷瓦殘垣後，四顧尋找著西京。

原先金碧輝煌的賭坊已經零落破敗，那一條街上所有房屋都被射穿了，屋頂和牆壁上裂開巨大的洞，宛如一隻絕望暗淡的眼睛。房子裡、門檻上、街道中，到處都是屍體。剛開始還是稀稀落落的，但沿著那條通往郡府的燃燒街道，一路上屍體的密度便慢慢增大，到最後堆積如山阻斷了道路。

半空中那些風隼往相反方向飛去，顯然是發現了炎汐的蹤跡。那笙一想到這裡，感覺身子哆嗦得不受控制。她用力咬著牙，小心地趴在殘垣中，避免被天空中的風隼看見，顫抖著慢慢往如意賭坊靠過去。

然而，她剛一露頭，忽然間覺得天空一暗，抬起頭就看見那一架銀色的風隼居然往這個方向盤旋而來，低低掠下。

她大吃一驚，不由自主地躲到燃燒的房屋殘骸中。

低頭看去，前面是坍塌了一半的如意賭坊的圍牆。大廳已經開始燒起來，梁和柱子歪歪斜斜倒下，轟然砸落地面。

然而在火焰包圍著、修羅場一樣的地獄裡，兩名男子正鬥得激烈。

白色的光包圍他們兩人，黑衣的顏色居然都被掩蓋。凌厲的劍氣在空氣中縱橫。火燒了過來，然而奇異的是，燒到他們身側居然便不能再逼近。熊熊的烈火彷彿遇到看不見的屏障而被逼退，留出了中間大約十丈的場地。

以那笙的眼力，根本看不出兩人的動作，只看到閃電在烈火中縱橫交錯，包圍住兩個人的身形。她甚至無法分辨出哪一個是西京，哪一個是那位滄流帝國的少將。

她往外探了探頭，忽然間臉色蒼白，幾乎脫口驚叫出來——這片尚未燒到的地方，滿地的屍體中，赫然橫放著一具鮫人少女的屍身。藍色的長髮，纖細的手足，身上布滿了亂箭……

「汀？汀！」那笙認出了昨日還活潑伶俐對自己笑的少女，再也忍不住，根本顧不得頭頂還有銀色的風隼盤旋，驀然撲出去。
屍體上釘著的長箭隔開兩個人的身體，讓她無法抱緊汀。
那笙拖著汀的屍體爬回牆角，回頭看著背後濃煙蔽日的街道，已經看不到那一隊滄流戰士的影子，更看不到炎汐如今的情況。難道、難道他也會……在剎那間變成和汀一樣？
想到這裡，那笙再也忍不住，「哇」的一聲哭出來，恐懼、無助、茫然……彷彿一面面鐵壁從四方逼過來，將她徹底孤立。
就在那一剎那，兩個黑影交錯而過，風猛烈呼嘯起來，逼得身邊燃燒的火焰往外面退開。一道閃電忽然脫出控制，從火焰的場地裡直飛出去，落到了場外。
叮！白色的閃電在半空中慢慢熄滅光芒，落到那笙面前滾了滾，還原為一只看起來很普通的一尺長銀白色金屬圓筒，上面刻著一個「京」字。
「醉鬼大叔！」那笙認得這把光劍，脫口驚呼。
抬頭之間，聽到了一個聲音冷冽地笑，帶著殺氣說道：「大師兄，果然喝酒太多對你有害！」另外一道閃電從火場中騰起，刺向空手的西京。「冒犯了！」
那笙這一次看得清楚，嚇得眼睛瞪大。
方才那一擊之下，光劍脫手飛出，西京用左手捂著流血的手腕。此刻，身無武器的他，看到雲煥閃電般刺來的光劍，瞳孔陡然收縮。

「蒼生何辜！」銀黑兩色的軍服下，滄流帝國少將眼眸冷冽、殺意瀰漫，使出九問劍法中最精華的「蒼生何辜」。

西京只來得及偏了偏身子，避開脖頸的要害。「噗」的一聲，光劍刺穿了他的左肩胛骨。劇痛之下，西京忽然冷笑，不進反退，足尖加力，往雲煥身畔撲去。光劍穿透了他的身體，從背後直透而出，鮮血噴湧。

西京閃電般撲向雲煥，那樣迅疾的速度讓對方來不及退開，一聲悶悶的破襲聲，劍芒從他肩膀上透過，直沒至柄。而那光劍的圓柄沒入了西京肩上的血肉中，連著雲煥握劍的手。

雲煥大驚，點足急退，想抽出自己陷入對方血肉中的手，然而西京的速度更快，彷彿根本察覺不到痛苦，只是將左肩一低，居然硬生生用肩骨夾住了光劍。

「在戰鬥裡，肩膀是這樣用的。」雲荒第一劍客猛然低聲冷笑，右手閃電般地抬起，以手為劍，伸指點向雲煥眉心。「且看師兄這一式『蒼生何辜』！」

雲煥立刻棄劍後退，然而還是慢了片刻，一道凌厲的劍氣破空而來，「啵」的一聲，眉心頓時破了一個血洞。雲煥臉色蒼白，踉蹌退入熊熊烈火中，抬手捂著眉心。血流下來，糊住了眼睛。

「才學了十幾年，便以為自己天下無敵？」西京反手拔出嵌在肩骨中的光劍，扔到了地上冷笑道：「沒錯，在劍技上你是天才，但是劍技不是一切。實戰呢？品性呢？你知道劍聖門下『心、體、技』合一的三昧嗎？蒼生何辜……蒼生何辜？」他忽然喃喃重複了一句，撿起被雲煥打落的光劍，手腕一轉，「啪」的一聲吞吐出白光來，大喝一聲，提劍迎頭劈下。「殺人者怎麼會知道什麼叫做蒼生？」

劍風凜冽，砍落之處，火焰齊齊分開。

看到主人遇險，風隼上的瀟臉色陡然蒼白，迅速扳動機括，讓風隼逼近地面，長索拋下，想扔給地面上陷入絕境的滄流帝國少將，然而終究來不及了。

雲煥被奪去光劍，赤手對著雲荒第一的劍客，氣勢居然絲毫不弱。雖然血流滿面，然而血汙後的眼睛依然冷酷鎮定，毫無慌亂。

在西京光劍劈落的同時，他忽然做出一個反應——逃！

他沒有如同西京那般不退反進、絕境求生，反而足尖加力，點著地面倒退，身體貼著劍芒飛出，直直向著戰場周邊逃了出去。

西京怔了一下，沒有想到那樣驕傲冷酷的軍人竟會毫不遲疑地逃跑。他毫不猶豫地追擊，然而雲煥的動作更快，彷彿被逼到了懸崖，生生激起他體內所有的力量，滄流帝國的少將幾乎是踩著火焰，風一般掠過。

奔出火場後，也不管多狼狽，他就地一滾滅掉了身上沾上的火苗，伸手抓起地上方才被西京丟下的光劍，「嚓」的一聲扭過手腕，發出劍芒橫於身前。

趕上了！

西京如影隨形般跟到，毫不容情地劈下，然而光劍在離雲煥一尺之處被格擋住。

地上地下的兩個人，身形忽然間彷彿凝固。

在力量直接相交的一瞬間，雙方就進入對峙的階段。光劍承擔了所有的力量，一方施力，另一方隨之增強，一分分往上攀。平衡一分分地失去，瞬間又恢復，誰都不敢稍微分神。只要任何一方首先力量不逮、失去平衡，轉瞬間光劍就將洞穿心臟。

那笙抱著汀的屍身，躲在不遠處看著，大氣也不敢出。

風隼此刻掠到離地最低點，鮫人少女手指如飛般跳躍，絲毫不亂地扳動各個機簧，保持風隼的飛行速度和方向。在她的操作下，雖然上面沒有其餘滄流戰士，風隼還是陡然射出了一枝銀白色的箭，準確地直刺西京背心。

那枝響箭刺破凝定的空氣，箭頭發著藍光，刻著小小的「煥」字，凌空下擊。

西京無法分心去看背後，然而耳邊已經聽到箭風破空的聲音。手上，雲煥光劍上的力量還在不斷增強，他必須全力以赴才能壓住對方的劍，只要稍一鬆手，雲煥的光劍就會刺穿自己的心臟。

那一枝響箭呼嘯而落，刺向他的後心。

「大叔，小心！」那笙大叫，再也忍不住地直跳起來，急切間忘了放下汀的屍體，一頭衝出去。皇天在她指間閃爍，隨著她的揮舞，陡然間發出一道光芒，半空那枝響箭瞬間斷了。

「啊？又管用了？」那笙一擊得手，實在是搞不清楚這枚戒指發揮作用的規律，反而怔在原地。

「皇天！」地上地下兩個人忽然同時驚呼。雲煥看到飛奔而來的少女以及她手指間閃耀的戒指，忽然間就收了力，同時盡力往左滾出。

噗！西京的光劍失去抗衡的力道，陡然下擊，刺穿雲煥的頸部。

血洶湧而出，然而雲煥根本不介意，動作快得宛如雲豹，從地上直撲而起，一劍刺向那笙。那笙猝不及防，抬手下意識一擋，汀的屍體從她懷抱裡跌落地面。

先前的一輪接觸中，雲煥已經摸清這個戴著皇天的少女的底子，知道她根本沒有任何本領，就像一個孩子手裡握著大把珍寶，卻不知如何使用。他那一劍是假動作，等那笙抬手擋在面前，皇天發出藍白色光芒的時候，雲煥的劍芒才陡然吞吐而出。

光線扭曲了，彎彎地轉過那笙的手掌，刺向少女的心臟。那笙白了臉，眼睛看到、腦子想到，手卻來不及反應。

那個瞬間，西京已經搶到，一劍斜封，盡力格開雲煥的光劍。然而，那笙已經被吞吐的劍氣傷到心口，眉頭一蹙，痛得想叫，可一開口就吐出一口血，眼前的一切忽然間全黑了下去。

那笙失去知覺倒地的刹那間，西京和雲煥又再度交上手。

烈火在燃燒，風隼在盤旋，瀕死的慘呼和呻吟充盈耳側，滿身是血地在滿目狼藉的廢墟裡揮著劍。空桑劍聖門下的兩位弟子，同室操戈。

雲煥一連格開西京的兩劍，手中的光劍也幾乎脫手飛出。從力量來說，他原本在西京之上，但是此刻頸中那一劍雖然沒有刺穿動脈，但已導致體力從滄流帝國少將身上迅速流失。

風隼掠低，上面瀟的神色緊張而恐懼，飛索拋下，一次次晃過雲煥身側，然而他卻無法騰出手來攀住。頸中的血不斷噴湧，他已經不能再拖延。

那一刹那，接下西京又一劍後，雲煥踉蹌後退，腳後忽然絆到什麼。他低頭一看，臉色微微一變，眼神雪亮。西京下一劍不間歇地刺來，雲煥忽然冷笑起來，想也不想地探出左手，抓起絆倒他的東西擋在身前。

噗！光劍刺穿了那個柔軟的事物。

血流了出來，然而汀的臉依然在微笑——西京忽然間就怔住了，看著刺穿汀身體的光劍。就在他失神的那一剎，「嚓」一聲極輕極輕的脆響，雲煥的劍穿透擋在面前的屍體，驀然重重刺中西京。

「戰場上，鮫人是這樣使用的。」在師兄倒下前，他還來得及回敬一句，然後絲毫不緩地掠起，伸手一把抓起昏迷中的那笙。長索再度晃落的時候，雲煥一手攀住，深深吸了口氣，忍住眉心和頸部兩處的痛苦，身形掠起。

無論如何，這次的任務完成了，總算沒有給巫彭大人丟臉。

對滄流帝國征天軍團來說，勝利便是一切。

說什麼殺人者不懂蒼生，大概是說自己這樣的人不可能真正領會「九問」的精髓吧。然而，那個酗酒了百年的師兄，他又知道什麼？他不曾在滄流帝國的伽藍城內長大，不曾體會過那樣嚴酷的制度和階級，也不明白勝利對戰士來說意味著什麼。

那是他的國家、民族、青春、光榮和夢想。

他作為滄流帝國戰士，自幼被教導應該為之獻出一切的東西。

「少將，恭喜。」瀟收起長索，看到順利將那笙帶回的雲煥，臉上的表情忽然間頗為奇異。她最後一次看了看底下地面，雙手顫抖著，調整著雙翼的角度，駕馭風隼掠起。

「好險，差點切斷動脈。」雲煥將昏迷不醒的那笙扔在地上，抬手捂著頸部，見滿手是血，低斥道：「那群笨豬在幹什麼？這麼多人還沒找到一個女孩！快返回伽藍城，天就要黑了。」

「是，少將。」瀟答應著，操縱機械。

忽然間，彷彿什麼東西斷了，落下一串劈劈啪啪的輕響。

「又怎麼了？哭什麼？」看著跳到腳邊的珍珠，雲煥蒼白著臉包紮傷口，陡然有些不耐煩，看向操縱著風隼的鮫人少女。「妳是看到我拿那個鮫人當擋箭牌的緣故，物傷其類？」

「少、少將……」瀟將風隼拉起，掉頭往城南上空那一群編隊裡歸去。雖然她極力保持平靜，冷豔的臉上依舊有淚水不停滴落，許久才吐出一句話：「那個女孩……那個死了的女孩，看上去似乎是我的妹妹……汀。」

什麼？雲煥驀然抬頭看著操縱風隼的鮫人少女，手指不自禁地握緊身側的光劍。如果這個鮫人稍有異動，他便會毫不遲疑地出手。

然而，瀟一邊哭，一邊卻準確無誤地操縱著風隼。不同於那些按照反射方式訓練出來的傀儡，她的靈活程度和應變能力非常出色，甚至一個人就能駕馭這樣龐大的機械，同時完成飛行和攻擊。在多次戰役裡，瀟的配合成了他全勝的重要原因。

正是因為這樣的出色能力，他才一直不忍心讓瀟服用傀儡蟲，但是，如今居然出現這樣的情況。

此刻他極度衰弱，如果瀟在此時叛變，那麼……

「我已有幾十年沒有看見她……只是聽說她認了一個劍客當主人。我二十年前已經和族人徹底決裂，沒有臉再見汀。沒想到、沒想到，卻只能看到她的屍體……」瀟哽咽著，淚水不停滴落、凝成珍珠，在風隼內輕輕散開。

雲煥眼睛瞇起，殺氣慢慢溢出。「妳想為她報仇嗎？」

「可是我看到她在笑……想來她並不後悔跟著西京吧？」瀟低聲喃喃道，風隼的速度加快，在燃燒的街道上空掠過。「就像……我不後悔跟著少將一樣。我們選擇的路不一樣，但是，都不會後悔。」

雲煥忽然冷笑一聲。「說得動聽。我做過什麼善待妳的事嗎？值得妳這樣背叛族人、捨棄故國跟著我？」

瀟的手指停了一下，低下頭許久才道：「少將允許不是傀儡的我侍奉左右、並肩作戰，便是對我最大的善待……不然，我就是一個天地背棄的孤魂野鬼了。」

雲煥忽然間有些語塞，彷彿眉心的傷口再度裂開，他用力晃了晃腦袋。

「少將當年從演武堂畢業，以首座的能力進入征天軍團，帝國元帥巫彭大人也對您另眼相看。在那樣平步青雲的情況下，您選擇了身負惡名的我做搭檔。為了不讓我成為傀儡，還差點和上級動手……」回憶起十年前的情景，瀟仰起頭。「如果不是最後巫彭大人愛惜您的才能，偏袒了您，您在軍隊裡的前途或許就在那時終結了。」

「哦，那個嗎……」抬手捂著頸中的傷口，雲煥嘴角泛起一絲冷笑，搖頭道：「我不讓妳服用傀儡蟲，不過是為了獲得最強的鮫人做搭檔而已。妳如果成了傀儡，恐怕反應速度和靈活度都要受很大的影響。」

對於這樣的回答，瀟只是微微笑了笑。「少將難道不怕我隨時反叛？要知道，在二十年前復國軍戰敗後，就盛傳我是出賣族人的叛徒……難道您不怕我再次背叛？」

「背叛不過是人的天性，有什麼可怕？」雲煥包紮好傷口，冷然道：「我既然喜歡用鋒利的刀，就不能怕會割傷自己的手。」

瀟不再說話，臉上帶著些微苦笑的表情。那樣劇烈的痛苦和矛盾，幾乎要把她的心生生撕扯成兩半。

這是她自己選擇的路……是她自己在二十年前就已經選擇的路。她已然無牽無掛、天地背棄，只剩下孑然一身，直面著毫無光亮的前路。

「雖然二十年前我還小，沒有經歷過那一場平叛，但是後來我也知道所謂『出賣族人』的罪名，不過是假消息而已。」雲煥包紮好了傷口，將那笙的手腳捆好，扔到一邊。「那時候巫彭大人俘虜妳，然後放出妳叛變的謠言，把妳當作靶子推出去，吸引那些來報復的殘餘復國軍，以求一網打盡——這件事別人不知道，我大約還是知道一些的。」

風隼猛然一震，瀟的手從機簧上滑落，身子微微顫抖，不敢回頭看雲煥的表情——他知道？他從來沒有對她提過，居然是知道真相的？

那麼，他有沒有記起二十年前的那件事……

然而，不等她繼續想下去，風隼猛烈一震，似乎撞上什麼東西，去勢陡然被遏止。瀟猝不及防，整個人在巨大的慣性下朝著牆壁一頭衝過去。

「小心！」雲煥猛然探手將她拉住，厲喝：「快調整！」

撞……撞到什麼了嗎？

她坐在座位上看向前方，然而奇怪的是面前根本沒有東西阻礙，風隼彷彿被看不見的手拉住了，前進速度忽然放慢，迅速傾斜。瀟的雙腳已經離開艙底，全靠著雲煥支撐才能穩住身形。她處變不驚，迅速地操縱著，調整機翼的角度，用力拉起。

然而，風隼還是沒有辦法動，彷彿被看不見的東西拉住，速度越來越慢。

「喀啦」一聲脆響，外面彷彿有什麼東西猛然破碎。雲煥往外面看去，陡然間眼神凝聚，瞳孔收縮——居然有什麼東西，宛如看不見的繩索一樣，綁住了風隼。風隼被定在半空中，堅硬的外殼一寸寸地坍下去，彷彿被無形的手撕扯著，往各個方向四分五裂。是什麼？是什麼居然在撕裂風隼？

雲煥往地下看去，在燃燒著烈焰的廢墟裡，隱約看見一個黑衣男子對著風隼抬起手來，做著拉扯這架巨大機械的動作。

這個人是誰？雖然因為太遠而看不清面目，但那個瞬間，當那人的身形映入眼簾，雲煥忍不住倒吸一口氣，心裡有股難以善了的預感。

風隼的晃動越來越激烈，瀟蒼白了臉，手指迅速地跳躍，嘗試著各種方法，想讓風隼重新活動起來，然而力量根本不夠。

「瀟，小心！妳帶著這個女孩先歸隊，我去截住那個人！」雲煥當機立斷地吩咐：「不要管我了！妳先把這個姑娘帶回帝都覆命！」

「少將！」瀟脫口驚呼，然而在激烈的晃動中，她連轉頭都做不到。

「按我的命令辦！」雲煥轉動機簧，將長索盪出，轉瞬跳了出去。

在他跳出去的一剎那，風隼右翼折斷，轉瞬失去平衡，一頭往地上栽去。瀟咬著嘴唇，一手抓著扶手讓自己身體穩定下來，另一隻手死死扳住舵柄，勉強控制著已經支離破碎的風隼，讓它搖搖晃晃地向著城南其他風隼聚集的地方飛去。

第十四章 舞者

只是短短一刻鐘，地上那一輪追殺已經結束。

「射心臟，當場死亡。」

抓住被燒得長短參差的頭髮，從燃燒的廢墟裡拖起屍體，確認了被追擊者的身分，滄流帝國戰士看了一下被勁弩貫穿的左胸，鬆了口氣，有任務結束的輕鬆。然而，在翻過屍體、拉起雙手查看的時候，所有人臉色倏地一變——

沒有戒指！這個女子的手上，沒有他們要找的戒指。

又弄錯了嗎？大家面面相覷，頹然鬆開手來，讓屍體沉重地落回廢墟裡。

「怎麼了？還不拿下戒指，回去交差？」頭頂風隼上的副將鐵川還不知底下情況，在掠低的剎那間探出頭來，厲喝：「杵在那裡幹什麼？天都要黑了！」

「副將……」負責地上搜索的隊長抬起頭來，臉色難看地回答：「弄錯了，不是這個女人。」

「什麼？一群笨豬！」鐵川臉色大變，探出頭看著地下一群頹喪的戰士，破口大罵：「那麼多人還找不到一個女人！你們還算是滄流帝國最強的征天戰士嗎？知道回去等著你們的是什麼嗎？還不快給我繼續……」

聲音未完，風隼掠低的去勢已盡，重新拉起，將副將的罵聲帶走。

「自己坐在上面，就知道對我們吆五喝六！」隊長臉憋得通紅，鬆開抓著的頭髮，用力將屍體往地上砸去。「兄弟們，再細細往周圍搜一遍！」

「是！」大家重新打起精神，準備繼續。然而就在剎那間隊長愣了一下，低頭看著自己剛抓過屍體頭髮的手，手心裡居然沾染了奇異的黑色，並有奇異的味道。

脂水？隊長心裡一怔，轉頭看向那個被射穿心口的人。

這一剎那，隊伍裡忽然起了騷動，無論天上還是地下，所有人都驚呼著，往天空中看去喊道：「銀翼！銀翼！少將的風隼銀翼！出事了！」

隊長順著所有人的目光看去，臉色忽然因為震驚而抽搐。

薄暮中，披著如血夕陽返回的，居然是雲煥少將的座架銀翼。此刻，銀色大鳥失去了無數次戰鬥中的英姿，折翼而返。雖然勉強保持著平衡，去勢卻已衰竭，跌跌撞撞地向著這邊飛來，越來越低、越來越低，最後轟然墜落。墜落的一剎那，風隼的底艙打開，一個身影如同彈丸般躍出，挾著一個人連續點足，逃離。

「是那個鮫人瀟？」看到自風隼上逃脫的居然不是少將，所有滄流帝國戰士眼裡都有震驚的光芒，不知道發生了什麼事，然而第一個反應是相同的：莫非，是少將不聽勸阻一意孤行，最終被這個沒有服用傀儡蟲的鮫人搭檔背叛？

所有人的手都按上劍柄，迅速呈扇形散開，將那個從風隼上跳落的鮫人少女圍在中間。

「少將已找到皇天！」巨大的機械轟然落下，在狂風和飛揚的塵土中，瀟抱著被縛住手腳的那笙落地，幾次點足跳離危險區域，向征天軍團奔來，同時厲聲大喊：「少將吩咐，立刻帶著這個女子返回伽藍城！她手上戴著的就是皇天！」

她一邊大喊一邊奔近。鮫人的力量有限，短短一段路的狂奔已讓她氣息不穩。

所有征天軍團的戰士都愣了一下。奔來的藍髮女子因為筋疲力盡而跪地，雙臂托起昏迷不醒的少女，那個少女的手指上，如帝國絕密通緝令中描述的銀色藍寶石戒指熠熠生輝。

「哦，原來如此……少將呢？」隊長的手還是不曾從劍柄上放下，看著奔來的鮫人少女問：「雲少將去哪裡？」

瀟將那笙交給身邊的滄流帝國戰士，按著劇烈起伏的胸口，大口喘息說：「少將、少將他……剛和西京交手，奪來這個女子……可是又遇到一個、一個奇怪的鮫人……居然赤手就撕裂了風隼。少將下去迎戰……讓我、讓我帶著皇天返回……」

「赤手撕裂風隼？」所有人齊刷刷變色，面面相覷。雖然無法相信這樣的事，但是看到折翼落地的風隼，那右翼的確是被強大得不可思議的力量生生撕裂。

「快去增援少將！」頭頂風隼再次掠低，鐵川副將探出頭，看到了墜毀的銀翼，大喝揮手：「把戴著皇天的人送回風隼上，由我先行帶回！」

一語未畢，長索盪下來，不由分說地捲起那笙提上去。

「搶功的時候，他倒下手得快。」隊長嘀咕了一句，終究無法違抗副將的命令，手一揮，帶領大家轉身。「兄弟們，咱們快去少將那裡看看，看是哪個怪物居然能空手撕裂風隼？咱們一起撕了他！」

「是！」手下戰士轟然回應，齊齊轉身。

「等一下，我也一起去！」瀟喘息方定，站起身來。「我帶你們去找少將！」

所有滄流帝國的戰士都愣了愣，看著這個顯然已經筋疲力盡的鮫人少女。這個沒有服用傀儡蟲的鮫人，倒是比那些傀儡更死心塌地，真是罕見。

隊長審視了她一番，點頭應允：「那麼快跟上吧。」轉身的一剎那，隊長抓抓頭髮，有些納悶地狠狠罵：「該死的，雲煥那傢伙難道有比傀儡蟲更厲害的藥？要不然怎麼這個鮫人會這樣死心塌地？」

放下手，忽然覺得手心黏黏的，他低頭看到了糊在手心的黑色——方才抓著那個逃跑女人屍體的頭髮時，沾染在手裡的黑色液體。

「咦，到底怎麼回事？」他邊走邊將手放在鼻子底下嗅了一下，猛然色變——的確是脂水。難道……難道剛才那個人的頭髮是……

隊長微微一驚，回頭看著廢墟中那具躺著的屍體。那邊的火已經熄滅了，暗淡一片。

方才那個主動從火中衝出的女子，動作超乎意料地迅捷，似乎不是普通人，害得他們一路急追，好不容易才在街尾藉著風隼的半空截擊攔住那個人。在重兵的圍捕堵截之下，那個人最終還是力竭戰死。

但是，被一擊射穿左胸後，沒有在她身上發現所要尋找的那枚戒指。很顯然，這個人是為了保護那個真正的皇天攜帶者，不顧生死地衝出來引開他們。面對滄流帝國的征天軍團，還能毫不畏懼地做出如此舉動，這個人豈容小覷？

一念及此，連身經百戰、斬首無數的隊長，都不由得暗自點頭。那樣置生死於度外的舉動，猛然間讓這個軍人記起了二十年前，他還作為一名普通士兵參加過的平叛征戰。那種拚命的架勢，可和當年那些復國軍一模一樣呢……

「難道又是鮫人？如果那樣，可要再往胸口的中間補一劍才行。」雖然他喃喃自語了一句，然而事態緊急，他也沒有時間再管那個人，迅速轉身，帶著下屬們奔向了雲煥的所在地。

啪！長索捲起、鬆開，重重地把那笙扔到風隼上。

那樣劇烈的震動，終於讓她稍微恢復一點意識。心口還是疼痛得幾乎撕裂，她張開口，想問自己此刻在哪裡，然而一開口，鮮血便從嘴裡湧出，似乎還混合著內臟的碎片。

「嘖嘖，一定是少將下的手，」看到少女這般情狀，風隼上的滄流帝國戰士冷笑，用靴子踢踢那笙。「你們看，外面一點傷都看不出來，可是內臟已經破裂了。除了少將的光劍，誰能做到？」

「就是，演武堂畢業的第一啊！據說他的劍技比飛廉少將都厲害！」旁邊有另一個戰士滿臉敬慕，忽然間愣了一下。「對了，赤手撕裂風隼……真有這樣的人嗎？」

「能做到那樣，簡直就不是人了。」旁邊一個人嗤笑，搖頭道：「一定是那個女鮫人誇張的說法……沒用傀儡蟲控制的鮫人就是不老實。」

「嘿，雲少將就喜歡這種不老實的鮫人吧？」戰士竊笑。

「得了，別吵了！」副將鐵川聽得屬下不住口地誇獎雲煥，陡然有些不耐煩地喝止：「老三，替我把皇天戒指從她手上褪下，然後把這個女的扔下去吧，帶著還費事。風隼飛了一天，速度已經慢下來，少帶一個是一個。」

「是！」屬下領命，其中一個被稱為老三的戰士上來翻過那笙被捆住的身子，喃喃自語：「總算找到了……老實說，最後殺了那個逃出來的女人時，發現她手上沒戒指，我還以為我們這次會空手返回呢。」

「有少將在，哪次不完成任務？」旁邊的同伴上來幫忙，將不停掙扎的那笙按住。「不過說起來……最後那個女人是這丫頭的同黨吧？看樣子是為了引開我們才故意跑出來的。」

同黨？同黨……他們是在說、是在說炎汐？

那笙不停地咳嗽，吐出血沫，直到感覺肺開始呼吸才能思考。然而聽到旁邊那些軍人的對話，她的血忽然一下子湧到腦子裡，全身難以控制地發抖。

「嘿嘿，是啊，八成是同黨。」老三拉起那笙被捆住的手腕，一邊掰開她的手指，想褪下那枚戒指，一邊喃喃說：「看到勁弩射穿她心臟的時候，老子還叫了聲可惜。不過二十幾歲，和我家婭兒差不多年紀吧。」

炎汐？射穿心臟？那笙剛睜開的眼睛陡然凝滯，直直瞪著。

她現在是在哪裡？風隼上？難道、難道那個醉鬼大叔西京也死了？所以她才會最後落到了滄流帝國的手裡？汀死了……炎汐死了，西京也死了？

她睜大眼睛，用力地呼吸，吐出血沫，吸入冰冷的空氣，直直瞪著前面那些逼近的滄流帝國戰士，看到銀黑兩色軍服上佩戴著雙頭金翅鳥標記——那是代表由十巫直接率領，雲荒大地上最尊貴和強大的軍隊「征天軍團」。

那個瞬間，她腦子無法思考。那些人低下身，試圖褪去她手上的戒指，但皇天彷彿生根般地在那笙指間紋絲不動，隨著對方的用力反而更加深地勒入她手指，幾乎要勒斷。在那些軍人粗暴的動作下，彷彿電光凝聚，藍寶石發出微光。

「副將，戒指褪不下來。」用力半晌，絲毫不見鬆動，戰士滿頭大汗地回稟。

「真是一點用都沒有的笨豬！」鐵川氣不打一處來，大喝：「反正這個丫頭也要殺，你們費什麼事，就不能直接砍下她的手指嗎？」

「哦，是、是……」那個戰士抹了一下汗回答，然而低頭看到那笙無辜瞪大的眼睛，忍不住皺了皺眉，轉過頭對旁邊的同伴說：「先把她眼睛蒙上？看著好像……好像不大舒服。」

「什麼？老三你殺一個小姑娘就怕了？」旁邊的同伴哄笑起來，上去拉開他。「得了得了，讓我來吧。你看你那衰樣，若被婭兒看到了，她引以為豪的丈夫的『戰士榮耀』就要有所減損呢。」

「你們看，戰士就是不能成親。一娶老婆啊，都變得像老三那樣憐香惜玉。」

大家紛紛哄笑，相互推搡著上前來。

小隊裡排行第三的戰士被推開，換上其他戰士，低下來粗暴地拉起那笙的手，拿出解腕匕首。那笙的手很小，握在軍人粗糙的手心宛如一片葉子。那個戰士忽然也愣了一下，但是眉頭皺了皺，還是一刀劃下去。

「你們說……你們射殺了那個逃開的人？你們射殺了……炎汐？」危在旦夕，但那笙的眼睛是茫然的，空洞洞地看著面前的滄流帝國戰士。那一雙眼睛宛如嬰兒般無知無覺，卻又是一種令人震顫的「純黑」。

那個揮著匕首切向她手指的滄流帝國戰士愣了一下，下意識地點頭。

「該死的……你們殺了炎汐？你們殺了炎汐！」刀尖接觸到肌膚的一剎那，那笙陡然爆發似地喊了起來，黑色的眼睛凝聚起驚人的憤怒和殺氣，「哇」的一聲大哭。「我殺了你！我殺了你！我不會饒過你們的！」

匕首切入她的右手中指，血湧出。

就在那個瞬間，本來只是微微瀰漫的藍光，隨著少女圓睜的雙眼、帶著哭腔的怒喝，耀眼的光芒宛如閃電般騰起。

地面上，座架被攔截的雲煥握劍站在那個詭異的傀儡師面前。

「很強嘛。」蘇摩收回手裡滴血的引線，稱讚：「冰族的戰士居然也用光劍，九問還使得很正宗。你是劍聖的什麼人?」

已是第七次將光劍震得幾乎脫手,然而那個滄流帝國的軍人依然攔在前方,用盡全部力量,不讓蘇摩前進分毫。雲煥身上至少有四處被引線洞穿,血從細小的孔洞裡噴湧而出。從外看來這樣的傷毫不顯眼,然而絲線經過的臟腑全被震裂。只要一處這樣的傷,便足以讓壯漢癱瘓,但面前這個滄流帝國的年輕軍人,居然依舊握劍攔在前方。

顯然是原先就有傷在身,雲煥眉心和咽喉的傷口在不停流血,讓原本英挺的面目變得可怖。蘇摩看了對手的眼神,不由自主地微微頷首。那樣的眼神彷彿鐵與血的組合,沒有一絲「人」的軟弱。

滄流帝國居然有這樣的戰士,難怪可以鎮住整個雲荒大陸。

而且,他們還有風隼這樣可怕的殺戮機器。出色的戰士和戰車,簡直組成了鋼鐵般不可摧毀的力量。即使是自己,面對一架風隼也罷了,如果三架以上的風隼同時攻擊,只怕要全身而退也不容易。而復國軍裡那些天生不適合作戰的鮫人,又要如何面對這樣強大的軍隊?

短短一瞬間,蘇摩腦中已經轉過千百個念頭。

此刻,用光劍拄地、勉力支撐著身體不倒下的滄流帝國少將,卻也是用同樣複雜的心情看著面前這個盲人傀儡師。

看那樣的容貌和髮色，這個人應該是鮫人。然而，這個雙目無光的鮫人傀儡師，居然能用看起來如此沒有力量的雙手，操縱著纖細到看不見的絲線，將一切有形的東西切割成一片片。

一個鮫人，怎麼可能擁有這樣的力量？

就算他之前沒有和西京交過手，以巔峰的完美狀態對抗這個人，也未必有獲勝的把握。更何況他現在力戰之後，精力已經枯竭了大半。

然而，即便是沒有勝算，雲煥依然持劍而立，擋在了蘇摩身前，絲毫沒有後退的怯意。征天軍團的戰士，是由鐵和血鑄成，哪能臨陣怯場？

雲煥握著光劍，看著面前十指上戴著奇異指環的鮫人傀儡師，看著他空洞的深碧色眼睛，不自禁地倒抽一口冷氣。那樣無與倫比的五官，他至今未曾在鮫人一族中見過可以媲美的。此外，那樣漂亮的臉卻沒有絲毫女氣，一望而知是個男子——因為眼中陰鷙的殺氣。

方才的激戰裡，這個傀儡師也被他的九問劃傷肩膀，衣衫被削破，露出寬闊肩背上紋身的一角——一隻黑龍的爪子，彷彿雷霆萬鈞地撕破衣衫的束縛，探出爪來。

龍神！這個鮫人的背上，布滿龍神的紋身！

想起早上看到的鮫人少女汀，又記起前幾天在半途中遇上的鮫人左權使炎汐，雲煥的眼睛陡然收縮。那麼多鮫人忽然出現在桃源郡，應該不是巧合……難道是復國軍為了什麼目的有所行動？這個鮫人傀儡師，一定是引起復國軍震動的人物吧？如果是那樣，得趕快回去稟告巫彭大人才行。不然這邊皇天剛收回，新的變亂又要起。

眼角瞟過，雲煥發現風隼都已經掉頭返回，那個戴著皇天的女孩子，也已經在風隼上了吧？任務已完成，不必久留。

想到這裡，雲煥下意識地往後踏出一步。

「怎麼，這就想逃了嗎？」那個傀儡師笑起來，眼神冷酷，也抬頭看著半空中準備飛走的風隼。他手指抬起，點向空中吩咐：「阿諾，去攔住那架捲走那笙的風隼。」

雲煥詫然，還沒有明白蘇摩對著什麼人吩咐這樣的話，忽然間聽到輕輕的「喀嗒」聲，什麼東西跳到了地上，迅速奔遠。

眼角餘光看到那個東西，滄流帝國一向冷酷的少將忽然因為震驚而睜大眼睛——那是什麼？那個不過兩尺高的東西，身上還拖著絲絲縷縷的引線。居然是……一個會自己跑動的傀儡？

「別管阿諾，你的對手是我，少將。」雲煥還沒有將目光從那個偶人身上挪開，耳邊忽然聽到蘇摩冷淡的聲音，剎那間，極細的呼嘯聲破空而來。「讓我看看滄流帝國的軍人到底有多少分量吧，可別讓我失望才好。」

雲煥全身一震，立刻凝聚起全部精神，「唰」地拔劍格擋。手腕一震，他只覺得半身都麻痺了。畢竟重傷在身，連番劇鬥之下已然力不從心，雖然堪堪擋開，但絲線的末端還是在他臉上切開了一道血口子。

「咦，怎麼沒幾招就越來越弱？」蘇摩看著對手，微微冷笑起來，手腕抬起。「這可不是跳繩啊，如果不跟著我的引線起舞，很快就要被肢解的。這天下，可不只有你們冰族的十巫才會玩分屍這一招。」

漫天絲線縱橫交錯，以人眼無法看見的速度切割而來。

雲煥急退，反手拔劍，光劍如同水銀潑地，護住周身上下。他足尖連點，在密風急雨般的引線空隙中轉身，用盡所有殘餘的力量，穿梭在那一張不斷收縮的巨網中。

「哦，不錯，非常不錯！」看到滄流帝國少將的身手，傀儡師嘴角噙著一絲冷笑，難得地表示讚賞，卻顯然不曾使出全力。「好久沒有遇到這樣的對手共舞了，我們再快一點如何？」

他手一拍，忽然依一種奇異的韻律開始舞動，舉手投足間，手上的絲線以快到不可思議的速度相互交剪而來，絲線之間居然激射出淡淡的白光，並發出犀利如風雨呼嘯的聲音。

蘇摩的速度一加快，雲煥不自禁地被逼著加快閃避的速度。因為太過劇烈的運動，心臟激烈搏動著，幾乎已無法承受體內奔騰的血液。頸中的傷口再度裂開，隨著他每一個動作，一滴滴鮮血滴落在燒殺過後一片狼藉的地上。

兩個人的腳尖都踩著屍體，不停飛掠。夕照下，漫天若有若無的絲線反射出淡淡冰冷的光，在兩人間織出看不見的網。雙方的身形都極快，然而身姿畢竟有別。雲煥拔劍當空，已經有些力竭和急切，彷彿在漫天的閃電中穿梭，慢了一絲一毫便會被閃電焚為灰燼。

蘇摩卻是一直控制著節奏，手指間引線飛舞，切出點點鮮血。然而他轉動修長的手指，彷彿在撥動古琴的冰弦，神色沉醉自如。伸臂、回顧、俯首、揚眉……彷彿那不是一場踏在屍體上的對決，只是獨面天地的一場獨舞獨吟。

那種獨舞和獨吟，在百年來孤寂如冰的苦修歲月裡，他已經面對空曠寂寥的大荒進行過無數次。

他沒有再看雲煥一眼，卻能感覺到對手的體力在急遽下降，已跟不上那樣的節奏。蘇摩手臂起落，越舞越急，藍色的長髮飛揚，和透明的引線糾纏在一起，到最後已經看不清是他在舞動這漫天的殺人利器，還是那些看不見的絲線在帶動他修長肢體的種種動作。

雲煥已經來不及一一躲避那些飛旋而至的鋒利絲線，肌膚不時被割破，血如同殘紅般四處潑灑，滴落在剛被屠殺過的地面上。傀儡師微微冷笑，那個笑容在夕照中有種奇怪的美感，宛如此刻破壞燃燒殆盡的斷牆殘垣、流滿鮮血的街道。

「老天爺，這個人、這個人在幹什麼？」街的另一頭，一群急奔而來的戰士猛然怔住，不可思議地看著面前那一幕詭異至極的景象。

夕陽已經落下，餘霞漫天，如同燃燒著烈火的布幕，鋪滿整個天際。那樣的背景之下，極遠處的伽藍白塔更顯出靜謐神聖的美。然而，襯著如此底色，那個踏在屍體上的舞者宛如剪影，騫翔不定，靜止萬端。

那是以這一個汙血橫流的亂世為舞台，獨面天地的舞者。

「他在跳舞……天啊！」旁邊一個戰士低聲說，彷彿為那樣詭異的美所震懾。

「他、他竟然在跳舞！」

「快出手幫少將！」只有瀟沒有被那種詭異的美吸引，抓緊了佩劍，顫聲提醒大家：「少將受了很重的傷，快要支援不住了！」

不等眾人出手，鮫人少女足尖一點，已經拔劍衝入兩人之間的對決。

「別過來！」瞥見瀟掠過來，雲煥卻是失聲喚道，知道以她的能力，一旦被捲入必死無疑，毫無益處，連忙厲聲喝止。然而他剛一分神，「咄」的一聲輕響，手腕就被洞穿，光劍跌落。他連忙用左手接住劍，轉過手腕連續格開三、四條引線。

「哦，不錯嘛，又來了一個。」蘇摩看也不看來人，嘴角噙著冷笑，手指揮出，無形的網忽然擴大，轉瞬將瀟也包入其中。「一起到我掌心中起舞吧。」

瀟拔劍躍入，削向那些千絲萬縷的透明絲線，然而身形交錯，她忽然就愣住了——是鮫人？是鮫人！那個和少將交手的人，竟然是個鮫人！

她來不及多想，手上的劍已經觸到一根捲向她手腕的引線。那樣纖細得看不見的絲線，只是一繞，居然將她手裡的劍錚然切為兩截，直飛出去。

鮫人……鮫人怎麼可能有這樣的力量？

她踉蹌後退，眼睛卻無法從對面那個傀儡師的身上移開。那樣驚為天人的容貌，就算在鮫人一族裡也無人能出其右。難道是多年來傳說中的……

傀儡師微笑著擊手、轉身，背後衣衫的破碎處，露出黑色的騰龍紋身。

那一刻，瀟心中巨怔，幾乎要脫口驚呼：是他！是他！這……這真的是百年前那個傳說中的鮫人少年……海皇的覺醒……

瀟被那樣巨大的力量撞擊，整個人往後飛出，然而眼睛直直盯著面前的族人，震驚和猜測如同驚電在心中交錯。她居然絲毫沒有反應過來自己的身體就快要撞上那一張無形的網，無數鋒利的細線將把她切割成千百塊。

死神的引線在風裡呼嘯，那一剎那，雲煥來不及搶身過去救人，只好將光劍脫手擲出，順著瀟飛出的方向破開那張無形的網。

那一剎那，瀟只感覺那些斷裂的線宛如利刃劃破肌膚。她全身刺痛，但已從那個被蘇摩操控的結界裡飛出去。

「少將！」背心重重砸到地面的剎那間，她終於恢復意識驚叫。

然而，手裡失去最後的兵器，赤手空拳的雲煥旋即徹底落了下風。那些絲線從蘇摩指間飛舞，在半空中越來越多地分裂開來，漫天都是銀白色的光，彷彿厚厚的繭，將雲煥的身形湮滅。

旁邊滄流帝國的戰士提劍衝過去，但是看得發呆，竟然無從下手，不相信世上有如此超出自然力量的東西存在。

冰族建立滄流帝國後，將一切和宗教、神力、術法有關的東西通通銷毀，嚴禁流傳於民間，軍隊更是憑著機械力戰鬥，縱橫整個雲荒，從未遇到對手，那些戰士自然從未想過會遇到眼前的情形。

「是作夢吧……怎麼會有這種事……」隊長愣住了，看著面前奇異的一幕，晃晃腦袋。「怎麼會有這樣的事情……我一定在作夢……」

然而，話音未落，「噗」的一聲，他的眉心破了一個細細的血洞。

「少將！」瀟跌落地面，掙扎著撿起那把隨著她落下的光劍，嘶聲大喊，顧不得全身碎裂般的痛楚，再次奔過去，想要不顧一切地重新闖入他們兩人之間的戰場。

蘇摩在這時終於往她的方向看了一下，眼神微微一變。

在這樣九死一生的時刻，第一個拚死來救雲煥的竟然不是冰族戰士，而是一個鮫人？

已經看不見雲煥的身影，那奇異的白色「繭」中，滄流帝國少將的聲音傳出來，冷定如鐵：「快滾！送死無用，快回伽藍城求援！」

「來不及！來不及了，我不回去！」瀟看見淡紅色的血從網中飛散，居然不聽從主人的吩咐，重新衝過去。「主人！我不能扔下你獨自回去！」

蘇摩冷笑一聲，忽地收回一隻手，對著鮫人少女一彈指，無數引線聚集起來，合併為一束利劍，直刺鮫人少女的胸口正中央。

他低聲冷笑：「身為鮫人，還為了滄流帝國那麼拚命？我倒想看看，妳的心是怎麼長的。」

瀟只來得及把撿起的光劍盡力向雲煥扔出，一抬頭就看見若有若無的線化成了一道利劍，直穿她的胸口正中央而來。她剛抬起手臂想要阻擋，手掌忽然就被兩根細細的線洞穿，整個人被一股可怕的力量凌空提了起來，彷彿被提線操縱的偶人，無法動彈。

聚集的那一束引線，宛如利劍般呼嘯而來，刺向她胸口正中央的心臟部位。

叮！千鈞一髮的剎那間，忽然有另外一道白光掠過，齊齊截斷集束的引線。一擊之下，引線斷裂，然而那道白光也被震得飛了開去，「噹啷」一聲落地——是一只一尺長的銀白色圓筒。

怎麼這個地方又出現另一把光劍？

蘇摩詫然回首，看到那個擲出光劍救人的劍客，脫口道：「西京？」

「不、不要殺她……她是汀的姊姊……瀟。」顯然是已身負重傷，西京趕到戰場，一隻手捂著貫穿身體的巨大傷口，另一隻手用盡全力擲出光劍阻止蘇摩，喘息著說：「不能殺她。」

劍客再也支撐不住，踉蹌著停下來，將懷裡抱著的鮫人少女放到地上。汀的臉還是那樣平靜安然地笑著，全然不顧其他人落到她臉上的視線是那樣沉重如鐵。

「什麼？汀……死了？」自從昨日後就沒有看到她，蘇摩此刻看到西京放平鮫人少女的屍體，臉色忽然間也是微微一冷，停住了手不再攻擊，改讓那張網形成一個結界，截住那些滄流帝國的戰士。他轉向西京問：「是滄流帝國射殺的？」

西京無語地點頭，不知道該說什麼好，喃喃道：「她一直照顧我，我卻沒能護得她平安……但是、但是……」他的聲音低下去，手指用力抓著廢墟的泥土。

蘇摩不說話，低下頭去，俊美的臉上交錯著閃過複雜的表情。

頓了頓，深深吸一口氣後，雲荒第一的劍客忽然抬起手，橫起右臂舉過額頭，對著鮫人的少主低下頭去，斷然道：「但是，我想替汀完成她的願望，用所有的力量，幫助所有鮫人回歸碧落海——蘇摩少主，請接受我的請求！」

許久許久，只聽到風在廢墟中低語，捲起腥風，傀儡師沒有說話。

在西京詫異地抬頭時，身側忽然傳來「唰」一聲，藍色的長髮垂落在他眼前。

只見蘇摩單膝跪地，對他深深俯首，回應他的禮節，然後，抬起手伸向空桑名將握緊，陰鬱的眼睛裡有某種奇異的光芒，閃爍而銳利。沉默了片刻，蘇摩艱澀地開口，語氣中居然有從未有過的戰慄：「你為汀向我低頭……閣下，海國所有鮫人，都將感激你獻上的力量。」

西京怔住，直到蘇摩冰冷的手握住他的手掌，他才驚醒。他沒想過這個孤僻冷漠的傀儡師，居然會做出這樣的舉動。

畢竟是鮫人的少主啊……

「那麼，請你放了瀟。」西京的手裡都是血，滴滴順著蘇摩手指上的引線滴落。

空桑人抬頭，看著被困在結界中的鮫人少女說：「汀一定不希望她的姊姊死。」

「不可饒恕的背叛者。」蘇摩的眼神慢慢變冷，空茫的瞳孔裡凝聚起殺氣。

「二十年前，聽說就是她的背叛導致復國軍一敗塗地；二十年後，她居然加入征天軍團來殺我們，包括她的妹妹汀！一而再、再而三地背叛，不可饒恕！」

西京忽然不說話了。汀從未和他說過，她姊姊在二十年前就背負著叛徒的惡名。這些年，她每一次說起瀟，總是一臉對於姊姊的依戀和景仰，數十年念念不忘。

「征天軍團對所有服役的鮫人，都使用了傀儡蟲。」西京看著被困在結界內，和雲煥背對而立，時刻提防再度受襲的鮫人少女，聲音黯然。「他們只會服從，不會反抗，變成了傀儡……無法選擇自己的命運。」

這一回，輪到蘇摩沉默。

「汀一定不想讓姊姊死去。」西京重複說道，因為重傷而渙散的眼神慢慢凝聚。「我會竭盡全力守護她的願望。」

「你的意思是，我如果執意要殺她，你就得和我拚個你死我活嗎？」傀儡師忽然不說話了，閉上眼睛許久才低聲道：「那好。」

他的手指一收，一條引線忽然飛出，纏住正提著斷劍防備的瀟，「唰」地捲起，想將她扔出那張無形的網。「妳，可以走了。」

「少將！」瀟驚呼，然後發現那一條纏繞自己腰間的線居然是沒有力道的，只是捲起她，遠遠向著周邊扔出。雲煥眉頭一皺，忽然伸手在引線上一搭，身形飛出，挾起了瀟，隨著那一條引線飛掠開來。

「她可以走，但你的命還得留下，少將。」蘇摩皺眉冷笑，手指間的光芒如同利劍刺向雲煥。

然而，就在那個瞬間，雲煥的手一橫，光劍抵住了瀟的下頷。

「住手！」西京陡然脫口，蘇摩的眼裡卻是空茫的殺氣，繼續刺向雲煥，絲毫不顧他挾持了一個人質。

雲煥胸口被刺破的剎那，光劍同時刺穿瀟的下顎，直抵腦部，血從鮫人少女頸中瀑布般流下。

蘇摩眉頭皺了一皺，終於不敢再繼續刺殺，鬆手收回那些襲擊雲煥的線，再度捲向瀟，想將她奪回。然而，雲煥沒有阻止他奪回瀟的意圖，身形片刻不停地掠出，離開蘇摩控制的範圍，同時鬆開了手。

瀟被引線捲著，跌在蘇摩身側。

「想逃？」傀儡師嘴角露出一絲冷笑，看著帶傷逃離的滄流帝國少將，手指一彈，漫天的引線忽然都歸為一束，呼嘯著聚集起來，追向雲煥。

追上滄流帝國少將的一剎那，正待收回指間引線，忽然間，蘇摩覺得身上一痛。他想也不想地回手，閃電般格擋，夾住了一柄刺破他肌膚的斷劍——誰都沒想到，在他身旁猝不及防出手的，居然是瀟！

瀟一擊不中，立刻被蘇摩扼住咽喉。然而因為那一延遲，雲煥已經逃離追殺，頭也不回地消失在廢墟中。

蘇摩手掌施力，絲線勒入她的血肉，嘴角浮起冷笑。

西京心下雪亮，知道蘇摩要殺人，然而他已不知道自己還有無能力阻攔他。

「我要把妳的心挖出來瞧瞧，到底傀儡蟲是啥樣，能讓一個鮫人這樣死心塌地為滄流帝國送命。」蘇摩低頭看著她，殺氣讓眸子更加碧綠。絲線纏繞上瀟的頸部，勒得她無法呼吸。「妳的主人都已經不要妳了，妳還為他送命？」

「我、我沒有用……傀儡蟲……」瀟的下顎被刺穿，血流如注，說話的聲音已經含糊，眼神卻是清醒的，完全沒有傀儡般的失神，看著鮫人的少主。「我……我自己願意跟隨他……」

「什麼？」聽得那樣的坦白，蘇摩和西京同時脫口驚呼。

「好呀，妳厲害。」沉默過後，蘇摩忽然笑了起來，帶著說不出的詭異神色。

「倒是叛離得徹底啊！很好……和妳妹妹，完全走兩條路。」

「呵，我已經不再有資格當鮫人……」瀟大口呼吸，然而血還是倒著流入咽喉，堵住她的話語。她的眼睛微微垂落，看到一旁西京懷裡死去的鮫人少女，忽然間，蒼白的臉上浮起微笑。「不……那也不是我妹妹……我不配有那樣的妹妹……我只是、只是一個人……天地都背棄的人……」

「天地背棄……」聽得那樣的回答，蘇摩的眼睛忽然微微暗了一下。他低下頭去，許久，手上的力道微微一鬆，放開了瀟，低聲說：「如果我饒恕妳以往所有的背叛，妳會回到復國軍來嗎？」

瀟怔了一下，睜大眼睛看著面前的鮫人少主，不相信這樣的自己居然能得到赦免。沉默了許久，她忽然喃喃道：「你……果然是『那個人』吧？鮫人的希望……海皇，龍神……我還以為那只是個傳說。」

「不是傳說。」蘇摩對著她低下頭，伸出手去。「妳願意跟隨我，一起把它變成現實嗎？」

瀟怔怔看了傀儡師許久，忽然間慘笑一下，緩緩搖頭說：「不，請賜我一死，也不要讓我懺悔。箭離開了弦，哪裡還有回頭的路？」

蘇摩一怔，似乎沒有想到這個鮫人如此執迷不悟。「那麼，如果我放妳走，妳會……」

「還是殺了我吧。」瀟掙扎著對鮫人少主跪下，用流血的手按著地面低頭，語氣卻是斬釘截鐵：「如果我活著回到少將身邊，還是會盡力助他在戰場上獲勝！」

「什麼？」西京本來只是靜靜聽著，但是聽到這裡，終於忍不住喝止：「一個在戰鬥中把鮫人當作武器的人，妳還要為他不顧性命嗎？」

「這是我和主人間早就協商好的策略。在絕境時，他會捨棄我，斷臂求生。」瀟淡淡地說著，語氣平靜，無怨無悔。「在許多次的戰鬥裡，這一招屢試不爽，已經奏效了好幾次。」

西京心裡大怔。「這樣的主人，妳為何還要跟隨他？」

「要知道，不是每個人都有汀那麼好的運氣……」瀟忽然笑了起來，用悲哀的眼光看著西京。「我雖然是個天地背棄的出賣者，但我對於雲煥少將的心意，卻是和汀對閣下一般無異。請莫要勉強我。」

西京忽然間語塞。

瀟抬頭看著蘇摩，眼裡種種歡喜、希望、愧疚、絕望一閃而過，忽然再度低首行禮：「或許我沒什麼資格叫您少主，但還是要請您盡全力扭轉鮫人的命運，讓海國復生——雖然，那時候我定然會化為海面上的泡沫，無法在天上看見了……」

話音未落，她忽然拔起斷劍，刺向自己的咽喉。

嚓！那個瞬間，憑空閃過細細的光亮，那把劍猛然成為齏粉。

「妳可以走了。」蘇摩的手指收起，轉過頭不再看她，聲音淡淡傳來：「我會盡力為海國而戰，到時候，妳也在雲煥身邊盡力阻攔吧。」

傀儡師頓了頓，沒有看瀟震驚的表情，只是低下頭微微冷笑。

「這次為了汀，就讓妳走，下次可要連著妳的少將一起殺了……每個人都有自己的路，要背叛就背叛得徹底吧。」

漫天的夕照中，雲層湧動，黑色的雙翼遮蔽如血的斜陽。

然而在返回帝都的風隼編隊中，忽然傳出一個少女尖厲的哭叫聲。一架風隼陡然劇烈震動一下，彷彿內部有什麼東西爆發開來。那個瞬間，周圍的滄流帝國戰士只看見藍白色的光芒一閃，然後那架風隼內發出了一陣驚呼，整個機械就失去控制。

「副將！副將！」一旁的戰士大叫，只看見鐵川副將從窗子稍微探了一下頭，嘶聲大喊：「皇天！皇天！皇天爆發了！」

然後，那架風隼就如同玩具竹蜻蜓一樣，打著旋一頭栽了下去。

其他編隊隨之下掠，甩下帶著鉤爪的飛索，試圖拉住落下的風隼，然而飛索還到最低點後陡然一重，彷彿被地面上什麼東西抓住，並且迅速攀繩而上。等看清從地面返回的居然是雲煥少將時，所有人都發出一聲驚呼。

「不許救援！立刻返回！立刻返回！」雲煥踉蹌著衝入風隼中，全身都是血，厲聲命令：「立刻回去向巫彭大人稟告，並加派援兵！」

「是。」鮫人傀儡木然答應著，迅速地操縱風隼。

桃源郡在身後遠去，雲煥站在窗旁，看著底下蒼茫的大地和如血的夕陽，忽然間彷彿有些苦痛地抬起手扶住額頭，看著血從眉心和指尖一滴滴落下。

並肩戰鬥了那麼些日子，終於還是捨棄了嗎？

瀟……妳可曾怨恨我？

憤怒和悲哀，催動了皇天巨大的力量。

那一道藍白色光芒隨著少女能殺死人的眼神一起爆發開來，瞬間瀰漫整個艙內。滄流帝國的戰士，反應都是一流的，迅速躲閃和拔劍，然而靠近那笙的幾個士兵依舊被擊穿了心口，立刻死去。

然而，操縱風隼的鮫人傀儡並不能如同滄流帝國的戰士那樣迅速躲開。他們被固定在座椅上，直至生命的最後一刻也不能離開，因此皇天發出的巨大破壞力量，瞬間將鮫人傀儡殺死在操縱席上。
風隼失去控制，直直墜向地面。
那笙哭叫著，第一次感到心中充滿絕望和殺氣，恨不得將此刻所有的滄流帝國軍隊化為灰燼。她想哭、想叫、想罵人、甚至殺人，然而在這樣混亂的場面裡，她根本控制不住自己，宛如大果殼裡的一枚小堅果，跌跌撞撞地在風隼內滾動。
速度越來越快、越來越快，木頭和鋁製的外殼在如此的速度下已經超出極限，發出焦臭的氣味。裡面的滄流帝國戰士都感到天旋地轉，但畢竟是經過嚴格訓練、身經百戰的征天軍團，這樣緊急的情況下，還有人記得按照演武堂裡教官的教導，迅速扯起一面「帆」，從急速墜落的風隼中跳了出去。
那笙的手腳被捆綁著，根本無法活動，劇烈的震動中她上下翻滾顛簸著，渾身被撞得烏青。不過，她的眼睛裡絲毫沒有臨死的恐懼，只是憤怒倔強地睜著，頭一下下亂撞在各處，咬著牙喃喃自語：「混帳！我殺了你們……殺了你們……殺了你們！」
在憤怒來到最高點時，藍白色的光芒再度閃耀。
那個瞬間，破損的風隼徹底四分五裂，裡面的人宛如一粒粒豆子，從高空上撒了出去，跌向百尺之下的大地。
那笙從九天之上摔了下來。夕照的餘暉灑了她滿身，天風在耳邊呼嘯，如血的雲朵一片片散開和聚攏……

瞬間，那笙充滿殺氣和憤怒的心忽然稍微平靜了一下。她睜著眼睛，眼角瞥見那座似乎能觸摸到天上的白色巨塔。那樣的飛速墜落中，彷彿時空都不存在。那一場光怪陸離的雲荒之夢啊，原來便是這樣完結嗎？

嚓！忽然間，彷彿有什麼東西攔腰抱住她，去勢瞬間減緩。

「誰？」那笙睜開眼睛，脫口問。

然而四周只有風聲，大地還在腳下，哪裡有人？

腰間的力量柔軟，托著她往斜裡扯動，減緩她墜落的速度。她下意識地摸向腰間，手指觸摸到了冰冰涼涼的東西，宛如絲綢束著腰際。

燒殺擄掠過去後的廢墟裡，疊加的屍體堆頂端，一個小小的偶人坐在那裡，咧開了嘴，似乎饒有興趣地看著天空那個越來越大的黑點，手臂抬起來，「喀嗒喀嗒」地往回收著線，拉扯飄落的那笙，彷彿在放一個大大的風箏。

那一架風隼打著旋，終於在遠處轟然落地，砸塌了大片尚自聳立的房屋。

同時，沉重的「嘭嘭」聲傳來，幾個從風隼內跳出逃生的滄流帝國戰士落到了地面。雖然跳落的時候張開了「帆」以減緩落下的速度，然而離地的距離實在太近，他們落到地上的時候已經折斷頸骨，成為支離破碎的一堆。只有一個傢伙比較幸運，跌在一具屍體上，屍體頓時肚破腸流，那個人也哼哼唧唧地站不起來。

看到這景象，偶人似乎感到歡喜，坐在屍山上踢了踢腿，手臂「喀嗒喀嗒」地繼續往裡收。天空中的黑點越來越大，偶人忽然露出一個淘氣的笑容，把手一放，引線飛出，那個「風箏」便直墜下來。

「阿諾，你又調皮了。」突然，一個聲音冷淡地說，細細的線勒住偶人的脖子。偶人的眼皮一跳，被勒得吐出舌頭，連忙舉起手臂，將線收緊，讓那個直墜下來的女子身形減緩速度，最終準確地落在另外一堆屍體上，毫髮無損。

「那笙。」西京勉力捂著傷口上前，扶起少女問：「妳沒事吧？」

那個明豔嬌憨的少女臉色蒼白，滿臉淚水，嘴唇不停哆嗦，說不出一句話。

「那笙？」西京懷疑女孩是否在滄流帝國手裡受到虐待才會如此，再度晃著她，關切地問：「妳怎麼了？說句話啊！」

「西、西京大叔……你還活著？」被用力晃了晃，失魂的少女終於認出面前的人，忽然間「哇」的一聲大哭起來：「大叔，炎汐……他死了！炎汐死了！炎汐死了！」

「你說什麼？」兩個人同時驚呼，連蘇摩臉上都露出震驚的表情。

那笙哭得喘不過氣來。從中州到雲荒的一路上，她經歷過多少困苦艱險，卻從未如同此刻般覺得撕心裂肺的絕望和痛苦。她捂住臉，哭得全身哆嗦：「炎汐、炎汐被他們射死了！那群該死的混蛋，射死了炎汐！」

「左權使死了？」蘇摩茫然地呢喃，心中忽有蕭瑟的意味。鮫人是孤立無援的，千年來那樣艱難的跋涉，多少戰士前赴後繼倒下，成為白骨，而那一根根白骨倒下時的方向，卻始終朝著那個最終的夢想。

一直以來，獨來獨往的他並不想成為鮫人的少主、復國的希望。可是，在那麼多同伴的犧牲下，即便生性冷酷如他，也感受到了極大的震撼。

西京看到少女這樣痛哭，不知道說什麼好，只能輕輕拍著她的肩頭。

「我要去找他……我要把他找回來……」哭了半天，那笙忽然喃喃自語，抹著淚站起來，自顧自地搖搖晃晃走開。「他說過，鮫人死了要回到水裡……化成水汽升到天上，變成閃耀的星星……不能、不能把他留在這裡……」

她茫然自語，低下頭胡亂地在燒焦的廢墟裡翻動著，不顧尚自火熱的木石灼傷她的手。淚水一連串地從臉上流下，滴落在冒著火苗的廢墟裡，發出「滋滋」的聲響，化成白煙。

蘇摩在一旁注視著，沒有說話，微微垂下了眼簾。

「那個傻丫頭……到了現在這時候，到底知不知道自己為什麼難過？」西京忽然摀著傷口苦笑起來，喃喃說了一句。

「已經結束了……她永遠不要明白便好。」蘇摩忽然出聲，冷冷說了一句：「否則箭一離弦，心便如矢，一去不回。」

西京陡然一怔，眼神亮如劍，抬頭看向鮫人傀儡師。

然而蘇摩已經別開頭，走過去用腳尖在屍體堆中踢起一名方才從半空跳落的滄流帝國戰士，問他：「別裝死！起來！你們在哪裡射死了炎汐，快帶我們去找！」

腳尖踢到了斷骨上，奄奄一息的滄流帝國戰士猛然清醒，呻吟道：「炎汐？誰……我們、我們射死了……很多人……」

「炎汐！那個最後逃出來的藍髮鮫人！被你們射穿心臟的！」蘇摩將那個傷兵拉起，惡狠狠地問：「他在哪裡！」

「最後、最後逃出來的那個……」傷兵喃喃自語，彷彿想起什麼，抬起已經骨折的右手，指向街的盡頭，手臂軟軟垂了下來。「在那個藥鋪裡吧……不過那個人、那個人並不是鮫人……而是黑頭髮的……中州人……」

「哦？不是鮫人？」蘇摩忽然沉吟，不知為何眼裡有一絲隱祕的驚喜。他放開手扔下那個人，拉起那笙不由分說就往那邊掠去。「快跟我去那裡找炎汐！」

「嗯？」那笙抽噎著，但仍被蘇摩冰冷的手陡然嚇了一跳。這個傀儡師從未這樣主動接觸過她，怎能不讓她心頭一驚。

她被拉著跑，轉瞬就到了街角那個被燒毀的藥舖裡。

炎汐……炎汐就是為了引開那些人，用盡全力逃到這裡，然後被勁弩射穿心臟嗎？想到這裡，那笙不由得全身微微顫抖，捂住了眼睛不敢去看。

「不在……果然不在這裡。」蘇摩在廢墟間轉了一圈，空茫的眼裡陡然閃過亮光。

「不在這裡嗎？」那笙舒了一口氣，但立刻感到更加難過，忍不住帶著哭音問：「連屍首都找不回來嗎？我一定要找到他……一定要找到他！」

「是，一定要找到。」傀儡師看著少女哭泣的臉，微笑起來。這一次，他的笑容居然沒有一絲一毫的陰鬱邪異，明亮而溫暖。他拍了拍那笙的肩膀，忽然轉身，拍手對著四周坍塌的廢墟大喊：「炎汐！出來！已經沒事了！出來！」

「啊？」那笙嚇一跳，抬頭看詭異的傀儡師，抹淚道：「你、你會叫魂嗎？」

「比叫魂更厲害，能把死人都喚醒過來。」蘇摩嘴角忽然有一絲轉瞬即逝的笑意，繼續呼喚左權使的名字：「炎汐！出來！戰鬥結束了！」

然而，聲音消散在晚風裡，廢墟裡只有殘木「劈啪」燃燒、斷裂的聲音。

傀儡師向來冷定的臉終於有了一絲詫異，低語自問：「難道我推斷錯了？他真的死了？」

那笙本來已經驚詫地停住了哭聲，怔怔看著這個叫魂作法的傀儡師，不知道他準備幹嘛，然而聽到他最後的自言自語，終於又哭了出來。

蘇摩的眼睛恢復為一貫的茫然散漫，不再說什麼，轉過身離去。

「少、少主……」忽然間，一截成為焦炭的巨木簌簌落下，露出被掩藏的牆角。那裡，一個渾身熏成黑色的人抬起頭，顯然是用盡全力才發出聲音。「我在這裡……」

「哎呀！」那笙一時間被嚇得愣住，根本沒認出面前的人，然而等對方抬起眼睛看過來的時候，她轉瞬認出那熟悉的眼神，一下子撲了過去，大叫起來：「炎汐！炎汐！炎汐！」

「轟」的一聲，屋角那一截殘垣經不起這一衝，轟然倒塌。炎汐失去支撐，往後跌靠在地上，還好蘇摩反應快，手指一抬，在那笙重重落到炎汐身上前用引線扯住了她，才避免劫後餘生的左權使被莽撞的少女壓死。

那笙用力扭動，終究無法擺脫那該死的引線，被吊在半空，保持著傾斜的角度，努力伸手去搆面前的人。俯視著廢墟中那雙依然睜開的眼睛，她的眼淚撲簌簌掉落下來，伸出手一把抱住炎汐，大哭起來：「你還活著？你還活著！嚇死我了……他們都說你被射死了！」

「別、別這樣……」被抱得喘不過氣來，沒有力氣說話的鮫人只能吐出幾個字：「我沒事。」

「你嚇死我了！真的嚇死我了！」那笙又哭又笑，眼淚不停落下。「我還以為你被他們一箭穿心殺了呢！害得我……你騙人！你騙人！」

「哪裡……是因為他們不知道我是……鮫人……所以……」炎汐抬起手來，捂著左胸上那個傷口——巨大的貫穿性創傷，幾乎可以看見裡面破裂的內臟，他的聲音也衰弱至極。「所以他們按人的心臟位置……射了一箭……就以為我死了……」

那笙又驚又喜，不可思議地問：「難道鮫人的心不在左邊？」

「在中間啊……」炎汐微微笑了笑，咳嗽著吐出血沫。「我們生於海上……為了保持身體完全的平衡……生來、生來心臟就在……中間。」

「啊……」那笙一聲歡呼，大笑著極力低下頭，側過臉將耳朵貼在焦黑一片的胸膛正中央，聽到微弱的脈動聲，大叫：「真的！真的耶！你們的心臟長得真好啊！」

蘇摩微微蹙了蹙眉，別開頭去，冷冷道：「既然沒事了，大家快回去。那邊還有很多事需要趕緊辦。」

「不回去！不回去！我還要跟炎汐說話！」那笙嗤之以鼻，根本不理睬傀儡師，繼續伸出手抱著炎汐，將耳朵貼在他胸口正中央，滿臉歡喜地聽著微弱的心跳聲。

「我有好多話要和他說！」

「回去再說！」蘇摩看不得那樣的神色，陡然間臉色便陰鬱下來，厲聲道：「天都要黑了！再不拿著皇天回去，白瓔要出事！」

「啊？白瓔姊姊？」聽到這個名字，少女倒是愣了一下，眼神也漸漸平靜，明白過來後不情不願地站起身。「我去就是，凶什麼凶嘛。」

炎汐用手撐著地面，努力坐起。「聽、聽少主的吩咐……先回去再說。」

那笙小心翼翼地拉起他，發現他身上到處是燒傷和箭傷，忽然間鼻子又是一酸，哭了出來：「才不！不等回去！我現在就要說！」她猛然往前一撲，用力抱住炎汐，將臉貼著他的胸口，大哭道：「我喜歡炎汐！我喜歡炎汐啊！我最喜歡炎汐了！你如果再死一次，我就要瘋了！」

那樣的衝力，讓勉強坐起的人幾乎再度跌倒，然而鮫人戰士看著撲入懷中的少女，愕然地張開雙手，有些僵硬地不知道如何回答。

「我要和炎汐一直在一起……」那笙把鼻涕眼淚一起抹在人家衣服上，滿心歡喜地抬起頭來，毫不臉紅地脫口說：「我要嫁給炎汐！」

炎汐的臉被煙火熏得漆黑，看不清臉上的表情，然而深碧色的眸子裡忽然閃過了微弱的苦笑，僵硬的雙手終於動起來，拍拍那笙的肩膀，拉開她說：「不行啊。」

「為什麼不行？」那笙怔了一下抬頭問。

「因為……我不是男的。」炎汐笑了笑，拍拍她的肩膀。「一早就跟妳說過的。」

「胡、胡說！你明明不是女的，怎麼也不是男的？」那笙漲紅了臉，大聲反駁，忽然「哇」地大哭起來。「你直說好了！你不要我嫁給你，直說好了！」

「唉……」真是不知道說什麼好，炎汐求助地看向一旁的少主。

蘇摩眼裡有複雜的情緒，忽然不由分說地一揮手，將那笙從炎汐身畔拉起來，扯回到自己身邊，冷然道：「鮫人一開始就是沒有性別的，難道慕容修他們沒有和妳說過嗎？快走快走，不許再在這裡磨磨蹭蹭！」

夕陽終於從天空盡頭沉了下去，晚霞如同錦緞鋪了滿天。

在連伽藍白塔都無法到達的萬丈高空，三位女仙坐在比翼鳥上，俯視著底下大地上血與火的一幕幕，閉著眼睛彷彿在細細體會什麼，眉間神色沉醉。直到風隼飛走、戰火熄滅，她們才睜開眼睛，眼裡隱隱有淚水。

「看到了嗎？那就是凡界的『人』啊……」魅婀喃喃嘆息。

「多麼瑰麗的感覺。種種愛憎悲喜的起伏……簡直像狂風暴雨一樣逼過來。」慧珈眼角垂下一滴淚。「他們活著、戰鬥，相愛和憎恨……多麼瑰麗啊……人心，是永遠無法比擬的。」

曦妃低著頭，沒有說話，梳著自己那一頭永遠無法梳完的五彩長髮，微微抖動著，讓長得看不見盡頭的髮絲飄拂在天地間，形成每一日朝朝暮暮的霞光。

許久，她拈起白玉梳間一根掉下的長髮，吹了口氣，讓它飄向雲荒西南角正在下著雨的地方，化為一道絢麗的彩虹。

「妳們……在羨慕那些凡人嗎？」曦妃低著頭，扯著自己的頭髮微微冷笑。「我們雲浮翼族，經過多少萬年的苦修，才換來如今『神』的身分，本來都已經把自己所有的七情六欲、喜怒哀樂都磨滅掉了。但是，妳們卻在雲端羨慕那些螻蟻般活著的凡人嗎？」

第十五章　鳥靈

外面殘陽如血，時時刻刻都有生死劇變，房間內卻是一片黑暗，安靜沉悶。

「唉……外面聽起來好像很熱鬧啊。」黑暗的房裡，和年輕商人進行了幾個時辰的長談，在慕容修低頭思考的間隙裡，真嵐在一片漆黑中側過頭，聽著外面呼嘯的聲音，有些不甘心地喃喃說：「而我居然只能在這裡浪費口水。」

「皇太子殿下剛才所言甚是。」遲疑片刻，慕容修還是無法下定決心應承空桑皇太子的提議，訥訥開口：「但在下前來雲荒時身負家族重託，如果三年內不見在下回去，慕容家便會更換長子，到時候家母……」

然而那樣一大堆的理由剛說了十之二三，他才發現真嵐根本沒有在聽。空桑皇太子對著他進行了那樣長時間的遊說後，此時在黑暗裡自顧自地低下頭去，拉開低垂的帳子看著裡面尚無形體的白色流光。

無形無質的白光在黑暗的房內流動，微弱的光照亮斗篷中空桑皇太子的側臉，一貫開朗的眉目間全是焦急。

「天都快黑了，怎麼還沒凝聚？」真嵐的手裡拿著那一枚后土，喃喃道：「白瓔，妳該不會真的完了吧？快好起來呀。」

然而奇怪的是，那枚后土戒指被他握在手裡，彷彿感到極大不安一樣，憑空躍起，想要掙脫他的手。真嵐只有一把將戒指握緊在手心，安放到失去形體的白瓔身側，再度將帳子拉下來。

做完這一切，真嵐才回過神看著慕容修。「我也不過是提議，至於肯不肯幫我們，全在於你，不過……」說到這裡，空桑皇太子微微頓了一下，嘴角浮出一絲笑意，意味深長。「我看過你們中州人的史書，你們中州第一個帝國『秦』開國的時候，有個巨賈叫呂不韋，是嗎？」

見他忽然提起題外話，慕容修愣了一下，然後若有所思地沉默下去。

在慕容修心動、真嵐等待答覆的時候，漆黑的房間陷入一片凝滯的沉默。忽然間，密閉的空間彷彿有微風流動起來，低垂的帳子無聲無息地朝著四面拂開，似乎裡面有微風四溢而出。

「白瓔！」在帳子被吹開的一剎那，真嵐脫口驚呼，臉色瞬間蒼白——怎麼了？難道是……難道是忽然渙散？外面應該到了日落的時候，為什麼她還不見凝聚？

他有些焦急地想過去探視垂簾下的無形冥靈，然而陡然間發現自己的身子失去了力量支持。

外面，紅日陡然一跳，從雲荒大地盡頭消失。

在日夜交替、真嵐力量消失的剎那，那一襲人形直立的空心斗篷瞬間癱軟。與此同時，帳子「唰」地分開，一雙手伸出來，在黑夜裡接住滾落的人頭和斷臂。自垂簾內伸出的蒼白手臂的右手中指上，那枚后土神戒熠熠生輝，發出照亮黑暗室內的光芒。

那樣的光芒中，慕容修隱約看到極為詭異的一幕：和自己說話的空桑皇太子陡然癱軟，頭顱和右臂滾落下來。那一瞬間，中州來的商人感到說不出的寒意，脫口發出一聲驚呼，踉蹌著後退到門邊。

「妳怎麼現在才恢復過來？」落在冥靈女子虛幻的臂彎間，真嵐的頭顱彷彿鬆了口氣，抱怨道：「沒事了嗎？」

在掉落的頭顱開口說話的剎那，慕容修幾乎不相信自己的眼睛和耳朵，只感覺心裡的寒意一層層冒上來——這些人……這些空桑人，怎麼都如此詭異？他們到底還是不是人？這個瞬間，他再也顧不得方才真嵐對他的提議，想也不想地揹著簍子拉開門，拔腿逃離這個黑暗的密室。

「哎，別跑啊！」真嵐一見慕容修離去，脫口道：「別怕！我只是……」

「哪個人見了你這樣能不怕？」那一雙手將頭顱抱起，抬手拉開抓著自己肩膀的斷肢，一併將空了的斗篷放好。黑暗中，純白色的女子微笑著低下頭來，幫他將額頭上散落下來的髮絲捋順。

「妳難道怕？」以指代步，斷肢在榻上四處爬行，想出去拉回中州商人，但是在開著的門外，天色已經完全黑了，真嵐只覺自己毫無力氣。頭顱無法移動，在榻上翻起眼睛看著剛剛凝聚回來的冥靈女子，沒好氣地嘟囔。

「我可不是人。」白瓔微笑著低下頭，用斗篷打了個包，將頭顱和斷肢一併收起，有些焦急地問：「外面怎麼了？那笙和皇天可平安？是我連累了你吧？蘇摩的『十戒』好生厲害，我被震散了魂魄，幾乎無法恢復過來。」

「那笙那個丫頭……應該沒事吧？」斗篷迎頭兜下，真嵐極力掙扎，不想被妻子打包捲起來。「我還沒有感應到『皇天』有危險，而且有西京和蘇摩出面保駕，即使征天軍團和雲煥也奈何不了她吧？」

「蘇摩保駕？」白瓔拉著斗篷的手頓了一下，詫異道：「怎麼可能？他對任何與空桑相關的人和事都恨透了，不殺那笙已經算是仁慈……他去保護那笙？」

斷臂撥拉著，終於將斗篷撕開一個口子，頭顱冒了出來大口喘氣，眼裡卻有奇異的笑意。「是啊，他去保護那笙了——因為我和他說，如果不帶回皇天來給妳療傷，妳就會魂飛魄散，再也無法凝聚。」

「胡說。」白瓔詫然反駁：「用不著皇天，只要日落，我便可以在黑夜中復生。你為何要……」然而話說到這裡，她驀然頓住了，明白過來，微微垂下眼簾，看著楊上真嵐的臉，也不知道是什麼樣的表情，低聲問：「你……騙他？」

「噓……」真嵐悄聲說：「千萬千萬別被他知道。妳知道後果的。」

外頭的廝殺聲已經沉寂，只餘下斷壁殘垣在繼續燃燒的「劈啪」聲，火光映照在室內，影影綽綽。頭顱仰望沒有實體的冥靈妻子，純白色的女子也垂下眼簾看著他，相互凝視的一剎那，沉默的空氣中彷彿有複雜的暗流湧動。

「嫌惡了嗎？覺得我利用了他？不過現下這種情況，必須借助他的力量才能渡過難關。」沉默中，明知自己觸動了最不該觸動的禁忌之弦，空桑皇太子卻仰起臉看著太子妃，笑了笑說：「我終究是空桑人的皇太子，這個身分妳我都該記住。我不能不做一些事。」

白瓔沒有說話，也只是低頭看著真嵐，虛幻的臉上看不出表情。

「我知道。你終究不能一直嘻嘻哈哈……」許久許久，彷彿連外面「劈啪劈啪」的燃燒聲都聽不見了，窒息般的沉默裡，白瓔揚起頭淡淡道：「就像我終究不能一輩子作不切實際的夢。無色城裡不見天日的十萬亡民，才是我們必須面對的。我能理解你的做法。」

是的，百年後成為空桑皇太子妃的她，畢竟已不是當初那個從伽藍白塔上一躍而下的少女。

聽到那樣的回答，頭顱臉上忽然露出長舒一口氣的表情，方才勉力保持的平靜笑意撤掉了，換上一個倦極而欣慰的笑。斷臂抬起，輕輕覆上白瓔戴著后土神戒的手。

「很幸運，還有妳和我一起並肩戰鬥。」

「說這種話……活像千年前的星尊大帝和白薇皇后。」百年來結下的默契，包容了方才的小小不快，白瓔忍不住微笑，想起自己在伽藍白塔上接受皇家禮節訓練時，聽過女官講述《六合書往世錄》裡面關於空桑開國帝王和皇后的傳說——

滄海橫流，帝與后起於寒微，並肩開拓天下。白薇皇后為人剛毅，常分麾佐帝左右。六合歸一，毗陵王朝興，帝攜后同登紫宸殿，分掌雲荒。后有兄二人，皆為王為將，一時權傾天下。帝嘗私語后曰：「與汝並肩於亂世，幸甚。」

后薨，時年三十有四。帝悲不自勝，依大司命之言造伽藍白塔，日夜於塔頂神殿禱告，希通其意於天，約生世為侶。帝在位五十年，收南澤、平北荒、滅海國、逐冰夷，震古鑠今。然終虛后位，後宮美人寵幸多不久長。帝常於白塔頂獨坐望天，鬱鬱不樂。垂暮時愈信輪迴有驗，定祖訓，令此後世代空桑之后位須從白之一族中遴選。

那樣的傳說在空桑皇室代代流傳，為歷代帝后恩愛的典範。

當年自己才十五歲，在遠離所有人的萬丈絕頂上，面對不可知的未來，教導女官給她讀了這一段。直到聽得這樣的故事，她的心裡才有了一絲希冀——原來，空桑還有過這樣美滿的皇室婚姻。

那麼，自己的一生或許也還有幸福的可能。

然而少女不曾想過，如今已非千年前的開國歲月，在承平安逸的盛世裡，在每一次聯姻都成為權力構成變動契機的時候，無法反抗地被推到一起的兩人，又怎能像星尊帝和白薇皇后一樣，有著起於寒微的深厚情誼？歷代有多少驕奢跋扈的皇太子和嬌弱尊貴的白族郡主即使相伴了一世，卻無半分真情。

就像她和真嵐，一開始的時候還不是……

沒料到，生死轉換、天崩地裂，到最後彷彿歷史重演，只剩他們兩人不得不相依為命，並肩面對所有厄運。

「星尊帝和白薇皇后？誰要像他們那樣。」

神思被那一句話觸動，忽然間就如風般飛到了千年前，把她神思喚回的是真嵐沉聲的一句話，竟彷彿被觸動痛處，帶著十分火氣。白瓔一怔，低頭看真嵐，忽然看到他平日裡從容開朗的眉宇間，居然帶著深深的恐懼和憎惡。

「別再說這樣的話，我倆絕對、絕對不可能像他們！」

被那樣激烈的語氣嚇了一跳，白瓔一驚，隨即苦笑。「是了……我怎麼能和白薇皇后相比？她輔佐大帝開創帝國，而我擁有后土神戒，卻扔下國家不管不顧，讓冰族趁機攻入……亡國罪人，怎麼和白薇皇后比？」

再一次聽到太子妃這樣自責的話，真嵐忽然沉默，眉間神色卻頗為奇怪，彷彿是想說什麼卻終究沒說出口，許久只是道：「我跟妳說過多少次了，不必自責，那都是注定的。而且『后土』其實不……」

話音到此中止，一個清清脆脆的聲音打斷伉儷間的低語。

「哎呀，太子妃姊姊，妳還好嗎？」光線微弱的房間裡，隨著脆響撲過來一個黑黑的影子。那笙從外面跑進來，急切間被地上雜物一絆，便向著榻前跌下。

然而她只覺手臂一緊，身子在磕上床角前已經被人拉住。那隻蒼白的手拉住她，手上有一枚和她手上皇天一模一樣的戒指熠熠生輝。

「太子妃姊姊！」她驚喜地抬起臉，看到白瓔蒼白秀麗的虛幻面容，脫口歡喜地叫：「哎呀，姊姊妳沒事啊？嚇了我一跳呢。蘇摩那傢伙說妳快要死了，得把這只皇天帶回來給妳治傷，害我一路奔跑來就怕來不及！」

「蘇摩……」聽到那個名字，白瓔不置可否地笑笑，拉著那笙站起來，看著滿身血汙、蓬頭亂髮的少女嘆息道：「妳吃了大苦頭吧？都是我們空桑人連累了妳。」

「哪裡的話。沒有那隻臭手幫我，我早就變成慕士塔格上的殭屍了……呃！」那笙一聽到別人感激的話就渾身不自在，連忙分辯，然而說到最後眼前浮現當日雪山上的情形，不禁打了個寒顫，全身發毛，吐舌道：「我雖然沒讀過多少書，但也明白知恩圖報啊。」

白瓔看著她明亮的笑靨，忽然不知該說什麼，只是握緊對方的手。從來最真的心，最容易被利用和踐踏……只求這一次，不要太過為難這個孩子。

「太子妃姊姊妳真的沒事吧？」感覺到覆在自己手上的手微微顫抖，那笙詫然抬起頭，將手上的皇天遞過去。「蘇摩說妳要靠這個療傷，是不是？這個能幫妳什麼嗎？」

「謝謝。」白瓔不知如何回答，只是點點頭。「我沒事了。」

「蘇摩和西京呢？」兩個女子對話的間隙裡，黑暗中忽然有一個聲音發問：「他們兩個怎麼樣了？」

「在外面呢。蘇摩讓我一個人進來，他在外頭給西京大叔治傷。」那笙下意識地脫口回答，說完才看到問話的真嵐，嚇了一跳。「哎呀呀，臭手？是你？怎麼回事……怎麼你也在？你、你的頭和手一起來了？」

「嗯、嗯，一起來了。」聽得那樣奇怪的問候，真嵐苦笑起來，抬起斷手抓抓頭髮，含糊道：「我來找白瓔……順便辦點事。西京受傷了？」

「是啊，他和滄流帝國那個少將打了一架，傷得很重。」那笙一想起西京和汀，明亮的眼睛就暗淡下去。頓了頓，她帶著哭腔開口：「汀……汀死了！汀被那群滄流帝國的人射死了！西京大叔很難過……」

「汀？」真嵐尚未見過汀，白瓔卻記起那個出去買酒的鮫人少女，詫然站起。「汀死了？那師兄他……天啊，我得去看看。」

「我也去。」在白衣女子拉著那笙轉身的時候，彷彿生怕自己被落下，榻上的頭顱開口急喚：「帶我去，我要見西京那小子！」

白瓔聞聲回頭，俐落地捲起斗篷打了個包，將斷臂包好帶上，然後伸手將真嵐的頭顱抱起，拉開門走了出去。

用靈力連續給西京和炎汐治療傷口，加上白日裡和雲煥的那一場激鬥，站起身的一剎那，傀儡師按住了胸口，壓下咽喉裡湧起的血氣。畢竟是鮫人的身子，無論精神力有多強，這個身子依然那樣脆弱。

「少主？」一旁的如意夫人連忙扶住他的肩膀，美豔的臉上滿是長輩般的擔憂。她方才抽身出去轉移有關復國軍的一切資料，然而等她回來，就看見整個城南都成了地獄。在她生活了幾十年的地方，方圓三里內所有的房子、所有的人，甚至所有的牲畜全都消滅了……那樣的慘象，不啻人間地獄。

滄流帝國——看到汀屍體的剎那，如意夫人咬破了嘴唇才忍住沒有流淚。連澤之國的百姓都這般屠戮，那麼在那些冰族看來，鮫人更等同於螻蟻吧？千年來，鮫人一族從未停止過抗爭，然而面臨的壓制和奴役卻越來越殘酷。

——是不是到了該動用這個東西的時候呢？

如意夫人暗自握緊懷中的金牌。高舜昭總督贈予的雙頭金翅鳥令符貼著她的心口，彷彿昔日情人最後給予的溫暖和照顧。握有這面象徵屬國最高權柄的令符，居於澤之國的她大概不會有安危之憂，生活安逸舒適，遠遠優於所有同族。然而……她能看著其他族人不管嗎？而以她的力量，即使拚出命來，又能對復國軍有多大幫助？

想到這裡，如意夫人轉過頭，看到為炎汐療傷完畢的蘇摩正走入外面的夜幕。

「少主，你要去哪裡？」她忍不住喚了一聲。

蘇摩頭也不回，只是冷冷回答：「外邊。」

「萬一碰到澤之國的軍隊……」料想著桃源郡的官衙定會派人來清掃殘局，如意夫人不禁擔憂，想要勸阻這個我行我素的鮫人少主。

「去哪裡都好，我在房裡待不下去。」傀儡師淡淡扔下一句，提著偶人，自顧自地離開房間、走入夜幕。「讓我一個人靜靜。」

房裡怎麼了？如意夫人回過頭去，看了看室內——那裡，白瓔正站在師兄面前殷殷問候，西京臉上有蒼涼的笑意，卻因為看到師妹平安無事而有些釋然。另一邊，那笙拉住了本來要奪門而出的慕容修，好不容易才讓他驚惶的情緒安定下來，又撲到了養傷的炎汐身邊問長問短，毫不介意對方的尷尬。

房裡是一團死裡逃生的狂喜，所有人都來到自己最關切的人身邊，臉上帶著劫後餘生的欣慰。

就是那樣的一幕，才讓少主待不住嗎？

黑夜如同濃墨般裹住傀儡師的身形，阿諾「喀嗒喀嗒」地跑著，彷彿在這樣漆黑的夜色和如山的屍首中分外歡躍，回頭對著如意夫人咧嘴一笑。

如意夫人回過頭來，怔怔看著蘇摩消失在夜色中，忽然有些恍惚。

她發現過了百年之後，她再也不能瞭解這個曾一手接生並且帶大的鮫人少主。離開雲荒的一百多年流離中，蘇摩經歷過多少事？那個內向敏感卻善良體貼的孩子，居然變成如今這樣。

而且阿諾，那個阿諾……居然長得這麼大了？

「那個阿諾，到底是什麼東西？」她脫口喃喃問道，忽然激靈靈打了個冷顫，不敢再想下去。

「如意夫人，妳還好嗎？」在賭坊老闆娘出神的時候，突然聽到背後女子清冷的問話。如意夫人詫然回頭，看見從房中走出的白衣女子。

「我沒事，多謝白瓔郡主關心。」如意夫人回過頭，對上這個冥靈女子，陡然心裡一陣複雜地攪動。這個女子……這個百年前從白塔上「墮天」的女子，她身上那樣微妙的身分和過往，總是讓每個鮫人在看到她時就有複雜的情緒。

「郡主不去陪西京大人嗎？」沒有回答對方的提問，如意夫人微笑著岔開話題。

「去看過了……真不知道該說什麼，我第一次看見師兄那樣難過。」白瓔微微苦笑，搖了搖頭。「留下真嵐陪著他，兩個大男人說話總比和我說話自在些。」

「真嵐？」聽到這個名字，如意夫人脫口低低驚呼——空桑人的皇太子？他也來到了桃源郡？他是為了不能脫身的妻子而來嗎？可是，為何方才房間裡卻沒有看到多一個人？

說完了這些，白瓔追問：「夫人，妳剛才說蘇諾長大了，是怎麼回事？」

「這……」如意夫人沉吟許久，終於道：「也好，其實這也是我一直擔心的事。我覺得很奇怪，蘇摩少爺這次回來，似乎很多地方都不一樣了。他居然說蘇諾是被空桑貴族害死的……」

「為什麼？難道蘇諾不是這樣死的嗎？」白瓔詫然問。

「不，蘇諾少爺根本沒有活過啊！」如意夫人握緊了手，身子忽然一顫，彷彿感覺到什麼莫名的恐懼。「白瓔郡主，妳不知道當年蘇摩少爺剛生下來的時候有多麼古怪。他一生下來背後就有一塊巨大的黑斑，而且腹部有巨大的腫塊，看上去非常可怕，所以在東市關了四十幾年，受盡凌辱苦楚，一直沒有買主買他。」

「四十幾年……」白瓔喃喃重複，想像著鮫人嬰兒被關在籠子裡叫賣的情形，陡然身子也是一震。在伽藍白塔頂上，她初次看到被牽上來玩傀儡戲的鮫人少年時，就猜測是什麼樣的過往才會讓這個孩子有那般漠然的表情，然而，現在才第一次得知他的身世。

原來，雖然百年前有過驚天動地的往事，年少的他們卻從未真正瞭解彼此。

「那時候我照顧著東市裡那些待售的鮫人孩子，待他們有如自己的孩子，最後卻只能看著他們一個個被買走。妳也知道，你們空桑貴族有的就是喜歡孩子。」

如意夫人用波瀾不驚的語調淡淡回顧往事，然而那樣的陳述，卻讓身為空桑人的白瓔羞愧難當。

「可是蘇摩少爺被關了四十幾年，始終不能離開籠子。鮫人孩子的眼淚細小，做碎珠子也不值幾個錢，如果不是貨主看到他有一張驚為天人的臉，早就挖出他的眼睛做成凝碧珠了。後來貨主找了個大夫，想治好蘇摩少爺奇怪的病。那個大夫看了說，背後的黑斑是消不掉了，除非將整個後背的皮剝下來，但腹中巨大的腫塊或許可以剖出來。」

如意夫人看到白瓔詫異的眼神，微微一笑，抬手做了一個「切開」的姿勢。

「貨主同意冒險一試，於是大夫就拿刀子破開了蘇摩少爺的腹部，結果……」

說到這裡，如意夫人不自禁地一顫，聲音低了下去。

「如何？」雖然知道蘇摩如今還活著，白瓔依然忍不住問。

「結果……從蘇摩少爺的腹腔中，拿出一團血肉模糊的大瘤子。」如意夫人打了個寒顫，繼續說：「詭異的是，那個瘤子居然是個剛成形的嬰兒形狀，有手有腳，還有眼睛和嘴巴，活生生的一個孩子形狀……」

「什麼？」白瓔一怔問：「那就是蘇諾？」

「嗯。」如意夫人微微點頭。「大夫說，大約是蘇摩少爺在母胎裡的時候，還有一個孿生的兄弟，但是母胎供給的養分不夠，一對孿生兄弟彼此爭奪，最後蘇摩少爺活了下來。另外一個，就被獲勝者吞到了身體裡，一起生下來。瘤子被取出來後，蘇摩少爺的身體恢復成普通孩子的模樣，但是他死也不肯將那個胎兒扔掉，居然留下來當作唯一的玩具。不知道他用了什麼法子保存，那個胎兒居然沒有腐爛。」如意夫人嘆息著，說出最後一句話：「蘇摩少爺給那個東西取了個名字，就叫『蘇諾』，還叫他弟弟。」

聽到這樣的解釋，白瓔眼裡依然有難掩的震驚。蘇諾……是蘇摩的孿生兄弟？在母胎裡就被他吞噬，然而又從他身體裡誕生的兄弟？

那樣詭異的孿生……

「所以我聽到蘇摩少爺說，阿諾是被空桑人害死的時候，很驚訝……難道少爺的記憶開始混亂了嗎？」如意夫人有些疑惑地喃喃說著，臉色沉重。「百年了，蘇摩少爺從中州回來後變得非常強大，但是整個人也有很多地方不對勁……最怪的就是，妳有沒有覺得……」

她的聲音忽然間尖厲起來，嚇了白瓔一跳。

「妳有沒有覺得那個偶人……那個偶人是活的？」如意夫人「唰」地回身，拉著白瓔的袖子急急問。然而常人如何能拉住冥靈，她的手落了空，卻繼續追問，臉色青白。「阿諾活了！」

白瓔目光也是一變，低頭說：「是的，那個偶人……有自己的意志。」

她如何能忘記，昨夜的暗室裡乍一見面，那個偶人便對自己痛下殺手，幾乎是帶著置於死地而後快的痛恨。那樣的舉動，完全不是出自傀儡師本人的操控。

「妳……妳也覺得是嗎？」聽到對方的回答，如意夫人的臉色更加蒼白，手不受控制地微微發抖，卻用更加顫抖的聲音說道：「那個……那個阿諾！妳不知道，他長大了！我記得它剛取出來的時候，不過是一尺多高，如今居然長高了一倍！他、他會長大！」

白瓔猛然一驚，倒抽一口冷氣。

——這已不再僅僅是「裂」，而是成了「鏡」

那樣的斷語，又浮上她心頭，令她臉色倏地變得蒼白。真嵐一眼就看出來了，他說得對。

已經沒救了嗎？再也無法將影像和真身割裂開來？

「怎麼會這樣？他怎麼會把自己搞成這個樣子？」喃喃自語般，白衣女子彷彿有些痛苦地抬起手按住眉心——那裡，最初作為太子妃標記的十字星紅痕早已消失，然而最初的種種彷彿蠱毒深刻入骨，烙印般存在。

「所以……」如意夫人看著白瓔，忽然跪倒在她腳下，低聲哀求：「白瓔郡主，請妳一定要救少主！求妳一定要救救蘇摩少爺！不然他就完了！」

「啊？」白瓔有些詫異地看著鮫人美女，忽然苦笑起來，對著如意夫人俯下身去，將她拉起。「妳託付錯人了吧？他如今那麼厲害，我哪裡有這樣的本事？夫人，這個世上，誰都救不了誰的。」

她喃喃說著，彷彿聽到了什麼異響，抬起頭來看向北方天空。

黑色的夜幕下，忽然有幾點璀璨的流星向著這邊滑落。

「終於來了。」白瓔有些鬆了口氣，認出那是騎著天馬趕來的藍夏和紅鳶，以及大批的冥靈戰士。白天裡，真嵐冒險獨自出來接自己回去，卻一日毫無消息，無色城裡的諸王只怕擔心壞了。

然而，在等待同伴到來的時候，白瓔忽然臉色微微一變，聽到風裡有另外一種聲音——那是無數翅膀拍動著在黑夜裡降落的聲音，伴隨著濃厚的詭異妖氣。

「鳥靈？」靠著靈力，她分辨出黑夜裡那些漆黑的翅膀，不禁變色，脫口驚呼：「糟糕！大家小心！」

還未到城南信義坊的入口，濃重的焦臭味和血腥味已經撲鼻而來，熏得一隊士兵都窒息欲嘔。

「這也太過分了。」帶著手下前來戰場，郭燕雲總兵身經百戰，但是尚未進入燒殺一空的街區，已忍不住喃喃咒罵起來：「什麼征天軍團……簡直是亂咬人的瘋狗，禽獸不如！」

「噓，總兵，小心走漏了口風被上頭聽見。」一旁的副總兵拉拉他低語，然而眼裡也是憤怒的光。見到這般在自家土地上燒殺擄掠的景象，任何戰士心中都是怒氣沖天。然而，沒有總督的命令，姚太守又嚴禁動兵，他們空有長劍在手，卻只能坐視百姓被殺。

小隊裡已有士兵低聲哭了起來。那是居住在城南的一些兄弟，在接近這個修羅場時再也難掩心中的憤怒和恐懼。前方就是信義坊，入口的街道已經近在咫尺，然而那幾個士兵對著黑夜中燒殺一空的家園，居然不敢走近一步，跪倒在地上失聲痛哭。

「起來！別做孬種，給我起來！」郭總兵咬著牙，用腳狠狠將那些士兵踢起來，惡聲惡氣地說道：「去！給我去廢墟裡把父母老婆孩子的屍首挖出來！這點力氣都沒有，還是男人嗎？」

幾個士兵被踢起來，號啕著起身，踉踉蹌蹌衝入戰場。白日裡那場屠殺過後，整個城南一片死寂，只有幾處暗火不曾熄滅，幽紅地跳躍著，發出「劈啪劈啪」的燃燒聲。窗戶上、門檻上、大街上，到處橫七豎八掛著、倒著屍體，血已經凝固，散發出腥臭的氣息，伴著火裡脂肪燃燒蒸發的異味，讓人忍不住想嘔吐。

那些士兵分頭奔向自己的家，然而腿已經開始顫抖。

沒有到家門，遠在半條街外就有士兵被家人的屍體絆住了腳。看到奔逃中被射殺的家人表情，他不由得跌倒在地，抱著屍體號啕大哭。

「征天軍團，老子……」站在街區中，看著微弱火光映照下的廢墟，郭燕雲的拳頭攥出了血，一拳打在一道斷壁上，轟然打塌一垛牆。「老子忍不了這口氣！反了，乾脆反了！」

「總兵！」副總兵嚇一跳連忙拉他。「這種話也敢說？不怕連累一家老小？」

郭總兵一怔，重新握起拳頭，這次卻是重重砸到旁邊的石柱上，砸出了滿手的血，長長吐出胸中濁氣，喃喃道：「征天軍團如果還敢來作威作福，老子拚著一身剮也要把皇帝拉下馬！」

「噓，小心被別人聽見……」副總兵向來謹小慎微，忍不住阻止同僚的狂言。

然而，話音未落，這個本來只有屍體的戰場裡，陡然有了奇異的聲響——輕微的撲簌聲，彷彿暗夜裡有無數翅膀拍打著降落。然後，廢墟中那幾處微弱燃燒著的火焰莫名其妙地一跳，光芒大盛。

「什麼、什麼東西？」副總兵詫然，結結巴巴脫口問：「鬼……是鬼嗎？」

「嘁，看把你嚇的！」郭燕雲向來大膽，看到同伴那樣的表情頗不以為意。「雖然這裡滿地死人，但也不用風吹草動就一驚一乍吧？」

他從旁邊士兵手中接過火把，想往前走去。忽然，黑暗中傳來短促的慘叫，阻止他前進的步伐。

「救、救命！鳥靈！鳥……」充滿絕望和恐懼的呼救半途而止，卻讓這邊的一隊士兵因為震驚而退卻。

鳥靈！那群魔物，在今夜降臨了嗎？

那群喜歡汲取人的精魄血氣，隨著死亡氣息遷移的魔物，怎麼這麼快就連夜來到這裡？

雖然是全副武裝的戰士，但是所有士兵，包括郭燕雲在內，聽到這個名稱都變了臉色，下意識地後退，想要離開這個街區。

是的，不能和那群魔物對抗……

那群傳說中不老不死的怪物，身負黑色雙翅，形如十歲孩童，每每與黑夜結伴而至。這群神祕的魔物百年來曾製造了多起震驚雲荒整個大陸的屠殺，包括砂之國一個小部落一夜之間的滅亡，和澤之國息風郡一個鎮子的離奇失蹤。

後來征天軍團領命出動，然而幾次剿而未滅，最後那群魔物和元老院締結了契約。從此，那些鳥靈不敢再明目張膽地出沒殺人，從征天軍團手裡存活下來，自此神出鬼沒地遊蕩於雲荒大地。

那群魔物因為滄流帝國的嚴厲管束和強大力量，不敢公然露面，但是幾十年來，每當大地上任何一處出現大規模的殺戮和死亡，它們便好像赴一場盛宴一樣成群結隊趕來，在屍體上歡呼歌舞，汲取剛死去之人尚未渙散的魂魄。多年來屢屢出動卻無功而返的滄流帝國為了避免戰鬥力的消耗，到最後也默許這樣的行為，只要鳥靈不再大規模地襲擊人類，便不再阻止它們享用戰場上的屍體。

五十年前霍圖部滅亡、二十年前復國軍慘敗時，在那些死人無數的戰場上，黑夜來臨的時候都能看到這群魔物的蹤影，在堆積如山的屍體上歡呼，享用它們的盛宴。

只是最近十幾年沒有大的動亂，雲荒承平日久，也好久不見鳥靈的出現，因此在他們這一代人眼裡，「鳥靈」就成了老人們嘴裡和「空桑」一樣的久遠傳說。

然而，在這樣一個血腥之夜裡，那樣詭異的魔物居然重現人世。

「快撤退！所有人都撤退！」這些鳥靈，百年來連征天軍團都無可奈何，根本不是區區官衙士兵能對付的。郭燕雲雖然膽大，卻不是一味莽撞的人，此刻聽得「鳥靈」二字，便立刻帶領士兵急速沿著信義坊的街道退出城南。

然而，已經晚了。

他們剛回頭，就看見黑色的羽翼從天而降，將他們湮沒。羽翼下，一張張孩子的臉湊了過來，帶著天真無邪的笑容，對一幫臉色蒼白的士兵指手畫腳，呼朋引伴。

「嘻嘻，看啊……這裡有活人！這裡有活人！」

「別在那裡翻找死人的魂魄，這裡有活人呢！」

「都是壯年人啊，好久沒有遇到這麼新鮮的了。」

「我要這邊這個胖的……」

「呀，最好的要留給幽凰姊姊，不許先挑！」

黑色翅膀如同海洋，那群頂著五彩羽冠的孩童狀魔物微笑著湊過來，議論紛紛。那些有著孩子面容的魔物，眼睛卻是茫然無表情，只是全部的漆黑，似是瞳仁占據了全部眼球，看不到眼白。

不等那群士兵逃脫，其中一個孩子的手忽然伸長，嫩藕般的手臂上居然長著一雙枯槁細長的爪子，長長的指甲「唰」地扣住那名胖胖的士兵。「這個歸我了！」

胖士兵駭然大呼，拔出佩刀來瘋了一樣地對著伸過來的爪子一頓狂砍。

「哎呀！」那個鳥靈痛呼起來，猝不及防地鬆開手，將爪子縮回嘴邊吹了一吹。

「好痛……還帶著刀！不是普通人呢……」

「是士兵！」旁邊幾個鳥靈看清楚來人的服飾，叫了起來。

「呀，士兵！幽凰姊姊和十巫約定過，不能吃他們的人呢！」有個看起來特別小的鳥靈嘆了口氣，惋惜地舔了舔嘴唇。「好餓……最近都找不到好吃的了。」

「毀約吧！毀約吧！」黑色的翅膀扇動著，更多鳥靈叫了起來，漆黑的眼裡只有對食物的渴望。「吃了他們吧！不要吃死人，我們都餓死了！」

叫嚷聲中，那群孩童般的魔物紛紛伸出爪子，去抓被圍住的一隊人。

「大家小心！」郭燕雲眼見形勢危急，率先抽出刀來，讓眾人背對背圍在一起。

「嘻嘻，跟我們打啊？」

看到那些垂死掙扎的人，鳥靈們笑了起來，聲音動聽，然而它們伸出的爪子，上面彷彿有電光凝聚，一抓居然將刀劍在瞬間融化成水。

「你們是人類，再厲害又能如何呢……征天軍團都殺不死我們呢！」

詭異的笑聲裡，只聽「噗」的一聲，細長的爪子摳入了那個胖士兵的眼眶裡，從裡摳入，頂開了天靈蓋。

白花花的腦漿一冒出來，所有鳥靈都興奮起來，拍打著翅膀聚集。

「別鬧了！」新一輪的血肉盛宴就要開始，然而虛空中驀然有聲音阻止。

「幽凰姊姊？」鳥靈們一怔，紛紛鬆開爪子，詫然相對，孩子氣地吐著舌頭，紛紛對著一個從天而降的黑羽行禮。

「姊姊來了？」終於，那個特別小的鳥靈回過頭去，拍著翅膀飛到廢墟的火堆旁，有些撒嬌意味地靠上那個女孩。「我們餓了……不要吃殘羹冷飯，要吃活的！」

火被不知名的力量催動，陡然燒得旺盛。

火光映出那個女童純潔美麗的臉，看上去比所有鳥靈稍微年長。外形如十一、二歲女童的鳥靈張開巨大的黑色翅膀，停在空中，頭上戴著五彩羽冠，身上用美麗繁複的瓔珞裝飾著，手腕上戴著九子鈴，隨著它微微的動作叮噹作響。

它一邊吩咐同類停止殺戮，一邊放開爪子，鬆開一具已經被啄開了天靈蓋的屍體，那具剛被吸過殘餘魂魄的屍體便以奇異的姿態落地。

「和十巫約好了不能吃他們的人，你們不許胡鬧。」被稱為「幽凰」的女童皺眉，不理會那個撒嬌的小鳥靈。「上次我好不容易才從征天軍團的戰士手底下救出你們呀！你以為我願意吃殘羹冷飯？十巫的力量不是我們所能對付的，再來一次圍剿，我們可能就滅族了。」

這一提醒，大家彷彿想起上一次圍剿的慘烈，各自默不作聲。

那樣一遲疑，郭燕雲已經趁機領走了存活的屬下，全力拔刀衝了出去，踉蹌著消失在黑夜裡。

「可是我餓啊……我要吃東西！」小鳥靈眼見食物逃走，放聲大哭，伸出細長的爪子抓著幽凰的黑羽。「那些該死的十巫，是想要餓死我們嗎？」

「羅羅別哭。」幽凰無可奈何地嘆了口氣。「我們能在滄流帝國統治下活到現在就已經很不容易了……你還以為是空桑承光帝那段可以隨便吃人的幸福時間啊？」它伸出爪子，抓抓羅羅的後背，招呼道：「大家趁早分頭去覓食吧！總有一些人剛死，魂魄未消散，還可以用來果腹的。羅羅，別像牛皮糖一樣賴著，要吃飽肚子就快自己動手去！」

幽凰毫不客氣地伸出爪子抓起小鳥靈，扔皮球似地扔出去。羅羅大聲叫著，還不等它展開翅膀飛起，忽然間感覺身子撞上了什麼。

「嗯……活人？」還沒看清撞到了誰身上，直覺地嗅到了活人的氣息，羅羅眼裡露出驚喜，生怕一旁的同伴過來搶，連忙伸出爪子，想也不想地摳向對方的天靈蓋。

它的爪子剛一伸出，陡然間身子便是一空，痛呼一聲「哎呀」。

「莫名其妙的小東西。」耳邊聽到有人冷冷地說了一句，它感覺自己被揪著翅膀拎了起來，然後惡狠狠地被甩出去，撞到了一面牆上，痛得慘叫一聲。

所有分散開來覓食的鳥靈聽得慘叫都是一驚，聚集過來，黑色的翅膀轉瞬遮蔽了烈火。幽凰連忙張開翅膀接住落地的羅羅，眼裡也是震驚。

那一剎那，它感覺到一種強大而邪異的靈力進入了戰場。

「好多烏鴉。」火焰跳躍著，將豔麗的顏色映上那個人蒼白英俊的臉，藍色的長髮在風裡飄揚著，蘇摩牽著傀儡人偶逛到了戰場上，抬起頭看著星空下聚集的黑色翅膀，臉色絲毫不變，只是有些煩躁地冷冷說了一句。

「我……我可不是烏鴉！」第一次被這麼蔑視，羅羅忍不住大叫起來，看到了對方的髮色更是憤怒。「我們是厲害的鳥靈，你這個卑賤的鮫人知道什麼！」

「反正都是扁毛畜生。」蘇摩懶得聽那樣的話，本來已經隱隱有煩躁之意的碧瞳裡驀然閃過殺氣，抬起手說：「嘰嘰喳喳的，吵死人了！」

不知道傀儡師要幹嘛，那些鳥靈根本沒有在意這個鮫人，然而就在它們沒有來得及散開之前，一道閃電掠過，它們集體發出了一陣慘叫。

黑色的羽毛宛如黑雪般紛紛落地，紛飛的黑羽中，蘇摩冷笑著收回了手，透明的引線上有奇怪的液體一滴滴落地——是那些魔物黑色的血。

「十戒！」鳥靈們紛紛驚呼怒叫，然而只有幽凰停在半空，猛然呆了一下。

它彷彿想起了什麼，從半空中閃電般地俯衝下去，忽然身子改變了形狀，長出了三對翅膀，恢復為魔物可怖的外表，對著傀儡師伸出爪子。細長的爪子上彷彿有閃電凝聚，可以將一切有形無形的東西都化為灰燼。

然而蘇摩根本沒有閃避，只是抬起手，手指間光芒閃動，細細的線牽動形狀奇異的戒指，急飛而來。幽凰居然不避不閃，手腕上的九子鈴清脆搖響，纏住了飛來的引線，鈴鐺瞬間粉碎。

同時，「哧」的一聲輕響，幽凰已經撕下蘇摩背上的一片衣衫。火光映照下，黑色的蛟龍紋身宛如活物一般，從傀儡師肩背騰起。

「海皇！」幽凰脫口驚呼，魔物可怖的外形忽然消失，恢復成女童的臉上帶著複雜的目光看著眼前藍髮的俊美男子。「什麼？難道你……你就是蘇摩？」

傀儡師一怔，有些詫異地抬頭看向問出這句話的鳥靈。眼前這張女童的臉依稀有股奇怪的熟悉，讓他不禁心底一愣，感到說不出的奇異。

「呀，我終於看到你是什麼樣子！」幽凰笑了起來，伸出細長的爪子掩住嘴，有些怪異地微笑起來。「真是好英俊喔，怪不得白瓔她……」

「你是誰？」不等她說完，蘇摩雙眉一皺，冷然發問：「你認識白瓔？」

「嘻嘻嘻……」幽凰忽然笑得詭異，展開巨大的黑色翅膀。「我不告訴你！除非……」她頓了頓，彷彿在想條件，轉眼看到傀儡師身邊的小偶人後，重新笑了起來說：「除非，你把這個和你一樣的小人兒給我！」

「給你？」蘇摩一怔，手指動了動。阿諾跳了起來，不情不願地躍上他肩頭。傀傀儡師用戴著奇特指環的手指撫摩著這個和自己唯妙唯肖的偶人，嘴角浮出一絲冷笑。

「阿諾可不是個好孩子……」

居然敢提這樣的要求，對方大約不知道這個小人兒的脾氣吧？

然而，女童拍打著翅膀懸在空中，看著傀儡師肩頭的偶人笑說：「不是好孩子又有什麼關係？它好可愛啊，我喜歡它！」

蘇摩冷笑起來。這個鳥靈，哪裡知道這個小小偶人的惡毒和可怕？他微笑起來，也不說明什麼，指指肩膀吩咐：「阿諾，去和它玩吧。」

得到了准許，那個兩尺高的小偶人嘴巴咧開來，「喀嗒喀嗒」地站起來，對著半空中沉浮的黑翼女童張開手。

「哎呀，真的好可愛！」幽凰卻是絲毫不知道對方的恐怖，只是飛低下來，伸出爪子抱起阿諾，緊緊擁入了自己懷裡，雙翅一振，抱著玩偶在天空裡盤旋起來。

蘇摩不再看它，因為知道阿諾暴烈邪惡的脾氣，必然將所有到手的東西折磨至死才會放手。然而片刻過去，半空裡陸續還是傳來幽凰孩子般喜悅的笑聲：「你叫阿諾？好可愛！你身上有一種奇怪的邪氣呢，很吸引我這樣黑暗中的魔物啊……以後你無論到了哪裡，我都能找到你！」

傀儡師猛然呆住，有些不可思議地抬起頭來，空茫的眼睛望向天空。

那裡，漆黑的羽翼展開，魔物用細長的爪子擁抱著那個小小的偶人，親吻著偶人的臉頰。那張變換出女童外貌的臉，依舊帶著一種令他心中忐忑的怪異熟悉感。然而面對這樣的接觸，阿諾居然第一次沒有流露出任何殺戮的惡意，反而張開手抱住魔物的脖子，無聲地咧開了嘴。

「阿諾？」蘇摩空茫的眼裡從未有過這樣的震驚，終於忍不住脫口驚問：「你在做什麼？」

然而偶人沒有聽他的話，只是抱著那個魔物的脖子，眼裡有歡欣的笑意。

「哎呀，你看，它也喜歡我呢！」幽凰歡喜地抱著偶人，對地上的傀儡師招呼：「送給我吧、送給我吧！白瓔有你，我有阿諾。」

「你到底是什麼！」蘇摩再也忍不住，看著魔物那樣奇怪的神色和阿諾的眼神，冷冷喝問。他的身形掠起，揮手斬向有著黑色翅膀的女童——那樣凌厲地出手，已是動了殺機的傀儡師的必殺一擊。

幽凰抱著阿諾，尚自歡喜，根本沒有料到蘇摩說翻臉就翻臉，出手便是雷霆一擊。它尖叫著拍打翅膀後退，然而哪裡來得及，那些透明的引線陡然洞穿它的翅膀和四肢，彷彿將它釘在虛空中。

魔物現出可怖的原形，慘叫一聲鬆開爪子，阿諾砰然落地。然而，偶人仰著臉看著半空中扭曲的魔物，眼裡竟有關切的光。

「你到底是什麼？再不說，我就先拔光你的羽毛，將你一片片切下來。」蘇摩一手逼退那些蜂擁而上的鳥靈，冷冷詢問被固定在虛空中的魔物。他看到這個幻化為女童的鳥靈，心裡就有出奇的不自在。

「我不說！就不說！」幽凰卻是激烈地掙扎，毫不退讓。

蘇摩眼裡是漠然的表情，緩緩舉起手指。「那我先切了你一隻翅膀再說。」

「住手！」忽然間，有人急斥。白虹閃現之處，傀儡師只覺劍氣逼人而來，手中引線紛紛斷裂。

有強敵！他來不及多想，手指揮出，引線縱橫交錯，猶如一張網般擲出。

然而來人根本沒有繼續攻擊他，只是揮劍格擋，同時鬆開了那個魔物的綁縛，低斥說：「快走！」

幽凰負傷，恨恨看了來人一眼，立時張開翅膀，帶領鳥靈們急速飛去，

在交手的那一瞬間，蘇摩看到了來人的臉，脫口道：「白瓔！」

那個白衣女子已經恢復平日的模樣，手執光劍，從戰場的另一端急速掠來，一劍阻攔他的殺戮，縱容那些鳥靈揚長而去。

「蘇摩。」她看著他，眼神忽然變得深遠。

外面是殺戮過後血汙狼藉的世界，而房裡劫後餘生的人們都沉浸在平安聚首的喜悅之中。

「呀，傷口怎麼還不好？蘇摩那傢伙不是給你治療過了嗎？」已經不知道是第幾次揭開紗布察看傷口，那笙喃喃抱怨著，宛如種下甘蔗後就每天拔起來查看一次的猴子。

「妳一直動來動去，傷口會好才奇怪。」炎汐一直沒有說話，反而是一旁的慕容修看著皺眉，忍不住阻止不懂事的女孩這樣毛手毛腳的行為。他方才被真嵐顱、手乍然分開的樣子嚇一跳，奪門而出就碰到歸來的一群人。那笙一見他還活著便大聲歡呼，不由分說地把他拉回賭坊。看到那笙，又看到一起歸來的西京，慕容修心裡才定了定，不再堅持離去。

無論如何，外面已是那樣腥風血雨的局面，自己還是跟著西京比較安全吧？然而，一看到榻上死去的少女汀，中州來的年輕商人就心裡「咯噔」了一下。他記得這個鮫人少女一直跟隨在西京身邊，是他的侍女，居然在亂戰裡面被射殺了。連自己的鮫人都保不住，那麼，母親是否高估了這個男子的能力？這個人……真的能保護自己去到葉城嗎？

「哼，你沒見蘇摩在自己臉上劃了兩刀，但傷口一眨眼就癒合了嗎？」那笙不服氣地舉出看過的例子反駁。「現在是他給炎汐治的傷，又都是鮫人，憑什麼他好得那麼快，炎汐就還不好啊？」

見多識廣的商人也愕然了，不知道說什麼才好。

「我怎能和少主比……」聽得那樣的話，炎汐忍不住苦笑起來，看著這個不懂事的丫頭。蘇摩擁有的力量，只怕全部鮫人加起來都未必比得上。那樣的自癒能力，豈是普通鮫人可以比擬？

「嘁，他有什麼了不起！又反復無常，又陰陽怪氣，還殺人不眨眼的。」那笙噘起了嘴。「哪裡有炎汐好！」

一直不怎麼說話的復國軍戰士驀然又是沉默下去，彷彿不知道怎麼回答好，在榻上微微側過臉去，看著另外一邊說話的西京和真嵐。慕容修聽到那笙這樣口無遮攔的話，也忍不住苦笑起來，知趣地走開。看來不過幾天不見，這個小丫頭就「變心」了呢。

這樣的女孩子，心裡有一點什麼是藏不住的，無論愛恨都透明純淨，讓人看了便會心微笑起來。他是個聰明人，當然不會看不出以前那笙賴著他的意圖，然而沉穩持重的商人不曾點破。不過如今看起來，這個丫頭已經徹底轉了念頭。

女人的心，變起來真是快啊……看著嘰嘰喳喳的苗人少女，慕容修不出聲地笑了起來，有些鬆了口氣。然而恍然間他也有微微的失落，彷彿進入雲荒以來相依為命的同伴就要從此遠離。

「咦，炎汐臉紅了？」那笙發自內心將對方誇獎一番，看著養傷的鮫人戰士蒼白的臉泛起紅色，帶著歡喜的促狹語氣說：「一誇你，你就害羞呀？」

「不是，好像有點發燒。」炎汐有些難堪地分辯，聲音有掩不住的虛弱。除了左胸傷口的疼痛之外，更感覺身體在火裡燒，說不出地難受。

聽得那樣的語聲，那笙嚇了一跳，連忙伸手探他的額頭。觸手處肌膚不過溫溫的，並不感覺有發熱的跡象。

「沒有發燒呀？」她詫異地問。

然而，轉眼間她就回過神來——不對，鮫人本來應該是沒有體溫的！

那一對在那邊糾纏不清的時候，房裡另外一角的榻上，西京正和多年未見的老友說著百年來的種種過往。

雲荒最強的劍客，胸口包紮著厚厚的綁帶，動彈不得地躺在榻上，將頭靠在那隻斷手上當作枕頭，低眼平視著自己未受傷的另一邊胸口上，那個正在喋喋不休說話的頭顱。

真嵐……如今居然變成這種奇怪的樣子。

想起百年前自己因罪被逐出伽藍城，坐在高高王座上目送自己離去的少年皇太子的樣子，對照面前這個雖不見衰老跡象，卻已然成熟練達很多的男子頭顱，劍聖弟子只覺無數過往愛憎如潮水般在胸臆中呼嘯。

再回首，已是百年身啊……那一年，真嵐才十三歲，他作為驍騎軍前鋒營的一名戰士，去北方砂之國將這位平民皇子帶回帝都，從此結下兄弟般的情誼。

如今，轉眼已過去了百多年。

「喂，我費了那麼多口水，你到底有沒有在聽？」發覺了西京出神，那個放在他胸口的頭顱憤怒起來，而墊著傷者頸部的斷手驀地動起來，「啪」地拍了劍客一下，將他打醒。

「啊，你說什麼？那笙？皇天？」西京猛然回神，只記得對方重複最多遍的詞語，連連點頭。「這件事我已經答應阿瓔，你放心，我會盡力保護她去九嶷王陵。」

「我說，你攬下的事也太多了吧？」看到劍客慨然領諾的樣子，真嵐忍不住又給了好友一個爆栗子，指了指另一邊。「那邊你答應紅珊的事又該怎麼辦？」

順著斷手指去的方向，西京側過頭，看到無聊地坐在一邊的慕容修，臉色微微一變。

「本來我想，可以帶著慕容修和那笙一起上路，先送那丫頭去九嶷，再送慕容去葉城……」西京說出了原先的打算，忽然苦笑。「可如今……」

「可如今，滄流帝國已被徹底驚動，必然全力追殺你們一行。」不等好友說完，真嵐翻了翻白眼，接下去說道：「你簡直成了災星，一路上不知道要遭遇多少惡戰。如果讓那個小子跟著你上路，只怕比讓他孤身帶重寶上路更加危險吧？」

「是啊。」西京無話可答，沒好氣地瞪那顆孤零零的頭顱。「百年來，看來你也只能練練嘴皮子功夫，『毒舌』更勝往昔嘛。」

真嵐回瞪他，然而一向隨意的臉上，表情卻是凝重。「你還是那個脾氣，什麼事都往身上揹，也不管自己辛苦不辛苦。」

「辛苦什麼？百年來我一直在喝酒睡覺，也該做點事了。」西京沒有理會朋友的話，微微苦笑起來，轉頭看旁邊已經覆蓋了被單的鮫人少女屍體，遍布風霜的眉宇間忽然有沉痛的意味。「我一直不想再管雲荒上的任何事，不管空桑人，也不管鮫人。紅珊走的時候，我尚可對自己說，她畢竟還是幸福的。可是……汀死了。我不能再騙自己說，雲荒上任何事都和我無關——因為我在意的人死了！」頓了頓，他低聲說：

「真嵐，我不想再讓任何人受到傷害。」

「所以，你要插手了嗎？」空桑皇太子看著前朝的名將，微笑起來。「你要再度為空桑拔劍而起嗎？」

「盡力而為。」雲荒第一的劍客點了點頭，眼裡卻是沉重。「我的能力畢竟有限，心裡想『守』的卻太多。真嵐，我不僅念著空桑、念著紅珊的孩子，我還想幫鮫人一族回歸碧落海……呵，是不是好大的野心？」

「不愧是自小的死黨啊……」聽到那樣的話，真嵐的頭顱驀然發出同意的笑聲，斷手從西京頭底下抽出來，用力握緊劍客的手，讚許道：「空桑復國，鮫人回歸，開創新的天下，讓雲荒所有族類都能安然自由地生活——同樣的野心，讓我們一起努力吧！」

西京驀然微笑起來，對皇太子的想法並未感到驚訝。真嵐從來都是個優秀的領袖人物，如果不是少年時就遇上夢華王朝這個爛得一塌糊塗的爛攤子，積重難返、內外無援，他只怕會成為空桑人的一代明君吧。

然而，天崩地裂、山河傾覆過後，如今居然有了重新實現夢想的機會。

百年後，兩個幼年好友的手終於再度交握在一起，堅定沉穩，彷彿結下一個牢不可破的盟約。

就在為君為將的兩人互剖心膽、立下盟約的時候，門忽然推開來。

「烏靈來了！滅了蠟燭，不要被發現！」如意夫人從外面踉蹌而入，急聲道：

「那些怪物就要飛過來了！」

「如意夫人，妳快來看看，炎汐……炎汐他發燒得很厲害！」同時，那笙帶著哭聲嚷嚷起來：「他忽然病了！」

第十六章　往世

暗淡的星光下，那些黑翼瞬忽遠去，只留下滿地死屍中相對默立的兩個人。

腥風席捲而來，在殘破的戶牖間發出哭泣般的低語。白瓔凝視著黑夜裡堆積如山的屍體，忽然間收起光劍，合起雙手壓在眉心，低聲念動冗長而繁複的祈禱文。濃墨般的夜色下，純白的冥靈女子宛如會發光的神像，沉靜溫婉，面容帶著悲憫。

蘇摩眼神變了變，轉頭不再對著她，空茫的眼睛投向城南燒殺一空的街道，忽然間微微皺眉。

雖然眼睛看不見，但他憑著內心幻力的感應，反而能看到比常人更多的景象。

在此刻夜幕下，他看到無數虛幻的魂魄從那些剛死去不久的平民身上四散而出，紛紛掙扎著升入半空。每一縷鬼魂都帶著死前可怖的恐懼、仇恨和絕望，死不瞑目。那樣瀰漫的「惡」的氣息，讓傀儡師都不由得微微皺眉。

一縷縷的鬼魂掙脫死亡的軀體，聚集在半空，惡狠狠地咒罵著、呼嘯著。白瓔雙手壓著眉心，低聲念著祈禱文，試圖平息這些孤魂厲鬼的戾氣。

「生死代代流轉不息，此生已矣，去往彼岸轉生吧。」念完冗長的祈禱文，白衣女子張開雙手，掌心向上對著那些厲鬼輕聲囑咐，長及腳踝的雪白長髮如同被風吹動，獵獵飛舞。「散去吧！」

然而，那些聚集的孤魂厲鬼並未如言散開，反而發出憤怒的嘯聲，沸騰般地在半空盤旋糾結，變幻成詭異的形狀，忽然間尖叫著俯衝下來，撲向廢墟裡活著的兩人。

那一縷縷孤魂面目猙獰，居然是要毀滅掉一切地面上的活物。

白瓔一驚，而那些孤魂呼嘯著撲過來，卻自她身體裡穿過，止不住去勢繼續飛出，個個臉上都有震驚的神色，回看這個白髮少女──是冥靈？這個為他們念祈禱文的女子，同樣是個冥靈？

「那麼多死者的憤怒、仇恨和絕望，妳以為憑著幾句話就能消弭嗎？」另一邊，蘇摩收回了方才發出去的引線，那些透明的絲線上還纏繞著絲絲縷縷被切碎消弭的魂魄──凡是所有撲向他的厲鬼，都被傀儡師毫不留情地在舉手之間摧毀。

「那些死去的眼睛是不會閉合的……除非它們看到最終的報應。否則……」蘇摩淡淡說著，忽然間抬手指天，聲音轉為嚴厲：「即使化身為魔物，也不會放棄復仇！」

白瓔抬起頭，漆黑的羽翼就在剎那間在她頭頂展開。

那麼多剛剛死去的孤魂厲鬼，在夜幕裡糾結聚集，居然形成新的魔物。那些仇恨、絕望、憤怒和悲傷無法散去，在黑夜裡化成邪靈。

——就在她的頭頂上，一隻新的鳥靈誕生了。

那隻剛從死亡裡誕生的鳥靈，有著初生嬰兒的臉，光潔圓潤，眼神尚自懵懂。然而在這個嬰兒的背後，巨大的黑色羽翼覆蓋天空，充斥了無邊的惡毒和煞氣。

「要殺就趁現在。」傀儡師忽地冷笑起來，指了指那隻初生的鳥靈。「不然這魔物就會逃入世間食人了。」

白瓔的手指握緊光劍，錚然拔出。然而那個剛誕生的魔物還沒有學會捕食和躲避，只是如同嬰兒般無知無畏地看著手持光劍的劍聖女弟子，嘻嘻笑著，展開翅膀在她身邊飛來飛去，似乎是好奇地打量著她。

面對這樣嬰兒般的面容，白瓔竟然有些遲疑。

那隻小鳥靈盤旋了一會兒，振翅準備遠去，然而就在那一剎那，蘇摩毫不猶豫地抬起手，食指彈出，一道細細的白光如同響箭般，刺穿那個嬰兒的腦部。

黑色的羽毛如同黑雪般簌簌落下，伴隨著魔物瀕死的慘叫。黑血如雨一般灑落，穿過白瓔虛無的身體，落到流滿了血的廢墟上。

「空負絕技，居然連魔物都殺不了？」傀儡師收回滴著血的引線，冷冷嘲諷：

「這隻也就罷了，但為什麼放走方才的那隻鳥靈首領？」

白瓔垂下頭，輕輕嘆了口氣，彷彿對那樣的語氣並不介意，淡淡道：「因為，那是我認識的……」

蘇摩愣了一下，茫然的眼睛裡忽然閃過大笑的意味，失聲冷笑：「啊？除了鮫人，妳還認識鳥靈？厲害啊，太子妃，妳為什麼總是和這些魔物扯上關係呢？」那樣惡毒的語氣，讓坐在傀儡師肩上的小偶人都不禁咧嘴冷笑。

白衣女子的臉色終於微微一變，凝定下來，不作聲地看著面前多年前的戀人。百年過去，那個鮫人少年已經長大為眼前這個高大英俊的男子，然而，那樣陰鬱桀驁的眼神卻是未曾有絲毫改變，說話間帶著刺人的惡毒和尖刻。

那是她命中的魔星。

「百年來，你的脾氣似乎越來越不好了呢。」白瓔將方才拔出的光劍收入袖中，轉過頭看著他，微微笑了笑。「不過，多謝你白日裡救了那笙。」

蘇摩嘴角驀然抽動一下，似乎有說不出的悔意從眉間一掠而過，沉默無語。他肩上的偶人「喀嗒」轉過了頭，彷彿有點看笑話似地看著自己的主人，小小的臉上帶著說不出的詭異神色，彎起了嘴角，無聲地笑。

「百年前我欠妳一條命。」沉默許久傀儡師才開口，轉身牽著小小的偶人離去。

「如今還妳這個人情。」

偶人有些心不甘情不願地從傀儡師肩膀上跳下來，被透明引線牽扯著，「喀嗒喀嗒」地蹦跳在橫七豎八的一地屍體中。黑色的夜幕下，死亡的氣息瀰漫，蘇摩走在廢墟裡，帶著腥味的夜風吹起他深藍色的長髮，說不出地邪異而孤獨。

「如果你還講『人情』的話，來訂一個盟約如何？」彷彿是思慮了很久，在看著鮫人少主走入夜色之前，白瓔終於開口提議：「作為海國的少主，為了你們鮫人，也為了我們空桑人，希望你能考慮一下結盟的事。畢竟眼下我們雙方都無法單獨和滄流帝國對抗。」

蘇摩的腳步停在一道半塌的斷牆邊，沒有回頭。然而偶人仰起臉，看到傀儡師空茫眼睛裡閃過的奇異表情。沉默片刻，鮫人的少主終於還是低聲笑起來：「啊，原來妳是來當說客的嗎？這種大事，真嵐皇太子不出面，卻要妳來說，真是讓人覺得有點奇怪……他以為他算得精，可惜，有些事可能不在他的預料內。」

「是我自己想說的，不關他的事。」白瓔眼色也冷了下來，掩住不快繼續道：「我們只是要奪回在這片土地上生活的權利，你們也有你們一族千年來的夙願。我們如今共同的敵人是滄流帝國，相互之間不應該再敵對。若十萬空桑人有重見天日之時，鮫人便可以重歸碧落海。」

蘇摩聽著太子妃的勸導，眼色微微一變，然而聽到最後的話，忍不住冷笑起來：「千年夙願？我們這個夙願，還不就是開始於千年前你們空桑人滅亡海國的時候！幫你們復國？復國之後，鳥盡弓藏，誰還保證你們能守約讓我們回歸碧落海？百年前冰族就是那樣對我們許諾的，但滄流帝國建國後又是怎麼對待鮫人一族的？用更暴烈殘酷的奴役和鎮壓！我怎麼能相信你們這些陸地上無恥的人類！」

傀儡師霍然回頭，厲聲低喝。第一次，他空茫的眼睛裡凝聚了常人才有的光彩，冷銳如針。

這已經不再是百年前白塔頂上少年少女之間的爭論，而是關乎兩個國家和民族的興亡，所有「人情」都不能再講。何況事到如今，又哪裡還有人情可言？

「蘇摩！真嵐他不是那樣的人。」白瓔踏近了一步，高聲分辯：「他一直都對鮫人的遭遇抱有同情，努力想讓星尊帝締造的悲劇在他手裡終止！我知道他的想法，你要相信他。」

「同情？誰要那種東西！」蘇摩猛然冷笑。「好吧，就算是，百年前他就有能力做到了，那時候那個皇太子在幹嘛？非要等到淪落入無色城，才來示好求援，表示他的『同情』？」

「那時候真嵐沒有實際上的權力。」空桑皇太子妃不懈地為丈夫辯護，說起百年前的政局。「那時候青王把持朝政，諸王又勾心鬥角，政令難行、弊端重重。他一個剛從北方歸來的庶民皇子，又能做什麼？」

「呵，舌燦蓮花啊。」聽到那樣的話，傀儡師猛然再度冷笑，微微搖頭看著她，眼裡有不知是譏諷還是不屑的光。「郡主什麼時候變得這樣能言善辯？不是一和人說話，就會紅了臉囁嚅不敢答的嗎？」

白瓔正在極力分辯，聽得那樣的話，陡然心口一窒，說不出話來。

也許是因為生母早早扔下她不管，而繼母又嚴苛，百年前的那個貴族女孩是那樣拘謹又靦腆；後來十五歲孤獨地住到了高高的白塔頂上，更是步步小心、時時在意，生怕一個舉止不當便會被訓禮女官呵斥。雖然她身分尊貴，卻膽小拘謹，對任何人都細聲細氣。連那個演傀儡戲的鮫童奴隸，在沒有侍女在側的時候，都可以對她說以下犯上的話。

然而，或許因為只有這個鮫人少年對她說的話比訓禮女官有趣些，貴族女孩雖然每次都被氣哭，卻依然喜歡時不時私下找他玩和聊天——不知道那個有著空茫眼睛的鮫童，在聽著她聲音的時候，是用什麼樣陰鬱危險的心態來回答她，不放過任何刺人的機會。就像刺蝟豎起全身的刺，極盡苛毒和刁難，如果對方稍微流露一絲不屑和惡意，就不顧一切地反擊。然而，那個貴族女孩只是被他說一句，就漲紅臉結結巴巴，不懂如何反駁，而且第二天照樣召鮫童來演傀儡戲，私下找他玩。

但是百年過後，什麼都變了。

「你……那麼，請你相信我。」見無法讓對方信服，白瓔終於這麼說，一時間居然又有些結巴。「如果你不相信真嵐，至少請相信我。我是真心想幫你們，也幫空桑。若真嵐將來毀約，我便會不惜一切阻止他。」

那樣的誓言，散入夜風裡，讓蘇摩長久地沉默下去。

就算他不瞭解空桑皇太子的想法，但白瓔的態度，百年前就已明瞭。如果說，在千萬空桑人中，還能有令鮫人一族的敵意些微化解的，那便只有兩人：當年為了維護鮫人不被屠殺而遭驅逐的大將軍西京，以及從伽藍白塔頂上躍下的皇太子妃白瓔。

如今，這兩個空桑人連袂對鮫人伸出言和之手。

「就算我相信妳，妳還敢相信我嗎？」長久的沉默後，傀儡師忽然笑了起來，帶著冷冷的譏諷。「就算訂定契約，我也不是個守信的人，天生就喜歡反覆無常、背叛害人。而且，如果我再度食言，妳也不能再用一死以謝族人了。」

說著，他不再糾纏這個問題，回身向著如意賭坊折返。

白瓔站在路中間，尚未想好如何回答，蘇摩已經走了過去。街道很窄，他沒有任何閃避，筆直走過來。兩人交錯而過，蘇摩的肩膀毫無阻礙地穿過冥靈空無的身體，頭也不回。

「我願意再信你一次。」忽然間，空桑太子妃開口了，聲音堅定。「我信你不會毀約——如果這次我再輸了，那也是我的命。」

帶著偶人的傀儡師停了停腳步，卻沒有回頭，只是冷笑道：「真有膽氣，妳憑什麼信？」

「就憑這個。」白瓔垂下眼簾，手忽然從袖中拂出。

一個細小的東西劃破空氣，擊中他的肩膀。蘇摩下意識地伸手接住，攤開掌心，忽然間身子不易覺察地一震，彷彿那細小的東西擊中他的心臟，他默不作聲地迅速握緊了手心。

小偶人的表情陡然間也有些僵硬，低頭看著主人的手，嘴巴緊抿成一線。蘇摩再也不回答一句話，頭也不回地折返如意賭坊，臉上隱隱有可怕的光芒，帶著憤怒和殺氣。修長蒼白的手指握緊，用力刺破自己的掌心肌膚。

黑夜裡，「嚓」的一聲輕響，彷彿什麼東西瞬間粉碎。細微的粉末，從傀儡師指縫間撒落，在黑沉如鐵的夜裡閃著珍珠質感的微光。

天馬透明的雙翅和漆黑的羽翼在半空中交錯，風聲呼嘯。同樣屬於冥靈的雙方沒有相互招呼一聲，迅速地擦身而過。

「好多鳥靈……難道桃源郡發生了慘禍？」看見那雲集的黑翼掠過，領隊的藍夏喃喃自語，手指扣緊天馬的韁繩，加快速度。「不好！會不會是皇太子殿下和太子妃出了事？紅鳶，我們得快些！」

然而，在藍王轉頭時，卻看到美麗的赤王兀自回頭看著那群鳥靈掠過的方向，怔怔出神，臉上有奇異的表情。

「怎麼了？」藍夏詫異詢問道。

「藍夏……你看到剛才那群鳥靈裡受傷的那個了嗎？」一直望到那群魔物呼嘯著消失在黑夜裡，紅鳶才回過頭，一邊飛馳一邊喃喃問旁邊的同僚。「很眼熟啊……應該是我們以前見過的。你認出它了嗎？」

「我沒留意。」藍夏心裡焦急，因為已經看到地面上燒殺過後的慘象。「像誰？」

「白王。」紅鳶咬緊了嘴唇，吐出兩個字。

「什麼？」藍夏詫然回顧，看到赤王的臉色，知道她絕非說笑。「白王？妳說的是先代白王寥，還是現在的太子妃白王瓔？」

赤王低下頭，美豔的臉上有深思的表情。「都像。」

「天……」藍王驀然有些明白了，脫口低呼：「妳是說，那魔物是……」

紅鳶沒有說話，只是緩緩點頭，就在這一剎那，彷彿感應到了什麼，他們兩人迅速勒馬，帶領一群冥靈戰士無聲無息地落到地上殘破的庭院裡。

那裡，已經插滿亂箭的匾額上，寫著幾個金色大字：如意賭坊。

「好像就在這裡。」感覺到皇太子殿下的氣息，藍夏心急如焚，來不及多想方才的話題，迅速跳下馬背。

走離那個純白色的女子身側，旋即就被無邊無際的黑夜包圍。

傀儡師默不作聲地帶著偶人在廢墟中走著，穿過那些尚自燃燒的斷牆殘垣，微弱的火光映紅他蒼白的臉，空茫的眼睛裡居然有近似於仇恨和惡毒的激烈情緒，閃電般掠過深碧色的眸子。

偶人本來「喀嗒喀嗒」地跟著主人走，卻忽然停下腳步，扯了扯蘇摩手裡的引線，直直抬起手來，指了指前方的路和遠處的如意賭坊——他們走錯方向了。

然而傀儡師根本沒有理睬偶人，自顧自茫然走在廢墟裡，不停止的腳步，扯得阿諾一個踉蹌飛出去。也許知道主人心情糟糕透頂，一直不聽話的偶人連忙默不作聲地跟上去。

一道半倒的木柵欄擋在面前。

然而那樣不堪一擊的屏障，卻讓鮫人少主怔怔地停住腳步，空茫的眼睛穿過面前的柵欄，彷彿看到極遠極遠的時空彼端。

時空彼端依然是一道木柵欄，彷彿一道閘門攔在記憶中。

結實的木頭籠子背後，是一個年幼孩童驚恐無措的臉，躲在籠子一角，睜著深碧色眼睛看外面一群圍著的商賈模樣的人，拚命把身子縮成一團，彷彿這樣把身體盡力蜷縮起來，就能變成很小很小的一點，從眼前這充滿銅臭和骯髒的空間裡消失。

然而外面粗壯的手臂伸進來，毫不費力地一把抓住他，拎了出來展示給客人。

「你們看，不過四十歲！多麼年幼，以後可以為你們賺很長時間的錢。」

「他後背上是什麼東西？那麼大的胎記？哎呀，肚子裡是不是還長了瘤子？」一隻手伸過來，撕開他的衣服審視，嫌惡地皺眉。「這種貨怎麼賣得出去？只能用來產珠，還要費力教他織綃，太不划算。」

「喂喂，別走別走，價錢好商量。你再看看他的臉，保准是從未見過的漂亮！」貨主急了，用力扳轉孩童的臉，對著遠去的客人叫賣。

那樣的日子過了多少年……八十年？九十年？

葉城東市那個陰暗的角落裡，木籠子就是他童年時候的家，以至於很久以來，他都認為這條常年不見日光、瀰漫著臭味的街道就是世界的全部。他在被視為「物品」的眼神打量中長大，最初的恐懼和驚慌變得麻木，仇恨和牴觸卻一日日滋長起來。彷彿有毒的藤蔓瘋狂地糾纏著生長，包裹住孩子的心，扭曲著他的骨，密密麻麻地遮蔽頭頂的任何一絲光線。

經歷開膛破肚的痛、拆骨分腿的苦，死去活來，有一日變成人形的他被人買去，遭受諸般荼毒，只為榨取完鮫人孩子眼裡的最後一滴淚。

然而，那時候仇恨之火長年累月的灼烤已經讓心肺焦裂，任憑如何毒打和凌辱，再也沒有一滴淚水從孩子陰鷙的眼裡湧出。那一日，在更加瘋狂的折磨過去以後，鮫人孩子依然咬爛了嘴唇都不肯哭一聲。奄奄一息中，他聽到主人在一旁商量著，不如乾脆從這個不能產珠的鮫人孩子身上，挖出「凝碧珠」去賣錢吧。

就在那一剎那，他想也不想，抓起織綃用的銀梭，刺入自己的眼睛，扎破眼球——那些空桑人，再也不要想從他身上得到任何東西。永遠、永遠不要想！

其實在變瞎之前，他的眼睛就從未看到過光。面前是完全的黑，永無止境的夜。

直到後來，他輾轉被賣入青王府，又捲入宮廷陰謀，被送上伽藍白塔頂上去執行那個卑鄙的計畫。到最後，終於從青王手裡換回了自由，然而他已付出了僅剩的最後東西，從此一無所有。他沒有尊嚴，也沒有為人的準則，什麼都可以背叛，什麼都可以出賣。

這所有的一切怎麼能忘？怎麼可能忘記？

那麼多年的侮辱和傷害，那麼多族人被摧殘和死去，他背負著這樣的血海深仇，不顧一切地獲得了強大的力量。難道他回來後，不能向那該遭天譴的一族復仇，反而要握住那些沾滿鮫人血淚的手，和他們稱兄道弟、並肩作戰？

怎麼能做到？怎麼能做到？

傀儡師茫然站在廢墟間，面對著半倒的木柵欄，緩緩抬起手握緊，一拳打在面前的木頭上。瞬間，柵欄在可怖的力量下四分五裂。

然而蘇摩的手卻沒有停，仍不間斷地打在那些斷裂的木頭上，一拳又一拳，直到整個木柵欄都化為碎屑。

漫天飛揚的木屑中，傀儡師驀然用流著血的手抵住焦黑的地面，全身發抖地跪倒在廢墟裡。明珠的粉末終於一點一點從緊握的指縫裡漏盡，繼而滴落的是掌心沁出的殷紅血珠。

夜風捲來，腥臭而潮濕，宛如幾百年前東市裡那條陰暗又充滿銅臭的街道。

沉默。沉默中，忽然聽到微微的「喀嗒」聲走近，然後，有冰冰涼涼的東西抱住他的脖子。偶人蘇諾無聲地將頭顱靠在主人的頰上，一直陰暗的眼睛裡，第一次換上瞭解且安慰的光芒，抱住蘇摩的脖子。

傀儡師沒有說話，只是默默抱緊了自己的偶人。

那一瞬間，一直對立爭鬥的奇異孿生兄弟之間，出現了罕見的諒解和體貼，彷彿相依為命般地親密無間。

「阿諾。」許久，蘇摩抱著偶人站起來，有些虛弱地問：「你……真的喜歡那個鳥靈嗎？」

偶人沒有說話，只是微微點了點頭，咧嘴微笑。

「好吧……就如你所願。」抱著唯一的夥伴，傀儡師閉上眼睛苦笑起來。「等明日安頓好復國軍的事情，我們便去找它，好不好？」頓了頓，蘇摩眼裡又有茫然的光，喃喃低語：「和魔物為伴，倒是相配啊。其實我覺得那幽凰很古怪……似是哪裡眼熟吧？」

阿諾無聲地咧開了嘴，似是歡喜地抱緊主人，然而眼裡卻閃過陰暗莫測的光。

站起的剎那間，傀儡師和偶人都是一怔。

應該是被方才木材破裂的聲音驚動，冥靈女子不知何時已經悄無聲息地來到身側，站在一丈外的街角，靜靜看著抱著偶人從地上站起的傀儡師。白色長髮從她額頭飄散下來，在血腥橫溢的夜中無風自動，眼裡因為方才看到的那一幕，閃著說不出的神情。

看到白瓔的一剎那，阿諾臉上關切悲憫的神色忽然消失，放開蘇摩的脖子，「喀嗒」一聲跳到蘇摩寬而平的肩膀上坐下，帶著譏誚惡毒的表情看著前來的冥靈女子，又看看主人的臉上表情，隱約竟然有幾分幸災樂禍。

幾百年了，無論幼時在東市、在奴隸主作坊，少年時在青王府、在伽藍白塔神殿，青年時在中州、在四海遊走，它的主人都是冷酷又孤獨的人，從未曾有過方才那樣的失態。很多時候，他心底連一絲一毫的軟弱、猶豫都不曾有，更遑論方才崩潰般的憤怒和掙扎。

東市那樣不見天日的生活裡，很多很多年來，他幾乎都以為自己忘了……原來，並不曾忘記。仇恨就如蠱毒一樣，深植入骨。

蘇摩握緊了手，站起來頭也不回地走，不想看對方憐憫的眼神。

「等一下。」彷彿看出對方的情緒，白瓔卻站在路中，忽然抬起手臂攔住他。她似乎下了什麼決心，低垂的眼簾裡閃動著光芒，抬起手臂攔住傀儡師前進的路。

冥靈虛幻的手形成一個空無的「界」，在那樣的阻攔面前，蘇摩停住了腳步。側身交錯的兩個人沒有看對方，只是沉默地停下來。

「方才……方才那個魔物，是我死去的親人。」那隻虛幻又纖細的手，忽然間微微顫抖起來，白瓔低著頭，終於艱澀地開口：「那個鳥靈，是我的親人。」

蘇摩驀然一驚，閃電般轉頭看了空桑太子妃一眼。

白族最高貴的太子妃，怎麼總是和魔物扯上關係？心底，他聽到阿諾的冷笑，這樣的話幾乎要衝口而出，但終於還是生生忍住。傀儡師想起那個鳥靈女童般的外表，只是淡淡問：「難道……是妳妹妹？」

白瓔的異母妹妹，青王之妹青玟郡主和白王寥所生的女兒——白麟。那個比白瓔小上十多歲，然而血統比其姊更加高貴的女童。青王兄妹曾極力謀劃，想要讓這個女孩成為太子妃，然而終未成功。據說那個孩子死的時候只有十五歲。

難怪那個魔物有著那樣讓他熟稔的詭異氣息。

「不，它不僅是我妹妹。」白瓔低低道，聲音開始微微顫抖。「同時是我的繼母、我的叔伯兄弟、我的大臣和子民……是這世上所有和我血脈相連的人。」

說到最後一個字，彷彿是因為劇烈的感情起伏，長及腳踝的雪白長髮宛如被風吹一樣飛舞起來。在亂髮中，空桑的皇太子妃轉過頭看著蘇摩，虛幻的面容上有著真真切切的哀痛。

「蘇摩，那個鳥靈，是我所有族人死去後，因為絕望和憤恨化成的魔物啊……是白之一族無數的冤魂凝聚成的邪靈！」

傀儡師驀然回首，看著身側的冥靈女子。

「因為我從白塔上任性地跳下去，扔下族人不管，所以他們才被滄流帝國滅族。當冰夷入侵時，白族封地上的屠殺持續了十天！」第一次，白瓔毫不避忌地說起百年前的一場大難。「除了父王帶了一些勇將殺出，回到帝都，封地上所有族人都死了。為了避免血統延續，滄流帝國將所有王室成員帶到北方的空寂之山，活生生釘死在地宮裡！有些人的魂魄永遠被鎮在那裡，有些冤魂散失出來，凝結成魔界的邪靈。」白瓔苦笑起來，在夜風裡微微側過頭傾聽。「你聽聽……每到夜裡，雲荒的風裡以及空寂之山上還有那些冤魂的哭聲。」

蘇摩無言轉頭，果然極遠極遠的北方，隱約傳來若有若無的哭泣聲，邪異悲痛。

「空桑本來有千萬子民，但如今只剩下不到十萬人沉睡在不見天日的無色城。」白瓔的眼睛裡忽然有看不見底的悲痛。「那麼多的血還不夠嗎？就算我們空桑人犯下滔天大錯，這一場屠戮裡付出的代價難道還不夠嗎？我的父母兄弟、親朋族人已經全都死了，白麟死的時候才十五歲……夠不夠？你非要看到最後一個空桑人都死絕了才甘心嗎？」

那樣激烈的語氣，讓傀儡師肩膀上的偶人都微微變了臉色。蘇摩蒼白的臉上有無數複雜的表情交錯而過，然而始終沒有說出一句話，只是踉蹌著後退，彷彿不想再繼續面對這樣的斥問。

「求求你，蘇摩。」忽然間，他冰冷的手被一隻更加冰冷的手拉住。已經死去的冥靈抓住他，看著他的眼睛說：「求求你好好想一想。該死去的都已經死去了，請不要再因無謂的積怨，讓可以活下來的人不見天日。你和真嵐的力量聯合起來，說不定真的可以推翻滄流帝國。這無論對我們空桑，還是對你們鮫人，都是最好的選擇。」

該死去的都已經死去了……那樣的話，忽然如閃電般擊中傀儡師。

他空茫的眼睛看著面前虛無的冥靈，踉蹌著後退。

「蘇摩，我以前就不曾怨恨你，如今更願意再度相信你。如果一個人還知道流淚、還知道痛苦，那他心裡必然還有要守護的東西。」顯然感覺到對方內心的動搖，空桑皇太子妃不肯放開他的手，用盡了全力勸說：「以你的力量，本能給更多人帶來幸福……如果你想要什麼交換條件，可以儘管開口，我會轉告真嵐。」

唰！忽然間，一聲尖厲的呼嘯劃破了空氣，白瓔下意識地鬆開手。

鋒利的透明引線如同刀般割過，攔開了她。出手的是坐在傀儡師肩頭的偶人，阿諾眼神是陰鷙的，冷冷看著面前的女子，眼裡居然帶了殺氣，似乎不願她如此接近自己的主人。

蘇摩掙開她的手，踉蹌著後退，一直到後背撞上了斷牆才停住。他轉瞬就平穩了胸口起伏的氣息，忽然冷冷一笑，轉過身去。

「我要守護的是我的族人，和你們空桑人無關。我想要的，是手指再也抓不住的東西。你們，又能有什麼東西可以和我交換呢？」

話音未落，傀儡師再也不停留，迅速消失在黑夜。

聽著窗外翅膀拍動的聲音如風一樣呼嘯遠去，知道那些鳥靈散了，房間裡的人都鬆了口氣，繼續談話。

如意夫人重新點起燈，湊近去看復國軍左權使的傷勢。

燈下炎汐原本因為失血而蒼白的臉，居然泛出奇異的嫣紅。雖然極力壓制，然而他依舊忍不住地不停咳嗽，並且有些煩躁地抓著傷口上的包紮，彷彿那裡有什麼東西在燃燒一般，無法忍受。

「怎麼了？」如意夫人嚇一跳，知道左權使為人堅忍，在征天軍團手裡受了那麼重的傷自始至終沒有呻吟過一聲，但如今居然露出無法掩飾的痛苦表情，必然是情況不妙。

「夫人，炎汐燒得很厲害！」那笙急了，在榻邊抓著美婦，帶著哭音嚷嚷。如意夫人連忙放下燭台，彎下腰，有些不信地探了探對方的額頭，忽然手便是猛烈一顫

——其實是沒有多少溫度的，然而對冷血的鮫人一族來說，如今這樣的體溫，無疑是燒得讓體內的血都在沸騰。

怎麼會這樣……怎麼會這樣？

如意夫人愣了愣，連忙拿過一盞茶。那笙劈手奪過，扶著炎汐坐起，遞到他唇邊。鮫人戰士似乎已經被迅速攀升的體溫燒得無法說話，看到水，下意識地一口飲盡，然而嘴唇依然乾裂，眼裡有渴盼的光。那笙連忙又倒了一盞，他也是轉瞬飲盡。等一壺水全部喝完，炎汐依然虛弱，彷彿體溫將體內所有水分都消耗殆盡。

那笙急得要哭，然而在她起身準備去找水的時候，如意夫人忽然抬手按住她。美婦的眼裡有著深思，喃喃道：「沒用的，不能不停給他喝水，不然他會死。」

「會死？」那笙聽得那兩個字，一下子驚叫起來，引得旁邊的慕容修、真嵐、西京都看過來。然而苗人少女不管不顧，一把拉住如意夫人，幾乎哭了起來。「剛才不是好好的嗎……還說蘇摩給他治過傷了，怎麼一下子又惡化得這麼厲害？要……要怎麼辦才好啊？」

慕容修聽如意夫人說得嚴重，終究不忍，站起身問：「夫人，不知瑤草是否管用？」

如意夫人愣了一下，看著這個鮫人的孩子，搖搖頭說：「應該不管用。」

那笙的臉色頓時蒼白。

「哎，別怕，有我呢。」忽然，在旁聽著的真嵐開口了，安慰皇天的持有人：「實在不行，我可以把我的血給他喝……」

「什麼！」那笙嚇一跳，看著那顆古怪的頭顱。「炎汐又不是吸血鬼！」

「妳知道什麼？小丫頭。」西京勉力掙扎著下地，走到炎汐病榻前。他畢竟是劍聖弟子，自癒能力遠超常人，再加上方才蘇摩用靈力替他療傷，休息片刻後便能勉強走動。他一手提著真嵐的頭，一手抓著斷肢走到那笙身邊，撇撇嘴說：「雲荒上最厲害的是什麼？空桑的帝王之血啊！幾乎有返魂歸魄的能力。妳還不快謝謝真嵐？」

「啊……」不僅是那笙，連一旁的如意夫人都愣一下，看著面前兩位空桑的顯貴。空桑的皇太子，居然肯為復國軍的左權使流血？

西京沒時間和他們囉唆，上前查看炎汐的傷勢。跟鮫人相處日久，他抬手一探對方的額頭便知道非同小可，當即對著真嵐點點頭。真嵐也不言語，便抬起了手腕。接著「唠嚓」一聲，光劍出鞘，劃向空桑皇太子的手腕。

「啊，不用不用！」那個瞬間，如意夫人才回過神來，臉上有複雜的神色，連忙攔住西京，西京重傷之下無法收放自如，差點誤傷到對方。如意夫人急急攔在復國軍左權使身側，解釋道：「不需要帝王之血，炎汐這不是傷……」

「不是傷？那麼就是病？」西京被阻攔，眉頭蹙了起來冷冷道：「夫人，人命要緊，不是講以往恩怨的時候，莫要拖延。」

「也不是病！」如意夫人一跺腳，彷彿不知如何解釋，蹙眉說：「我不是故意要拖延阻攔你們……是他、他根本不需要用藥呀！」

所有人都是一愣：「什麼？」

就在這一剎那，他們重新聽到翅膀的拍打聲。

難道是鳥靈又回來了？房中所有人閃電般回頭，卻看到了夜幕下從天翩然而落的駿馬。天馬的雙翅平滑地掠過空氣，收攏翅膀後輕輕落在外面殘破的庭院裡，黑袍戰士們翻身下馬。在黑夜裡，所有戰士盔甲上發出淡淡的光芒，顯示來者都不是實體。

冥靈軍團！是無色城裡的空桑人大舉出動了嗎？

乍一見到空桑的騎兵，如意夫人下意識地後退幾步，擋在榻上病重的炎汐身側，一手拉緊了那笙，低聲囑咐：「好好看顧左權使。」說著，她從袖中拈出一根細細的金針，貼緊了那笙的後腰。

無論如何，這個戴著皇天的少女總是空桑方面重要的人吧？此刻敵眾我寡，萬一空桑人又如當年一般對待鮫人，雙方翻臉動手，那麼，至少她手頭上還得抓住一個有用的人質。

那笙卻是毫無知覺，看到忽然間大批軍隊降臨，也是嚇了一跳，死死攔在炎汐的病榻前，盯著外面的人。

「皇太子殿下！」當先的藍衣騎士和紅衣女子掠入房內，看到西京手裡的頭顱和斷肢，大喜過望，齊齊單膝跪地。「臣護駕來遲，拜見皇太子殿下！」

被西京魯莽提在手裡的頭顱凌空轉了轉，看到前來接駕的下屬，忽然鬆了口氣，喃喃道：「來的是藍夏和紅鳶啊……那還好，那還好。」

「還好什麼？」只有離他最近的西京聽到皇太子的話，莫名其妙地提起真嵐的頭詢問。他忽然看到兩位藩王帶有怒意的眼光，連忙改抓為托，好好地將那個頭顱放到肩膀上。

「西京，我有話跟你說。」真嵐壓低了聲音，示意他側過耳朵。西京連忙將耳朵靠過去，兩人間低聲的交談開始。藍夏和紅鳶對視一眼，沉默地退在一邊。

認出了這個不客氣地抓著皇太子頭髮的男子，居然是百年前威震雲荒的名將西京，兩位藩王心中一喜，便不好打斷君臣間的密談。

「還好來的不是玄王。」真嵐歪了歪嘴，做出一個慶幸的表情，低聲說：「那位老人家可是對鮫人有著根深蒂固的惡意，他一來，事情就大大糟糕了。諸王中赤王對於鮫人態度比較親近，而藍王年輕，也沒有多大偏見，算是來對人了。」

「哦。」頭顱放在劍客寬廣的肩膀上，西京扭過頭，幾乎是和真嵐鼻子對著鼻子地低語：「你是想和鮫人結盟？但是……蘇摩那傢伙看起來很難對付的樣子啊……他會肯嗎？」

「就是啊。」真嵐苦著臉皺眉，對著近在咫尺的好友訴苦。「他簡直是個怪物。我想來想去，都搞不清他心裡到底在想什麼，要知道我的讀心術可不算差啊。他的力量很強，只怕不在我之下……當然是沒有四分五裂之前的我。」

「那麼……」西京沉吟片刻後，終於低聲幾乎附耳般問：「讓阿瓔出面如何？她的面子，蘇摩說不定會賣。」

「嘁！」真嵐忽然瞪他一眼，那樣近在咫尺翻起的白眼嚇了西京一跳。斷手跳起來，用力敲劍客的後腦。「出什麼鬼主意！」

「你不至於那麼小氣吧？」西京苦笑著看他。「緊張什麼，又不是要你戴綠帽子。」

「是你的提議太臭。」真嵐的斷手抓抓，將方才被西京拎著而弄亂的頭髮重新理順。「你以為讓白瓔出面事情會好辦一點嗎？只會幫倒忙！蘇摩當初那樣對待白瓔，何嘗留了半點情面——但我想，其實他未必不痛苦。」

西京微微一怔，看著肩膀上真嵐的頭顱。

「我想，那段日子大約是他最不願提及的，就像是最不能揭開的那一個瘡疤。」真嵐淡淡道，眼睛看著窗外的夜色。「他是個聰明人，如果就目前局面冷靜地分析，他或許會做出與宿敵聯盟的選擇，但是如果白瓔出面，挑開傷疤，事情可能就會往反方向發展……」

「這樣啊。」西京喃喃說了一句，眉間有複雜的情緒。「那麼只能直說試試了。」頓了頓，彷彿第一次感受到朋友百年後的變化，劍客回頭看著皇太子，微笑說：「真嵐，你好像到現在看起來才有點像個皇太子的樣子。」

「喊！」真嵐白他一眼，回頭對著前來的藍王和赤王微微點頭，招呼兩人上前，開始將自己想要結盟的計畫，細細說給兩位藩王聽。

忽然，外面的天馬發出不安的嘶叫，冥靈戰士的長刀紛紛出鞘，彷彿有敵逼近。

空桑皇太子和兩位藩王驀然回首。

只見黑夜中天馬羽翼扇動，驚嘶中踏蹄連連後退，居然不聽騎士的操控。在白色的天馬退讓出的通道中，黑衣的傀儡師踏著廢墟而來，深藍色的長髮在夜風中飛揚，那樣的速度宛如御風飛行，幾乎超出「實體」的移動極限。

「天……是蘇摩？」看著迅速接近的傀儡師，兩位藩王認出了百年前那張驚動天下的臉，不自禁地脫口驚呼。記憶中那個少年奴隸已然長大，由青澀變為陰鷙，然而俊美無儔的面容依舊。

看到鮫人少主掠入房內的剎那，赤王和藍王幾乎有時光倒流的恍惚。

「少主！」唯獨如意夫人是驚喜的，因為在大敵環伺的時候，終於盼到了主人，連忙幾步上前迎接。

蘇摩在廳中站定，本來空茫的眼裡依然殘留著一絲絲激烈的情緒變動，宛如閃電不時交剪而過。在看到前來的空桑諸王時，他的眼睛微微亮了一下，有鋒銳的光——赤王和藍王？

那個瞬間，百年前的一幕如同洪流倒捲而上，將他再度淹沒。

手用力握緊，掌心那個傷口重新裂開，他沒有理睬任何空桑人，只是穿過諸王和真嵐、西京之間，對著一旁茫然的慕容修點點頭，然後轉頭問如意夫人：「炎汐怎麼了？」

蘇摩一邊問話，一邊探手試了試昏迷中人的體溫，忽然如同被燙著般一怔。

「這是……」

他不顧那笙還在一旁，迅速撕開炎汐胸口的綁帶，檢查那個可怖的傷口。然而，讓那笙驚喜交加的是，那個本來貫穿身體的巨大傷口，居然已經迅速地癒合起來，彷彿有驚人的力量催動，肌肉生長著、筋絡蜿蜒著，幾乎都可以看到延展的速度。

「哎呀，好得那麼快！」那笙忍不住，拍著手驚呼起來，大喜之下對蘇摩感恩戴德：「你好厲害！這麼快就讓炎汐好過來了，真是個好人！」

然而蘇摩根本不看她，手指摁著左胸上的傷口，感知到了血肉下湧動的變化和熾熱的溫度，臉色忽然間蒼白，低聲說：「難道是……」

「是。」不等少主問完，一旁如意夫人悄聲回答：「這一刻到了。」

蘇摩默不作聲地抬起頭，看了一旁正在歡喜的那笙一眼，陡然間閃電般出手，一道白光掠過，頓時將苗人少女的脖子勒住。可憐的那笙根本來不及有任何動作，已被勒得幾乎窒息。

事發突然，空桑諸王居然都無法阻攔，而那笙已經落入對方的控制。

無色城開後，六王的力量一齊削弱，而西京身負重傷，真嵐在黑夜裡無法使用帝王之血的力量——那個瞬間，居然沒有人能有力量阻止蘇摩。

看著面前的苗人少女，又看了看榻上昏迷的鮫人戰士，傀儡師的眼裡，驀然閃過無法言表的憎恨和悲哀。如意夫人搓著手，想阻攔少主，卻不知道該如何開口。

「可惡。」彷彿有什麼在胸臆中翻湧著，蘇摩的神色越來越陰鬱，手指驀然勒緊，準備將少女的頭從脖子上齊齊切下。他肩膀上那個偶人微笑起來，看著面前不停掙扎的那笙，眼裡有惡意的歡喜。

啪！就在那一剎那，忽然一道白光如虹而來，齊齊截斷那根越勒越緊的引線。

蘇摩只覺手中一空，眉間的怒氣更甚，想也不想，回手就是一擊。

叮！一聲巨響後，來人踉蹌著落到地上，但仍絲毫不敢怠慢，搶身攔在傀儡師和那笙之間，一把將少女拉到身後，橫劍護住，厲聲說：「你想做什麼？放開她！」

白瓔冷然凝視著面前黑衣的蘇摩，眼裡帶著不退讓半步的狠意。

「就算你不答應方才提出的建議，也不必急著殺這個小姑娘吧。」

白瓔護著那笙，感覺這個死裡逃生的女孩正全身哆嗦著用力呼吸，眼裡不禁湧出了怒意，狠狠盯著面前的人。

「你恨不得我們空桑人死光也就罷了，幹嘛連中州人都不放過？瘋了嗎？」

真嵐忽地苦笑——怎麼？原來是白瓔那傢伙，自以為是地跑去先和鮫人少主進行了那樣的交涉？

「我若是瘋了，豈不讓你們如願？」片刻的沉默後，蘇摩猛然冷笑起來。「你們不是都恨不得我瘋嗎？你們這些空桑人，害了那麼多鮫人，居然還不放過炎汐！」

「少主、少主！」看到蘇摩這樣反常的語氣，如意夫人終於不安起來，上去拉住他，勸阻道：「別這樣……這不能怪那笙姑娘。炎汐命中注定如此吧。你若是殺了那笙姑娘，左權使他……」

「咳咳、咳咳。」在這一番有些莫名其妙的對話裡，眾人沉默下去，只聽見那笙捂著脖子不停咳嗽。白瓔微微緊張地拉著她，抬手摸著她的脖子，摸了一手的血——方才蘇摩那樣一勒，勒斷了少女的血管。

那笙咳嗽著，淚水在眼眶裡打轉，最後終於掙出話來：「又不是、又不是我要害炎汐……你、你好不講理，咳咳！我喜歡炎汐，有什麼、有什麼不可以嗎？難道我是害他了？」

她拚命咳嗽，捂著脖子上湧出的血。

然而，那樣大膽的表白，讓所有人都沉默下去。

「不會有好結果。」蘇摩漠然說一句：「他是鮫人，而妳是皇天的持有者，一定不會有好結果。」

「那、那有什麼相干！」那笙不服，然而脖子上的血急速湧出，帶走她的力氣，聲音漸漸微弱下來。「戴皇天也好，后土也好……這、這和我喜歡炎汐有什麼相干！咳咳……我就是喜歡鮫人……不行嗎？你好不講理。真討厭……炎汐要叫你這樣的人『少主』。」

蘇摩眉頭驀然一蹙，怒意凝聚，手指再度握緊。

「別說話。」白瓔卻是搶先一步擋在那笙面前，抬起手撕了一片衣袍，為她包紮頸上的傷口，然而動脈破了，哪裡能輕易止住血。

「太子妃姊姊，他好不講理……」然而那笙依舊不服氣，微弱地分辯：「妳說說……妳說說，為什麼……戴著皇天就不可以……鮫人……就不可以。」

白瓔抱著她坐下，急速用手指壓住她動脈，開始念動咒術，用幻力凝結她的傷口。儘管這樣，倔強的少女卻仍不肯收聲，一直喃喃說：「汀、汀喜歡西京大叔……慕容有鮫人媽媽和中州人爸爸……為什麼不可以？是不是嫌我沒有鮫人好看？好沒道理……對了，妳、妳不也和他……」

「住口！」白瓔冗長的咒語被她打亂，一彈指，讓倔強的少女沉沉睡去。蘇摩在一旁看著，彷彿瞬間神色有些恍惚，居然沒有再度出手。

可是那笙那番話，讓房內眾人相顧失色。

赤王紅鳶彷彿想起什麼，不自禁地微微點頭，面露感慨。慕容修一直神色緊張地看著瞬息萬變的情況，卻無插手之力，此時才鬆了口氣。西京看向一角死去的汀，肩膀一震。正在發呆的真嵐幾乎跌下去，斷手連忙伸出，抓住掉落的頭扶正，然而空桑皇太子的眼裡也有詫異的神色。

皇天挑中的，居然是這樣一個女孩……能力低微，卻有一雙不帶任何塵垢的眼睛。或許，這就是那枚有靈性的戒指選擇她的原因吧？

這個沉積了千年汙垢的雲荒，需要這樣一雙來自外族而一視同仁的眼睛，重新審視和分配新一輪的格局。

「這孩子眼裡，沒有鮫人和人的區分。」白瓔止住那笙頸中的血，抬起頭看了蘇摩一眼，淡然道：「你莫要嚇著了她。看來她是真的喜歡你們復國軍的左權使啊。」

蘇摩忽然沉默，沒有回答。他肩上的偶人躍躍欲動，卻被他煩躁地一手扯開。

他探著炎汐的體溫，知道這樣驟然發熱，無疑是因為體內機能的劇烈變化引起，將持續很長一段時間，因人而異，有的需要兩、三個月，有的卻需要一年——很多鮫人一生中都有這樣的一次經歷，然後身體內部不受控制地慢慢變化，從無性別分化為男女。

這樣的經歷，他自己也曾有過。

當年那一場劇變過後，他被驅逐出雲荒，一路獨行，歷經千辛萬苦。然而，尚未到天闕，就感到身上如火燒一般灼熱。那時候鮫人少年尚自懵懂，不明白身體為何會有裂開般的疼痛，在勉強翻過天闕後終於支撐不住。昏亂中，他將自己埋在慕士塔格山腳的雪中，企圖用冰雪冷卻身體內的熾熱。然而，自長時間的昏睡後醒來，赫然發現自己的身體起了驚人的變化。

他終於明白來臨的是什麼。然而，沒有人知道那個瞬間他的震驚和絕望。

——一切開始於結束之後。

慕士塔格上初遇那個自稱會算命的苗人少女時，她在雪地上扶乩寫下的判詞，那樣昭然若揭地說出他的「過去」，令他瞬間變了臉色。

如果意志力能夠起作用，他絕對不會讓自己變成如今這個樣子……可惜一切都無法控制。從開始到結束，都無法以人力控制。

從那個瞬間起，他對於自己的身心都產生了無法克制的厭惡，從此不再顧惜。身體和心靈都不再重要，隨便扔到哪裡都可以。反正到了最後，所有的鮫人，都將回歸那一片蔚藍之中。

然而，令他厭惡的是，他必須拖著這樣的身體完成他的夢想。他還要回到這片土地上，面對已經死去的人！

已經成為冥靈的女子站在他面前，而在她如今平靜的目光裡，他看到的卻是死去的自己。

所以，一開始看到沒有成為任何一類人的復國軍左權使，他心裡才會感到由衷的羨慕吧？可惡的是，那些人，竟然讓炎汐都為之改變。

「是啊，那笙從來都覺得鮫人比人好。」旁邊的慕容修大約猜到了事情的大概，不失時機地插話：「從中州一路過來，她從未對我這個半鮫人說出任何語帶惡意或者輕視的話。左權使同她出生入死，她那樣喜歡炎汐也是理所當然。」

如意夫人撥了撥鬢髮，嘆了口氣，輕輕拉了拉傀儡師的衣服悄聲道：「少主，這樣看來……也是命啊。我算是閱人不少，這個姑娘的確天性純良。而且，你看西京對於汀，白瓔郡主對於少主……並不是所有空桑人都……」

「住口。」再也不想聽下去，蘇摩冷喝，然而沉默了片刻，忽然轉過頭，低低說了一句：「一切隨他。自己的事，旁人沒什麼資格干涉。」

「啊！」如意夫人聽到這樣的話，心知少主已經不再執意反對，不由得驚喜。「太好了！我替炎汐多謝少主。」

「不會有好結果的。」傀儡師轉過頭，不想再理會這樣的糾紛。他垂下眼睛，喃喃自語般地吐出一句。那森冷的語調，彷彿一句不祥的咒語。

「會有好結果的。」冥靈女子終於將那笙頸中的血止住，抱著失去知覺的少女，抬起頭靜靜凝視著鮫人少主，語氣溫柔卻堅定：「會有的。現在已不是百年前的那個雲荒了。她會幸福，必然會。」

蘇摩一怔，忽然間再度沉默下去。

「是，會有的。」在這個短暫的沉默中，一隻手按上白瓔的肩膀，沉聲重複，彷彿加重這個預言的說服力。「他們將在藍天碧海之下幸福地生活，遠離一切戰爭混亂，住在珊瑚的宮殿裡，子孫環繞，直到死亡將他們分開。」

彷彿回應著空桑皇太子的預言，戴在昏迷少女手指上的皇天陡然閃現一道光芒，映照著那笙沉睡中宛如嬰兒般的臉。聽到那樣的話，白瓔長長的睫毛一顫，低下頭去，緩緩抬起戴著「后土」的手，覆上肩膀上真嵐的手背。

短短幾句話勾勒出的景象宛如夢幻，一瞬間彷彿奪去房中諸多人的神志。

「在藍天碧海之下幸福地生活……」

一番話語，於在座幾個人心中發出了悄然悠長的回音。

「是、是嗎……」冷酷的意志彷彿也被撼動，傀儡師的眼神瞬間有些恍惚，不自禁地脫口喃喃問：「在藍天碧海之下幸福地生活……直到死亡將他們分開？」

「是的。」真嵐長眉下的眼神堅定，許諾般重複：「將來的海國和雲荒，就應該是這樣。那不僅僅是你們鮫人一族的夢，也是我們空桑人如今的夢。而這個夢，蘇摩少主，我希望能經由你和我的手一起完成。」

第十七章　定盟

夜色深沉，彷彿看不透的布幕將所有事物隔絕開來。

然而，在燈火通明的大廳裡，近在咫尺的諸人各自沉默著，也彷彿有無形的布幕展開在彼此之間，相互都不知道對方心裡此刻的所思所想。

蘇摩坐在炎汐榻邊，似乎是在查看復國軍左權使的傷勢，然而眼神卻是遼遠，茫然中隱約有一絲絲電光不停掠過，顯示身為鮫人少主的他內心激烈的鬥爭。

如意夫人端來冷水，將手巾浸濕了覆在炎汐額上，眼神卻頗為焦急。她也算是經歷過那段過程的鮫人，知道這種情況下，最好是回歸水中，讓水的溫度來冷卻體內因為劇變而產生的溫度，保持鮫人血液的冷度。不然，便要如同離開水的魚兒一樣脫水而死。

那笙躺在空桑太子妃懷裡，在白瓔的咒術作用下止住血，呼吸慢慢變得平穩，睡得宛如一個孩子。

慕容修雖然是個外人，但是自幼便聽父輩詳細說過雲荒的各種事情千百遍，自然清楚眼下雙方沉默的對峙中，醞釀著什麼樣重大的變更。時局的巨變本來和他區區一個外來者沒有直接關係，然而不知為何，年輕商人注視著雙方的表情，臉上的神色卻頗為緊張。

『我聽說，你們中州曾經出現過幾位名垂史冊的富商巨賈。』

與空桑皇太子獨處時的話語，忽然在耳側響起，意味深長。

雖然是商賈世家，然而慕容家作為四大豪門之首，自然不只是滿身銅臭的一般市井商人；身為慕容家長子的慕容修更是熟讀經史，自然記得那些青史留名的前輩。其中有人慧眼識真龍天子於寒微之時，一手謀劃輔佐其登基得天下；也有人於烽煙四起時，傾盡資產招兵買馬擁立雄主，最後裂土封侯。他們不僅左右了天下時局，更改寫了中州歷史。

那些商人，本來只是一介布衣，最終卻因其長遠的眼光和魄力，從謀利進而謀國，得到了一個純粹商人畢生無法獲得的榮耀和權勢。

慕容修是個聰明人，當然知道這位雲荒土地曾經的主宰者話外的暗示。這樣一個天大的機會擺在面前，身為一個世代經商的慕容家長子，他不是不動心的。

然而，自己區區一個商人，一無武藝二無術法，不過買進賣出賺取黃白之物，哪裡能對這樣大的計畫有所幫助？而且自己是中州人，身負慕容家族的重託，作為長房嫡子遠赴雲荒販貨，需要儘早返回家鄉，免得母親日夜懸心。他若三年期滿未歸，便要被當作他鄉野鬼來看待了，怎麼能夠輕易摻和到這樣把握不大的凶險事情裡去……

而且，空桑人是否復國，和自己一個外人又有何關係？

穩健保守的作風，讓年輕商人不曾脫口答應皇太子的提議，然而內心深處那不安分的野心，卻在這樣強烈的刺激下躍躍欲試。

可是，空桑人要推翻滄流帝國是多麼困難的事情，大約連二成把握都不到吧——即使年輕商人內心按捺不住要插手政局，但依然清醒地知道在這樣的嚴峻形勢下，貿然答允無異於孤注一擲。

他其實是個不怕孤注一擲的人，可是怎能讓中州的母親日夜懸心？

所以，慕容修在這樣凝滯的氣氛中，甚至比任何人都想知道此次鮫人和空桑的聯盟能否達成。如果雙方聯手，對付滄流帝國的把握便能多上幾分，那麼對他來說，在是否押上身家性命的考慮中，也能多幾分把握。

然而蘇摩只是沉默，沒有一絲一毫的表示。

眼看黑夜即將流逝，白晝就要再度降臨在雲荒大地上，空桑諸王臉上都有了些微不安的神色，相互對望。

天色已亮，必須要回去了。但是，若是此次結盟失敗，不知道下一次還有無這樣的機會，再有這麼多藩王和皇太子連袂走上大地，出面談判。

真嵐扭頭看了看天色，終於開口說出一句話：

「蘇摩，若是我們結盟，我便可答應將龍神從蒼梧之淵放出。」

那樣一句話，讓在座所有人悚然動容。諸王驚詫，如意夫人更是驚得脫口，並打翻了水杯。連邪異的傀儡師都無法免俗，震驚地抬起頭，空茫的眼睛裡凝聚著雪亮的光，直視著空桑的皇太子。

——將龍神從蒼梧之淵放出？

七千年前，由星尊帝合六部之力將鮫人的保護神從碧落海擒回，強行封印鎮入了九嶷山下的蒼梧之淵內，從此鮫人一族頓失庇護，無法和強大的空桑帝國對抗，束手為奴。

那是鮫人一族惡夢的開始……今天，空桑人的皇太子卻說，可以將龍神從蒼梧之淵內放出？

蘇摩只是微微一怔，旋即嘴角上揚，露出一個不屑的冷笑。

「你先不要笑。」顯然是看出傀儡師內心的傲氣和自負，真嵐驀然打斷，聲音冷定如鐵。「我告訴你，蒼梧之淵的那個封印，不是你可以解開的。那個封印的力量幾乎相當於當年星尊帝的力量。你如果這樣自負，到時候必然會發現自己無能為力。」

蘇摩繼續冷笑，眼神卻慢慢凝聚起來。他同樣有讀心術，所以此刻可以分辨出空桑皇太子這句話並非虛言恐嚇。

「當然，如果你願意拚命，硬碰硬去破除那個封印也不是不可以。」真嵐微微頷首，眼神卻流露出一絲譏諷。「但就算你放出了龍神，你還有餘力面對滄流帝國的征天軍團嗎?分明可以不費代價便做到，你該不會意氣用事到玉石俱焚吧？」

蘇摩慢慢不笑了，臉色又恢復到平日的陰鬱冷漠，許久，他冷冷問：「那麼強大的封印，你又如何打得開？莫非還是要靠這個小姑娘？」

看出了傀儡師眼裡的懷疑，真嵐搖了搖頭，決定還是和盤托出：「那笙的力量只能和皇天對應，而封印龍神的力量……來自后土那一系。」

「白薇皇后？」諸王脫口驚呼，連白瓔都變了臉色。這個祕密，不但沒有載於皇家典籍，居然連六位藩王都不知道。

「是的，白薇皇后。」真嵐的嘴裡再度吐出那位國母的名字。他帶著從未有過的肅穆神色垂下眼睛，將右手壓在眉心上，彷彿每次說到這個名字，便帶著罕見的敬畏。

白瓔忽然不知道說什麼好。身為白之一族的王，她居然絲毫不知這樣的事情。

「白瓔，妳知道為何后土的力量如此微弱嗎？甚至在昨夜和蘇摩的對戰中，也無法護得妳周全。」真嵐看向妻子，微微嘆了口氣。「因為后土的力量隨著白薇皇后的所有靈力一起，為了封印龍神，早已在蒼梧之淵消耗殆盡。」

什麼？當年難道是白薇皇后出手封印了鮫人的龍神？

蘇摩愣了愣，嘴角忽然再度浮出一絲冷笑——原來，千年前便是白之一族的女子生生葬送了鮫人的命運，而千年以後……

「所以妳不必內疚。妳手上這枚『后土』，已經沒有多少『護』的力量了。」真嵐看著白瓔，吐出一口氣，終於說出心裡長久以來未曾對妻子表明的話語。「百年前，即使妳未從伽藍白塔上墮天而下，空桑終究還是難逃劫難。」

空桑皇太子拉起妻子的手，冥靈女子纖細蒼白的手指上，那枚銀色的后土閃著千年浸潤的幽然光澤。他清楚地感覺到白瓔的手指在微微發抖，說出了最後的話語。

「所以，如今要解開這個封印，恐怕也只能依賴身為白族之王的妳。」

白瓔的手猛然一震，抬頭看著丈夫。那樣蒼白秀麗的臉，美得不真實。雪白的長髮從白王的額頭披散而下，如雪般鋪了滿座。

然而，聽得這樣的話，她一如平素沉靜，低聲道：「如果你說的是真的，如果我有這個能力，自當盡力。」

「只有妳可以，妳是后土選中的人。」真嵐低頭，眼裡有說不出的奇異。百年前的那一幕，又一次地閃回在眼前——

一百零三年前，帝都伽藍的白塔頂端，神廟中氣氛肅穆，神官們的低聲祈禱如水般瀰漫，承光帝、諸王、大臣灼灼注視著明堂辟雍中心供奉著的那枚銀色戒指。

水中心的神龕上，那枚自從前代白蓮皇后去世後就被供奉起來的神戒「后土」熠熠生輝，彷彿知道時辰已到來。圍繞著辟雍的明堂中清水無波，只有十二朵蓮花含苞待放——那是一早就種下去的花，每一朵對應著一名待選的白族嫡系貴族少女。清波上，那些對應著女子的蓮花圍繞著神戒，感受著裡面歷代國母的靈力。

終於，輕輕一聲響，一朵金色的蓮花綻放開來，滿室馨香。

「白瓔郡主，是千年前白薇皇后的轉世。」

大司命從十二朵金色蓮花中垂手取出率先盛開的那一朵上面的玉牌，低眉如是說。玉牌上用空桑人的蝌蚪文寫著新一任太子妃的名字：白瓔。

那時候，身為皇太子的他，站在一旁看了選妃典禮的全部過程。最後兩個字跳入眼中的一剎那，他忽然感受到徹骨的寒意——就是這個陌生的名字，將是和他糾纏一生的符咒？

星尊帝和白薇皇后……

百年後，即使情況已完全不同，然而對著太子妃提及這件從未有人知道的事，真嵐依舊感到心底有深不見底的寒冷和無力。那種拚命掙脫卻心知無力抗爭的無奈，自從他十三歲在砂之國被空桑皇室監禁、強行帶回帝都的時候，就已經籠罩在少年的心頭，而且百年後，居然越發沉重。

就如白瓔是被后土選中的皇后，他也是被皇天選中的帝王。不管他們願不願意，無數的急流、重擔、紛爭就如同洪流將他們捲入，往後的日子只能極力掙扎，若不掙扎，只有眼睜睜被滅頂。

沒有誰能夠逃脫輪迴的安排，沒有誰能夠超脫命運的洪流。即使星尊大帝和白薇皇后那樣的人……也不可以。

「太初五年，星尊帝滅海國。白薇皇后也是在同一年死的，是不是？」沉吟間，傀儡師首先開口，回溯千年前的往事，忽然間冷笑起來。「是因為封印龍神，消耗了靈力而早逝嗎？」

白瓔詫然回顧真嵐，空桑皇太子默然不語。

蘇摩攬衣而起，臉色譏誚。「原來，星尊帝終歸付出了代價。」

第一次聽到皇室這樣的祕聞，赤王和藍王對看了一眼，壓住驚訝。他們雖然是千年前就跟隨星尊帝開創帝國的藩王之後，但是空桑皇族裡幾千年的祕密，除了和王室世代聯姻的白族，很多祕密外人都無從得知。

比如帝后身為平民，最初是從何得來那樣強大的力量？比如白薇皇后為何早逝？比如為何身負帝王之血，空桑的歷代皇帝卻還會如常人一樣生老病死……太多太多疑問，幾千年來從未有人想過要去問。而獨處伽藍城的皇族一脈，更是高高在上，從未容許任何人靠近。

作為正史記入《六合書往世錄》的那一段歷史是那樣的——

七千年前，帝后兩人已統一雲荒，星尊帝卻難扼勃發的野心，再加上一些貴族巨賈的遊說，不肯甘於做陸地之王的星尊大帝終於揮兵入海，意圖將目之所及的全部都歸入他的版圖，征服四海，打通雲荒往南通往新大陸的航道。

然而，他的野心遭到守護大海的蛟龍反擊，空桑的遠征大軍損失慘重，「浮屍遍海」、「水為之赤」，而碧落海裡「水族尚自安然」。

星尊帝性格剛毅，手段強硬，遇強則強，從未放棄任何既定的目標。儘管國內頗有微詞，他依然幾次出兵碧落海，動用了傾國的力量，一番海天龍戰，其血玄黃，終於合六部之力擒獲蛟龍，囚於九嶷山下的蒼梧之淵。

最艱苦的戰爭已經完成，面對失去龍神庇佑的鮫人一族，空桑軍隊幾乎沒有遇到任何有力的抵抗，長驅直入。

太初五年，海國覆滅。無數鮫人成為奴隸，被萬里押回雲荒大陸，途中死去者不可計數，倖存者被空桑奴隸主畜養，破尾為腿，集淚為珠，剜目為寶，為謀其利極盡荼毒。位於鏡湖入海口的葉城貿易由此興盛，從此富甲雲荒大地。

在那之後的幾千年，一直是鮫人不能醒來的惡夢。

然而沒有人知道，白薇皇后的早逝，竟是與此相關。

『后薨，時年三十有四。帝悲不自勝，依大司命之言造伽藍白塔，日夜於塔頂神殿禱告，希通其意於天，約生世為侶。帝在位五十年，收南澤、平北荒、滅海國、逐冰夷，震古鑠今。然終虛后位，後宮美人寵幸多不久長。常於白塔頂獨坐望天，鬱鬱不樂。垂暮時愈信輪迴有驗，定祖訓，令此後世代空桑之后位須從白之一族中遴選。』

《六合書往事錄》上面那一段話，同時在知情的諸人心中迴響，每個人的表情各不相同。

帝后並肩戰於亂世，白手起家建立帝國，然而共患難過後，最終卻不能共享人世繁華。為征服海國而付出白薇皇后的生命為代價，一生自負的星尊帝，暮年在權力的頂峰上寂寞回顧往日，遙望萬丈下腳底的大地時，是否曾暗自後悔？

一個人最終擁有的土地又能有多少？一抔黃土下，卻沒有別人相伴。

「不愧是空桑人的國母，和星尊帝倒是絕配。」

寂靜中，傀儡師擊節冷笑，空茫的眼睛裡閃過煞氣，是對於千年前聯手犯下那樣滔天罪行的帝后入骨的痛恨。所有的苦難是由這兩雙手所締造，對於世代受到凌辱壓迫的鮫人一族而言，如何能不恨？因為重新提及苦難的根源，如意夫人的眼裡也有難以掩飾的仇恨光芒。

「你可以罵星尊帝，卻不可以對白薇皇后不敬！」然而，真嵐忽然開口，用慎重到幾近厲斥的聲音說道：「對於竭盡全力幫助過鮫人、為你們一族死去的人，怎麼可以這樣說話！」

那樣冷厲的喝問，從一向溫和爽朗的皇太子口中吐出，讓包括蘇摩在內的所有人都驚住。

「竭盡全力幫助鮫人？白薇皇后難道不是為了封印龍神而……」連白瓔都不解，拉住了幾乎要摑到蘇摩臉上的斷臂，詫異地喃喃問道。

「不是。」真嵐忽然長長吐了口氣，沉默許久才低聲道：「白薇皇后，是被星尊帝殺死的。」

「啊？」

那一刻，房內所有人，包含諸王、西京甚至鮫人一族，都不由自主地脫口驚呼。

白瓔驚得抓住皇太子的手，不自覺地用力。

星尊帝殺死白薇皇后？怎麼可能？星尊帝琅玕和皇后白薇，古書上記錄著，那樣相互敬愛的帝王伉儷，他們一生的輝煌和愛情穿越滄海桑田，被多少空桑人傳頌。如同雲荒大地正中央的白塔一樣被人世代仰望，成為永垂不朽的詩篇。

「星尊帝怎麼可能殺死白薇皇后……」白瓔喃喃自語，不可置信地抬頭看著丈夫。「你說謊！」

真嵐那一瞬間似乎不敢看白瓔，眼裡有深深的厭憎和恐懼。

「他們曾經是一對恩愛夫妻，卻因為滅海國的問題而分道揚鑣。」空桑皇太子的眼神忽然有些恍惚起來，彷彿看向極其遙遠的地方，那些發生過的事歷歷在目。「白薇皇后本來就不贊成遠征海國，後來龍神被擒、鮫人淪為奴隸後，她更是激烈反對。其實，自從毗陵王朝建立、星尊帝登基後，退居後宮的皇后和手握生殺大權的星尊帝之間，已經頗有嫌隙，在很多問題上都無法達成一致的意見……而滅海國導致了他們之間最激烈的衝突。」

「怎麼這樣的事情，我們都不知道？」脫口而出的是赤王紅鳶，她有些不可思議地喃喃問道。這又是一段被抹去的歷史嗎？

「白瓔……妳應該也讀過伽藍神殿裡收藏的皇家典籍《六合書往世錄》，但妳看過這一段嗎？」空桑皇太子無視旁人驚詫的眼神，面色忽然有些蒼白，彷彿背誦著多年前記下的篇章，用古雅的語調低低念起一段文字。

真嵐低誦古書的篇章，斷手抬起，蘸著殘茶在桌上寫下吐出的一字一句——

『后意雲荒已安，屢次進言，力阻帝麾軍海上。帝斥其為婦人之見，終不納。后怒，去歲不入東宮。經年海國平，鮫人盡沒為奴。空桑人畜之，去眼剖骨，以獲其利。東市長年聞悲泣呼號之聲，而貴家爭相購之，巨賈日入萬金，葉城由此興。后居於宮中，聞此終日鬱鬱。忽一日，見宮女捧寶珠一串為晨妝，玲瓏滴翠，光照一室。后垂詢，宮女對曰「凝碧珠」，為匠作剜鮫人目而成。后握珠淚下，憤而至帝前，以珠擲其面，叱曰：「此非人所為！妾為君妻，終不能共用如此天下！」乃歸於族中，自點兵將往蒼梧之淵，欲釋龍神歸海。』

百年前就已斷的手臂，將過往一幕寫到這裡的時候，房內所有人都屏息凝視著那移動的蒼白指尖，空氣彷彿忽然間凍結。

「怎麼可能是這樣?」傀儡師的手有些痙攣地抓著懷中的偶人,顯然手勁太大,阿諾臉上已有痛苦的神色,但小偶人的眼睛也是直直看著桌上那一行行的文字,神色複雜。

「說得好!」寂靜中,卻是那笙醒來了,看見一屋子的人都盯著桌上,還未抬頭看寫了些什麼,耳邊聽到真嵐說的最後幾句話,便脫口喝彩:「那樣的事情是人幹的嗎?什麼狗屁皇帝!還是那個皇后有志氣!」

「那笙。」白瓔扶著傷癒的少女,卻默默收了收手,示意她收聲。

那笙聽太子妃的話,乖乖地閉嘴。真嵐也不看她,斷手繼續在桌上寫下後續的文字,將千年前的真相一字字寫出。

『帝怒不可遏,發兵急追,於九嶷山下與后戰,經月不休。后長兄懼禍而暗投帝,后軍遂敗。后靈力高絕,雖千萬人不可圍。帝親出,與之戰。后敗而奔至蒼梧之淵下,欲開金索而力竭。見帝提劍至,知不可為,乃大笑咒曰:「阿琅!阿琅!願吾死而眼不閉,見如此空桑何日亡!」

語畢,后斷指褪戒,血濺帝面,乃死。帝怒緩,解袍覆之,以手撫其額而眼終不瞑。帝忽悲不自勝,乃集白薇皇后之靈力,鎮於蒼梧之淵下,為龍神封印。自攜后土神戒，罷兵歸朝，依大司命之言建伽藍白塔，獨居塔頂，停息干戈，終身不復踏足雲荒。』

斷手在最後一個字寫完的時候，緩緩停下。

那是歷史的真相？

滿滿一桌面的文字，彷彿一個個都發出刺眼的光，讓所有人目眩神迷，無法透出一絲呼吸。無論空桑人還是鮫人，甚至作為外來客的慕容修，都一時間沉默無語。

「《六合書往世錄》……〈白薇皇后本紀第十二〉？」終於，白瓔第一個喃喃出聲，打破寂靜。「那個缺失的第十二章？」

「不錯。」真嵐的眼神暗淡，看著白族的王者。「就是妳看的那卷《往世錄》缺失的一章……所有天下流傳的《六合書往世錄》都沒有那一章。」頓了頓，彷彿嘆息般，空桑的皇太子補充一句：「因為這一章是禁忌，歷代以來，雲荒大地上只有繼承王位的人才能看到。」

「既然要抹去，為何不徹底一些？」蘇摩的神色隨著那一段文字的陸續寫下，變換了無數次。然而到最後，激烈變動的眸子裡，還是陰暗和猜疑占上風。傀儡師冷笑著質疑這一段由空桑皇太子複述的歷史：「還偏偏讓歷代皇太子知道，豈不可笑？」

沒有旁證的歷史，中間相隔幾千年的歲月，如何能由一人之言確定？

「那是一個告誡和懲罰。」

大約料到了無法取信於鮫人的少主，真嵐沒有立刻反駁，只是解釋，眉宇間忽然罩上看不到底的抑鬱和悲涼。

「星尊帝暮年性格大變，種種做法互相矛盾。他放棄自己擁有的不老不死的力量，並且剝奪了後世子孫同樣的權力。他立下規矩，讓世代空桑皇帝必須娶白族女子為妻，卻讓他們記住千年前的內亂……」

說到這裡，真嵐忽然微微笑了起來，眉目間帶著冷嘲。

「他在告誡那些流著他血的後裔：要提防身邊的皇后！畢竟力量不曾消滅，尚在蒼梧之淵封印著。這個祕密是一柄懸在頭上的利劍呀……在皇帝們眼睛能看到的土地上，是不可能讓和空桑帝王之血對等的人存在的，哪怕那個人是皇后。」

「那麼，為何又非要迎娶白族的女子為后？」白瓔聽呆了，喃喃問道：「那不是刻意要造就歷代無數相互猜疑的怨偶嗎？」

「那應該是懲罰。」出乎意料，這一次回答的卻是蘇摩。傀儡師空茫的眼睛彷彿看向極其遙遠的地方，露出了洞察的微弱笑意，脫口回答。

真嵐閃電般看了鮫人少主一眼，對於他這樣快就能明白星尊帝行為背後的意圖，微微感到詫異，然而還是點了點頭，低聲回答：「是懲罰……殺死白薇皇后的罪，對星尊帝來說是永遠無法釋懷的，不會因為肉體的消滅而消弭。懲罰將會落到流著他的血的後裔身上，無論幾生幾世。星尊帝相信輪迴，他等待著蒼梧之淵上，那柄被封印的高懸利劍落下的一天。」說到這裡，空桑皇太子忽然間笑了笑。「而這一天，已經快到了。」他轉過頭看向白瓔，眼神複雜。「百年前看著妳從伽藍白塔上跳下去，剎那間，我想起的就是斷指還戒的白薇皇后。」

真嵐當著這麼多人的面，提起那一件讓空桑人和鮫人都感到尷尬的往事，眼睛裡有奇異的光。

「所謂的『白薇皇后轉世』，恐怕是大司命當時為了遏止青王繼續擅權的藉口，但是……妳可能真的是后土選中的人。」

瞬間，白瓔忍不住倒抽一口冷氣，心底不知怎地有股說不出的恐懼。

千年前為了海國，白薇皇后與星尊帝拔劍相向，戰死於蒼梧之淵；千年後為了一名鮫人少年，空桑最後一位太子妃背棄了帝王之血，從塔頂縱身躍下，在沉睡中任憑空桑覆滅。

那是命——難怪真嵐一直這樣安慰她。

『星尊帝和白薇皇后？誰要像他們那樣。』

那時候真嵐語氣中的恐懼和厭憎，居然是來源於此。深知內情的他，是在極力對抗著頭頂的命運之翼投下的巨大陰影。

「真嵐。」她不由自主地低喚丈夫的名字，用些微顫抖的手，覆上他同樣冰冷無溫度的斷肢，握緊。

忽然間，又是無語。

聽到千年前的祕史，室內諸人都是久久沉默，各自想著心事。

蘇摩空茫的眼睛一直看著桌面上那一行行字跡，俊美無儔的臉上沒有一絲血色。暗夜裡，時間無聲滑過，桌面上蘸著水寫下的字悄然蒸發，慢慢消失不見。然而，那些字句彷彿烙鐵一樣印入傀儡師的心底，讓他不禁微微發抖。

他相信那是真實發生過的事。不知為何，心裡有個聲音一直一直在告訴他，桌子上正在消失的字跡，描述的是千年前真實的歷史。那個聲音居然不是阿諾平日裡一直纏繞著他、不肯片刻消停的聲音，而是另外一個響起在心底的低沉回聲。

「是真的。」

那個聲音說，反復地說，直到他的神志開始散漫和迷亂。剎那間，他的雙臂交錯著回過肩去，手指有些痙攣地抓緊後背的衣衫。

火一樣的灼熱……那種火一樣的灼熱又來了！每一夜身體裡的血液冰冷到凍結以後就開始沸騰，彷彿有地獄的烈火在背後灼烤他的心肺，體內有股莫名的力量攪動，要破體而出。

「是真的。」那個聲音繼續說，震響他的魂魄深處，帶著無可形容的壓迫力道。

「相信他——相信空桑人！」

是哪裡來的聲音？蘇摩有些煩躁地搖著頭，為了避開旁人詫異的眼神，踉蹌著退到窗邊。然而手指剛一抓到窗櫺，木頭就在瞬間無聲無息地粉碎。在他再度抬起手的剎那，懷中的偶人忽然出手，在他手指敲擊到窗櫺之前，拉住了他戒指上的引線。

阿諾的眼睛裡帶著說不出的情緒：憤怒、惡毒以及一絲絲的無奈和絕望。

然而，那個偶人的手還是直直地伸在那裡，喀嗒作響的關節僵直著，拉住傀儡師的手，然後抬起了眼睛，一雙彷彿玻璃珠子的眼眸定定地看著蘇摩，那樣地詭異，讓人看了不寒而慄。

蘇摩空茫的眼睛裡，陡然閃過奇異的情緒變化。他彷彿屈服似地吐出一口氣，用手抵住窗櫺，用力到全身發抖。

是的，如果那些都是真的……那麼說來，白瓔是白薇皇后的轉生，才會……才會遇見他？他們之間，才會有這樣的恩怨糾纏？

怎麼會是這樣！

那個瞬間，曾經狂妄到以為自己可以「對天拔劍」的傀儡師用手抵住額頭，忽然在自己的掌心中無聲地微笑起來。一切居然都歸結於宿命……到最後，一切都歸結於宿命！多麼可笑的事情，非要將這一世的所有愛憎都找出個理由來，跟虛無縹緲的往事對應！

這世上就沒有無緣無故的恨和無緣無故的愛嗎？這一世的人，並不是前世死去的人手中的傀儡，他不要被那些死人操縱！

讓什麼宿命見鬼去吧！無論他愛誰、他恨誰，都是這一世這一刻活著的「他」的意志，無關任何前代枯骨。星尊帝、白薇皇后、海皇、龍神……那些傳說中的東西，都無法左右他的內心！

「我相信你說的都是真的。」鮫人少主沒有回頭，眼睛看著黎明前的黑夜，似乎不帶任何情緒地開口：「結盟的事情，如果復國軍左右權使都不反對，可以商議。」

那樣事關重大的一句話，從他口中說出來，卻是淡漠如客套寒暄。

房中諸人臉色都是一變，各自顯露複雜的神色。

空桑方面，皇太子和皇太子妃執手迅速交換了一下目光，因為傀儡師的鬆口，眼裡都有欣喜的光芒，赤王和藍王也是長舒一口氣。如意夫人嘴角浮出笑容，暗自用絹子擦了擦額角的冷汗。甚至作為外人的兩名中州人，慕容修和那笙，都喜不自勝。

「好啊好啊！蘇摩你終於說了句像樣的話。你們都被滄流帝國害慘了，早該聯手！」那笙顧不得繼續盯著炎汐，拍手叫了起來，顯然白日裡那一幕讓她至今無法忘記。「早上西京大叔就和你們一起跟風隼打了一次啊。以後如果各顧各的，可能就打不過了呢。」

「其實，我做出這個決定，就是因為西京對我說過的那句話。」蘇摩回過頭，空茫的目光投在空桑名將臉上，然後緩緩凝聚。傀儡師忽然躬身行了一個禮：「你說，你要代替汀來實現海國的夢想……非常感謝閣下這樣的話，讓我百年後再度看到空桑名將的風範。」

西京愣了愣，顯然對蘇摩那樣的恭謹顯得有些無措，只是抓抓頭髮苦笑：「啊……什麼呀，那麼多年前的事再次提起……」

百年前，為了阻止空桑貴族對鮫人實行報復性的屠殺，這位當時的名將不惜冒著身敗名裂的危險，將水牢中囚禁的數千名鮫人從伽藍城放走。然後，觸犯空桑律法的西京被褫奪了一切，放逐出帝都，成為一名一無所有的遊俠。

「鮫人不是善忘的民族。」說出這句話的時候，蘇摩的眼裡有露骨的仇恨一掠而過，但是傀儡師的語氣平靜。「所以，我們同樣記得每一位在滅頂之難中幫過我們的人。正因如此，如今我們可以試著去握住你們伸出來的友好之手。如果有閣下和……」蘇摩空茫的眼睛掠過一旁冥靈女子的臉，淡淡說道：「……和太子妃聯名擔保的話，千年後，我們鮫人可以試著再度相信空桑人。」

「我保證，當然保證！」白瓔脫口而出，神色欣喜又堅定。「我們空桑人一定會守約——至少，我會盡力確保我們這一邊守約！」

「你呢？」蘇摩沒有再看她，茫然的視線落在西京身上，似是詢問，嘴角慢慢浮出一絲笑意。那個瞬間，空桑劍客忽然感到一種黑暗逼迫而來的驚悚和詫異，不知為何心裡便是一陣冰冷。

「師兄！」重要關頭卻長久不見西京回答，白瓔忍不住低喚了一聲，將他驚起。西京恍然回神，心裡不知為何有些寒意和不自在，然而在眾人的目光下，只是默不作聲地點了點頭，知道這一諾便是如山重。

真嵐的臉色沒有絲毫改變。結盟這樣的大事，鮫人少主卻只是詢問自己的妻子和屬下，不曾問過真正可以決定空桑國務的皇太子。然而，面對這樣明顯的不敬，真嵐沒有不快。此刻，聽得兩人都已經做出承諾，他才趁著這個空檔開口：「空桑必不負約，只希望能與鮫人聯手，各自奪回各自所有的東西。」

「好。時間不多，我們就來細細說一下如何才算是『聯手』。」蘇摩看也不看外面，卻感知到了日夜交替的來臨，知道一行人即將返回無色城，也不拖泥帶水，開口冷冷道：「空桑須放回龍神——既然開出那樣好的條件，那麼，作為代價，你們需要我們做什麼？」

真嵐的眼神再度掠過蘇摩無神的眼，感到微微的詫異。一說到正事，這個傀儡師就完全沒有平日裡目空一切的冷漠與桀驁，不僅敏銳，且反應迅速。這個鮫人少主，果然不可小覷……

「我要我的左足。」驀然間，空桑皇太子開口了。「在南方鏡湖入海口，那個號稱深六萬四千尺，可以埋下一座伽藍白塔的鬼神淵底下。」

「果然。」聽到那樣顯然深思過後才提出的交換條件，蘇摩笑了起來。「這是很對等的難度。」

「世上除了你們鮫人，誰也無法從那麼深的海底將那個封印的匣子取出。」空桑皇太子斷了的右手在虛空中畫一個符號，面色凝重。「我需要我的左足，你們需要龍神庇佑，我們可以相互交換力量。如果有朝一日滄流帝國覆滅，無色城亡靈重見天日之時，便是鮫人回歸碧落海之日。」

「好。」想也不想，鮫人少主點頭答應。「如違此誓，如何？」

「如違此誓，不得好……那個，死……」真嵐忽然間有些遲疑。他本來想說「不得好死」、「死無全屍」之類的一般誓言，但猛然想起自己分明已是這種狀態，忍不住口吃。

恍然明白了空桑皇太子想說什麼，雖然是臨大事之時，全體氣氛肅穆，大家還是忍不住笑了起來。

蘇摩也笑了，然而那樣微微彎起的嘴角卻是瞬間又抿緊。見真嵐口吃，他便淡淡接了下去，替他補完：「如違此誓，星尊帝之昨日，便是你之明日！」

傀儡師揚著頭，眼裡的光芒隱祕而冷酷。那樣冰冷和惡毒的話語，讓所有正在笑的人頓時無聲，相顧失色。

那一瞬間，西京陡然明白方才自己失神的原因，不禁握緊了手。

「好！」然而空桑皇太子也揚起頭，看著傀儡師的眼睛，毫不遲疑地回答：「若違今日之約，星尊帝之昨日，便是真嵐之明日！」

「擊掌為誓！」蘇摩終於微笑，伸出了手，手指上奇形的戒指熠熠生輝。

「擊掌為誓。」斷手驀然從案上躍起，重重擊向傀儡師蒼白修長的手。

啪！輕輕一聲響，卻彷彿驚雷迴盪在所有人的心頭。

相擊的剎那，蘇摩和真嵐的手相互握緊，似乎手心握著的是有形有質的諾言，用力地要將其壓入各自的骨中，以免遺忘。

「好啊好啊！」在雙手交握的一瞬間，那笙忍不住叫起來，歡喜道：「太好了！」

隨著她拍手喝彩，少女手指上的皇天射出一道雪亮的光。

風從伽藍白塔頂端無聲掠過，帶來雲荒大地四方的氣息。

「小謝，你聞到了嗎？血和火的味道……」在東方的風吹過來的時候，巫即蒼老的臉從黑袍底下抬起，在風裡閉著眼睛，問身邊的弟子巫謝。

年輕的學者巫謝還沒有修習到千里外遙感的幻術水準，然而此刻，他確確實實聞到了風裡帶來的血和火的氣息，淡淡的，帶著焦臭和腥味。從極遠極遠的東方而來，穿過氣流，來到數萬尺高的伽藍白塔頂端。

「桃源郡夷為平地也沒什麼了不起，不過……」嗤笑的是國務大臣巫朗。這個主持滄流帝國日常政務的長老眼裡有忍不住的譏諷，看向一旁端坐的大將軍巫彭說：「戰無不勝的彭大將軍啊，這一次你還有何話可說？你的人在桃源郡把事情搞砸了，不但沒有抓到皇天的持有者，還損失了三架風隼，這回你如何交代？」

巫彭高大的身子在黑袍底下也微微一震。雖然他戰功顯赫，但這次的挫折也是他始料未及。他派出年輕一代將領中最出色的雲煥，還帶著十架風隼，只為追捕一個戴著皇天的少女，居然無功而返。

「我說過不能派雲煥那小子去嘛，讓飛廉去不更好？」看到大將軍一時啞口無言，巫姑怪笑了起來，手中腕珠不停起落，忽然間眼神如同刀子，剜了一旁的另一位女長老一眼。「飛廉可比雲煥能幹多了，只可惜他沒有那麼硬的裙帶關係。」

巫真沒有說話，只是抬起深藍色的眼睛看了巫姑一眼。然而那樣靜謐的眼神裡，卻有讓長老都畏懼的某種力量，讓巫姑不敢再繼續嘮叨。

雲煥是巫真的弟弟，這是十巫都知道的事情。巫真本名雲燭，是從冰族二十萬純血子民裡挑出的聖女。她出身低賤，來自最外層貧民居住的鐵城，從十五歲被選中起就獨居在伽藍白塔頂上，一邊觀測星象來預知吉凶災禍，一邊侍奉神殿內從不露面的智者，直到她三十五歲卸任。卸任後，她便去掉了「雲燭」這個世俗的名字，遵循智者的旨意，以前代聖女的身分進入元老院，成為十個最接近權力中心的長老之一。

據說這個前代聖女非常得智者歡心，因為她在白塔頂上整整停留了十五年。

按例，每一任聖女的任期是十年，期滿便可以從白塔上回到人間，恢復平民女子的生活——智者的生命似乎是永久的，百年前帶領冰族獲取雲荒時，和近百年他垂簾支配滄流帝國期間，似乎絲毫不見他有任何衰弱生病的時候。即使是十巫，也只能從智者含糊不清的語調中，分辨他是否有衰老的跡象，始終無法見其一面。

巫咸是最老的神官，在冰族進入雲荒和空桑人開戰起，就一直跟隨智者大人左右。然而，即使是元老院的首座長老，也不曾見過智者本人。

唯一見過的智者的，只有歷代聖女。

然而每一代聖女在離開伽藍白塔、雙腳踏上雲荒土地之前，便必須喝下一種名為「竊魂」的藥物，失去十年來在白塔上的一切記憶。因此，那些掌握了滄流帝國最高深觀星術的少女，在恢復平民生活之時，已徹底忘記了一切。

百年來，莫不如此。

唯一例外的就是巫真——巫真雲燭。她不但保留十五年侍奉智者左右的一切記憶，未曾喝下「竊魂」，而且重歸紅塵後，還能以「十巫」的顯赫身分，繼續留在伽藍白塔之上。她的妹妹雲焰，則以十八歲的年紀成為新一任聖女；她的二弟雲煥，也成為征天軍團裡最受器重的年輕將領。

雲家三兄妹因此顯赫，雲家成為帝都最炙手可熱的家族。

然而，雖然成了十巫之一，這個面貌秀麗的女子卻長久地沉默下去，從未開口說過一句話，只用簡單的動作來對她不得不表明態度的事情做出決定。

此刻，眼見自己的親兄弟遭受指責，她依舊沒有說話，眉宇間籠罩著淡淡的愁緒，只看了一眼因此受到壓力的大將軍巫彭。無論如何，這一次雲煥失手而回，巫彭將會受到內來自十巫、外來自智者的指責吧。

「雲煥那樣快被提拔為少將，本來就缺少實際的鍾煉。演武堂考核的成績不能代表他實戰中的能力。此次失誤，用人之人也須擔起責任。」國務大臣的巫朗本來就和大將軍不和，抓到了這個錯誤，更加不肯放過，也不在意旁邊巫真的目光，理直氣壯地指控：「而雲煥少將此次犯下如此大錯，必須按軍法處置！」

軍法處置——這四個字彷彿利劍刺入巫真心裡。滄流帝國刑法嚴峻，征天軍團的軍規更加毫不容情。五戒十二律中，就寫明：「辦事不力、貽誤軍機者，斬。」

女長老臉色迅速蒼白，張了張嘴，可能多年的沉默奪去她言語的能力，雖然滿面急切卻依舊沒有出聲。

巫彭迅速看了巫真一眼，然而他自己也面對無可推卸的責任。戰功彪炳的大將軍看著高談闊論的國務大臣巫朗，以及隨聲附和、點頭表示贊成的其餘幾名長老巫羅、巫禮、巫姑，眼裡忽然有了冰冷的笑意。他掃視著眾人開口：「巫禮，你向來負責帝國與屬國之間的禮節溝通，此次征天軍團出兵桃源郡追捕空桑遺黨，你沒有及時通知高舜昭總督吧？如果不是缺少澤之國當地軍隊的協助，此次未必就不能抓住皇天的持有者。」

司禮官巫禮怔了怔，想起自己果然未曾盡力，一時啞然。

「還有，巫朗……我聽說往北方試飛的迦樓羅金翅鳥，似乎再次墜落在砂之國？」視線掃過變色的巫禮，巫彭看著對面的國務大臣，嘴角有一絲冷笑——這樣大的失誤，可瞞不了他這個天下大元帥。

果然，國務大臣巫朗的臉色也是一陣白、一陣紅，說不出話來，許久才勉強開口分辯：「迦樓羅……迦樓羅本來就很難操控，試飛失敗也是不可避免的。」

「但那已經是第十次失敗了。」巫彭沒有認同這樣蒼白的辯解，臉上顯露怒意。「不可避免？什麼不可避免？征天軍團五十年前就擁有『風隼』和『比翼鳥』，而『迦樓羅』居然幾十年來都無法成功。十次失敗！多少人力物力墜毀在砂之國的荒漠裡！」

國務大臣巫朗負責此事已有將近五十年。這五十年裡，十次試飛迦樓羅均告失敗，的確是令他面目無光的一件事。如果說巫彭此次用人不當要追究責任，那麼他多年來無法讓金翅鳥上天，豈不是更加辦事不力？

能言善辯的國務大臣也訥訥地低下頭去。

「而且，這一次迦樓羅墜毀也罷了，上面那一顆純青琉璃如意珠如果失落，看你如何在智者面前交代。」看到對方氣焰低落，巫彭繼續冷笑著追擊。

純青琉璃如意珠，是滄流帝國從空桑帝國奪來的至寶之一，傳說是七千年前星尊帝琅玕擒住龍神時取下的龍珠，蘊含極大的力量。由於迦樓羅構造複雜，光憑自伽藍白塔高空掠下之勢無法獲得足夠的力量，因此在設計的時候，便將這一顆純青琉璃如意珠嵌入迦樓羅內部，以龍珠的靈力作為支撐這一曠世巨大機械的力量之源——以超自然的靈力引發機械力，這樣匪夷所思的構想，來自神殿內那個神祕智者的意思。

「迦樓羅的力量是比翼鳥的十倍、風隼的五十倍，那樣大的力量，即使製造出來也很難有人能操控。」一直在旁漠然翻看書卷、不理會同僚唇槍舌劍的學究巫即，終於開口了，頭也不抬地指出關鍵所在：「一般的鮫人傀儡根本無法勝任駕馭者的位置，而讓帝國軍人坐上操縱席，以人的反應速度，更遠不如鮫人一族。」

「是啊、是啊。」聽到一向散淡的巫即居然開口為自己辯解，國務大臣帶著感激不盡的表情，連忙應和。「所以迦樓羅很難試飛成功，也是當然的。」

「未必。」學究將書卷合上，赫然是一冊《營造法式征天篇》——那出自神殿中智者的手筆。那個神祕莫測的人在開國之初，就一手勾勒出那樣驚天動地的機械構造，讓冰族所有人嘆為觀止。作為十巫中專攻機械的長老，巫即散淡的眼神抬起，忽然間看了旁邊的巫羅一眼。

「迦樓羅十次試飛墜毀中，有六次是因為鋁鐵熌合部分燃燒引起，而舵柄無法負荷扭轉的力量，也有斷裂的跡象。可見材質的瑕疵很大，應同時從原料上尋找原因。」

巫即語畢，一直保持圓滑、不主動發表任何意見的巫羅怔了一下，胖胖的臉上有些微不自然的表情。

作為掌管帝國國庫的長老，巫羅同時是葉城商會的會長，手中握有滄流帝國一切財務往來的大權。當然，負責從葉城採購物資、投入軍團機械研發的也是他。他經常與葉城那些巨賈富商打交道，幾十年來變得肥得流油。這次巫即的話，忽然間就擊中了心懷鬼胎的商會會長。

一時間，白塔頂上的十巫都沉默下來。

「呵呵，大家不要相互過意不去。」

最後，還是由最年長的巫咸出來打圓場。這個開國時期的長老，在百年承平的歲月裡，已被磨得宛如最圓滑的石頭。

「我看這樣處理好了，追捕皇天的事無論如何耽誤不得，但是我想恐怕得出動比翼鳥，再讓巫抵親自去。反正他現在正好去了九嶷王的封地做例行拜訪，就順道前往澤之國吧。至於雲煥少將的處分嘛……」

說到這裡，首座長老沉吟了一下，巫彭和巫真的臉上都閃過急切的神情。

「雖然他犯了大罪，但畢竟是年輕人……呵呵，要給他機會。」巫咸拈著白鬚點頭。「將功補過，讓他去北方砂之國，將墜毀的迦樓羅和純青琉璃如意珠找回來，擔任下一次的試飛之職吧。」

「什麼？」脫口驚呼的是巫彭，巫真張了張嘴卻發不出一個字。

「好、好，長老處置得好！」巫朗、巫羅點頭贊同，巫姑也掩著嘴笑，只有學究巫即和他的弟子巫謝不曾表態。

「那不是讓他送死？」巫彭不服，拍案而起。「明明知道迦樓羅本身有問題，難以操控，而雲煥少將又已經在此次戰役裡失去他的鮫人傀儡，怎麼可能讓他去試飛迦樓羅？」

「如果按軍法處置，便是斬首。」巫咸沒有理會大將軍的抗議，只是拈鬚慢慢道，眼神凝聚。「我已經給他第二次機會。而且，如果能成功，他便是迦樓羅的擁有者。這難道不值得他用命去搏嗎？」

巫咸再也沒有和稀泥的耐心，冷冷斥問，讓巫彭沉默下去。

巫真首先垂下眼睛，默默點頭，認可了首座長老對於自己弟弟的處置。看到巫真都沒有反對，其餘十巫便各自點頭，達成一致。

「好，當務之急，立刻讓巫抵帶著比翼鳥，直接從九嶷前往澤之國，捕獲皇天的攜帶者。」巫咸發現自己也有點心力交瘁，緩緩總結此次爭論的最後結果。「巫彭，你派出征天軍團中『變天』和『玄天』兩支隊伍，由巫抵指揮。巫禮，你需立時與高舜昭總督取得聯繫，令澤之國無論如何都要協助我們抓捕皇天的攜帶者，不惜一切代價！」

「不惜一切代價」這六個字是什麼意思，在座十巫都明白，然而沒有任何人臉上有一絲反對的神色，只有最年輕的巫謝低下頭去，用細長的手指翻閱那一冊《營造法式》，手指微微顫抖，似乎想要說什麼，卻被太傅巫即蒼老乾枯的手按住。

「是。」被點到名的巫師紛紛領命，似是到了終席的時候。巫彭沉吟著，還是沒有太大把握地說出一句話：「各位，雲煥回來的時候遇到一個情況。他說有一個鮫人，赤手撕裂了風隼……」

「赤手撕裂風隼？」幾乎是異口同聲地，其餘十巫脫口驚呼。

「一個鮫人？怎麼可能？」巫姑轉著腕珠的手頓了一下，忍不住怪笑起來。「你說皇天持有者趁我們不備，擊落一架風隼也罷了……一個鮫人？雲煥少將此戰失利，若要開脫，也要編個好一點的理由吧？」

「不可能。」一直都不大開口的學者巫即也出聲了，皺眉說道：「一個鮫人？怎麼可能？」

連最博學的巫即都那樣說，讓本來心下便有懷疑的大將軍遲疑起來，喃喃道：

「翻遍名冊和丹書，根本找不到擁有這樣強大力量的鮫人，連復國軍左右權使都不可能有這樣的力量……」

「不過，最近桃源郡一帶似乎有很多鮫人出沒，怕是復國軍死灰復燃。」然而，巫咸為了穩妥起見，依舊吩咐：「巫羅，你去葉城打聽一下，是不是復國軍最近在醞釀什麼行動？」

「是。」胖胖的巫羅點頭領命，立即想起自己掌管的商會即將得到的好處。「那群復國軍該不會又來找死吧？如今東市的鮫人奴隸可是緊缺，二十萬都買不到一個，這下可送上門了。」

「巫羅。」喝止的卻是巫咸和巫真。聽到那樣的描述，兩名長老同時厭惡地蹙眉。「不要在我們面前提這麼齷齪的事情！」

「呵呵呵……抱歉抱歉，各位我先告退了。」商會會長巫羅打著哈哈，一邊躬身一邊退了下去。

火把嗶嗶剝剝地燃燒，在牆上投下奇異扭曲的影子。

隱約有不間斷的聲音傳來，起初聽不出是什麼，聽久了才知道是不知何處的犯人呼號聲，含糊嘶啞，已經不似人聲。然而這個囚室裡，只有水從石砌的牆上一點一點凝聚、滴落的清晰滴答聲，機械式且無休止地折磨著人的聽覺，讓人幾乎發瘋。

冰冷而平整的石頭地面上，寒意似乎絲絲縷縷地透入骨中。在單人囚室的一角，一個年輕男子垂目而坐，火把在他臉上投下濃重的陰影，高而直的鼻梁將臉分割為明暗兩面。在這空無一人的囚室內，儘管手上戴著沉重的鐵索，這個人卻一直保持筆挺的坐姿，一望便知是出自滄流帝國軍隊中的標準舉止。

昏暗冰冷的石頭囚室內，忽然傳來鐵柵打開的刺耳聲音，一重重由遠而近。

「到你了。」獄官的聲音如石頭般冰冷平板，打開囚室的鐵門，對著坐在一角的待罪軍人招呼。門一開，外面行刑室中的慘叫呼號更加清晰地傳入耳中，聽得人毛骨悚然。

然而年輕軍人毫不遲疑地站起，肩背挺拔，向著門外的行刑室走去。

「這邊。」在年輕軍人即將轉向行刑室方向的時候，獄官才開口，指了指通向另一側外庭的通道，面無表情地打開他手上的鐐銬。「恭喜少將，你被開釋了。」

年輕的少將反而一怔，有些遲疑地停住腳步。滄流帝國的刑法、征天軍團的戒律，他知道得再清楚不過，所以也明白自己此次出征桃源郡卻沒有完成任務，回來後面對的會是什麼樣的處分。

畢竟事關皇天，即使是巫彭大人，也未必能讓他順利開脫。

年輕軍人剛遲疑著回頭，就看到站在外庭門口的黑袍長老。巫彭雖然親自前來迎接自己最看重的部下出獄，但他看到雲煥卻沒有說一句話，逕自轉過身走了出去。多年來跟隨這個帝國最高將領左右，彼此已結下了默契，少將並沒有多問，默默跟在元帥身後。

「元老院決定給你一個機會……」自顧自往前走著，巫彭的臉在黑袍下沉如水，轉達元老院的意見。「你即日起，立刻出發去砂之國，尋找墜毀的迦樓羅金翅鳥，並負責進行下一次的試飛。」

什麼？迦樓羅的試飛又失敗了？詫異在帝國少將心中一掠而過，然而雲煥只是不動聲色地低下頭回答：「是，元帥。」

「聽說你的鮫人在這一戰中死了？」巫彭帶著獲釋的雲煥一路往外走，來到外庭。

這樣一句話，卻讓從頭到尾都沒有一絲神色變動的帝國少將，眼睛裡暗淡了下去。「是，瀟最後落到了敵方手裡。」

「那真是可惜。」巫彭淡淡道：「那個鮫人雖然不是傀儡，但是非常優秀，對你又忠心耿耿，死了就找不到第二個。」

「是。」雲煥低下頭淡然回答。

「我勉強在整個征天軍團裡給你找來新的傀儡。你總不能一個人去駕馭迦樓羅。」走到了外庭，帝國元帥的腳步忽然停下，巫彭的手從黑袍下緩緩抬起，指向跪在庭前的一個鮫人。「湘，來拜見妳的新主人。」

「主人。」聽得吩咐，鮫人少女立刻對著站住腳步的滄流帝國少將俯首，額頭碰上他的腳面。

因為第一次遇到鮫人傀儡這樣的舉止，雲煥下意識地後退一步。鮫人少女卻依舊機械性地叩下頭去，光潔的額頭叩上堅硬的石階，滲出血跡。

「雲煥，這就是你的新搭檔。你要儘快習慣，沒有多少時間了。」顯然留意到少將這樣短時間的無措，巫彭的聲音嚴肅起來。「湘是征天軍團裡最好的一個傀儡，反應速度、判斷力都是一流的。她本來是飛廉的傀儡，在『鈞天』部裡面駕馭比翼鳥鎮守帝都。」

「飛廉？」陡然間想起演武堂大比武之時，被自己最後擊敗的同年軍官，雲煥不禁一愣，脫口道：「他……他怎麼會同意讓湘過來我這邊？」

「不過一個鮫人傀儡而已，他不會介意。試飛迦樓羅是軍中頭等大事，他怎麼敢阻撓？」巫彭淡淡說道，目光忽然停在年輕下屬臉上，隱約含有深意。「而且湘是一個傀儡，換個主人對她來說根本不是問題——你看，有時候用了傀儡蟲的鮫人，反倒有好處。」

「是。」少將低下頭去，不敢對視元帥的眼睛。

「好自為之。」

直到巫彭自顧自離去，雲煥才抬起頭，看了一旁跪著的鮫人傀儡。湘的眼睛是沉沉的深碧色，毫無亮光，幾乎看不見底。

那是沒有神志的眼睛，完全不同於瀟以前的樣子。

「湘？」他有些不確定地開口，喚了原本屬於飛廉的傀儡一聲。

「主人。」那雙無神的眼睛毫不遲疑地抬起來看向他，恭恭敬敬地回答。

「跟我去砂之國吧。」雲煥長長吐了口氣，喃喃道：「但願我們能活著將迦樓羅飛回帝都。」

第十八章　縱橫

滄流曆九十一年二月初七，一個欲雨的黎明前，雲荒的形勢局面悄然發生變化。

當燈下兩隻手相擊立誓的時候，一個新的同盟誕生了。

或許當一切都成為史書上墨色暗淡的文字時，後世生活在這片土地上的人們，會這樣來稱呼這一夜裡雙方定下的盟約：空海之盟。

為了空桑和海國的復生，千年來一直相互敵對仇恨的兩個民族將手握到了一塊，將力量合併為一股。

那樣隱祕的聯盟，縱使未被第三方得知，然而力量對比的悄然變化，依然引起極少數幾雙眼睛的注意——都是能洞徹雲荒一切變化的寥寥可數幾人。

虛無的殿堂裡，敏銳地感到什麼正在靜默中改變，空桑的大司命拂開了水鏡，通過氤氳的水汽看向另一個空間。那個瞬間，他看到的是兩隻交擊相握的手。

「開始了嗎？」大司命喃喃道，旁邊圍觀的三位藩王臉色為之一變。

大司命長長嘆息。儘管可以洞徹輪迴，但他永遠只是個宿命的旁觀者，只能目睹這一切的發生而無能為力。他所能做的，和歷代大司命一樣，只是應宿命流程而行，挑選著、守望著空桑延綿千年而不斷絕的帝王血脈，然後將一切如實記錄進《六合書祕聞錄》，成為某一日滄海桑田後唯一存在過的憑證。

「空桑的帝王之血，怎麼可以和那麼卑賤的鮫人握手？」旁邊，玄王忍不住憤怒地低語，深受千百年來空桑貴族正統熏陶的另外兩位王者眉間也有不忿之色。青王年少，脫口應和玄王的反對聲，唯獨紫王的臉沉默在袍下，許久才淡淡道：「真嵐已經金口玉言允諾，這個盟約無法反對。而且，儘管對方是鮫人，畢竟這塊踏板有點厚度，還是盡力使用吧。」紫王芒的語氣是波瀾不驚的。「皇太子殿下的決定，我們不能質疑。」

「總有一天，殿下會連帝王之血的尊貴都忘記。」玄王嘟噥著，然而終究不再說話。

大司命聽著旁邊諸王的紛爭，沒有說話。自百年前承光帝時期開始，六位藩王就勾心鬥角、你爭我奪得厲害；空桑亡國後成為冥靈，為了一息存亡，相互間暫時熄了爭鬥之心，但分歧依舊存在於六王心中。

真嵐那個孩子……要擔起那麼一個爛攤子，的確是辛苦得很。

大司命默默嘆了口氣，俯身準備合上那一面透視不同時空的水鏡，然而，猛然間老人的眼睛裡有了震驚——水鏡裡，還有另一雙眼睛！

居然有一雙眼睛，在水鏡那一邊黑暗的一角注視著結盟的雙方，帶著說不出的奇特笑意。不是空桑那一方，也不是鮫人……那雙黑暗中浮凸的眼睛，又是誰？還有誰和自己一樣，通過水鏡在觀察轉捩點上的這一幕？

啪！大司命的手猛然探入水鏡中，彷彿想觸摸那個黑暗裡神祕旁觀者的臉，然而水面驟然碎裂，所有景象化為一片虛無。

雖然處在虛無的城市裡，大司命還是出了一身冷汗。那樣的眼睛，他居然冥冥中在某處記憶裡曾經見過。

「是誰？是誰？」大司命扶著水鏡凸起的邊緣，目眥欲裂地低頭看著蕩漾破碎的水面，有些恐懼地喃喃低語。

「智者大人，您看到了什麼？」

黎明前的霧氣籠罩著巨大的白塔。頂端的神殿裡，隔著千重帷幕，傳來一個少女恭謹的問話。焰聖女身穿白色的禮服，匍匐在簾下，將送進去的水鏡從簾下拖回、闔上，靜靜地問了一聲。按以往慣例，有通天徹地之能的智者在每次看完水鏡之後，都會對滄流帝國發出最高的口諭。

「唉……」長年無人進出的神殿裡，重重帷幕後，陡然透出一聲悠長的嘆息。

然後，便是一串含糊不清的低語，腔調古怪、用語奇特，彷彿一個初次學語的嬰兒在努力說話，但發出的還是奇異不成字句的單音節。

然而，焰聖女彷彿聽懂了裡面那位神祕人的口諭，神色忽然間凝重。

「既然形勢局面已經變化，智者大人，為什麼不告訴十巫呢？」少女匍匐於地，低聲請求裡面的那個人，聲音卻是顫抖著。「海皇復出，空海成盟，雲荒的平衡即將破裂——您為什麼要保持沉默呢？」

長時間的安靜，帷幕後面的人沒有回答一個音節。

身為冰族的聖女，雲焰想儘早告訴族人這個不祥的消息，然而無形中彷彿有什麼力量壓制著她的行動，讓她根本無法起身。

「智者、智者大人……您難道是想讓……滄流帝國覆亡嗎？」陡然間明白了帷幕後那個神祕人的意圖，焰聖女掙扎著，終於大著膽子問出這句幾近責問的話。歷代聖女中，或許從未有人對智者說過這樣的話。

又是一陣沉默，帷幕背後的神祕人還是沒有說話，沉默中彷彿壓力越來越大，重重帷幕開始微微拂動，然後越來越明顯地向外飄拂，獵獵飛揚。

「呵呵呵……」忽然間，裡面發出一陣單音節的奇異低沉笑聲。

——愚蠢的孩子，妳不該問超出妳能力範圍的愚蠢問題。

飛揚的帷幕拍到焰聖女的臉上，將少女的視線全部裹住。又來了嗎？分明還沒到月圓的時候啊……雖然心中的恐懼無以言表，焰聖女還是支撐著匍匐於地，不敢後退半分。昏黑一片中，她陡然覺得手腕上一陣劇烈的刺痛，彷彿空氣中有無形的利刃割破她的腕脈。

血忽然如同一道彩虹般掠起。

黎明前的夜色裡，屍體堆積如山。

一片死亡的氣息中，唯獨一個破敗零落的房間裡還透出溫暖的燈光——如意賭坊的大廳裡，一行人正在進行黎明前的最後商談。

那一堆龐雜的事務，終於接近尾聲。

「你可以先去九嶷山下的蒼梧之淵。到時候白瓔會在那裡等，然後你們一起去把龍神的封印解開。我們空桑人如今的力量，已不足以單獨打開星尊帝設下的封印，不然何必蟄伏百年。」隨著黎明接近，真嵐的力量開始恢復，說話語氣明顯有了懾人心神的力量，不容反駁。「作為回報，你們必須替我們拿回我被封印在海底的左足。」

「哦……你們能獨力完成嗎？好高的姿態啊。」聽得那樣乾脆俐落的提議，蘇摩忽然笑了笑。「不需要我拿到你的左足作為憑證後，你們再來讓太子妃釋放龍神？」

「我並不是信任你。」那一顆頭顱在桌上動著嘴唇，眼睛卻是看了看一旁遠處燈下的白衣女子。「我是信任白瓔……她經過那樣的事，都肯再度相信你，我怎麼可以比她更小氣？」

傀儡師微微一怔，沒有說話，抱著懷中的小偶人，空茫的眼睛不知道看著虛空中何處。

另一邊，赤王和藍王已經開始提點各自的人馬，準備返回無色城。只有作為太子妃的白王瓔還坐在燈下，似乎對於緊逼而來的黎明絲毫不焦急。雖然出身尊貴，但她自小修習過女紅，冥靈女子從如意夫人那裡借來了針線，在燭光下低著頭，手裡拿著真嵐穿來的那件斗篷，細細地縫補上面的兩個破洞。

蒼白到幾近虛幻的女子，纖細的手指間拈著銀針，用自己雪白虛無的髮絲為線，一針針地將斗篷前胸後背上的兩處破洞補上。那樣專注沉靜的神色，讓這個存在了上百年卻依然年輕的女子，陡然閃出奇異的溫婉光芒。

雖然那笙在一邊看著即將醒來的炎汐，但是一抬頭看到白瓔的眼睛，便是一陣恍惚——其實，苗人少女對於這位太子妃是頗感失望的。

聽過西京講述百年前墮天的故事，那樣決絕慘烈，她心底不自禁地遙想著那個女子那時該有如何絕代的風華，擔風袖月，冰魂雪魄。然而，眼前的空桑皇太子妃安靜又平凡，就如世上很多嫁為人妻的女子一樣。

此刻她在燈下拈著針低眉的樣子，根本無法讓那笙聯想到那個從萬丈高塔頂端縱身躍下大地的女子。

那笙一手探著炎汐的腕脈，同時有些出神地看著白瓔。旁邊，如意夫人端了一碗藥過來，也是怔怔地停住腳步，看著燈下縫補衣物的空桑太子妃，眼神複雜。

百年未見，真的是什麼都不再一樣……墮天的剎那間，她也曾在伽藍城外的鏡湖中浮出水面，驚呼著仰頭看向那一襲墜落的華衣。

然而百年後，卻是這樣滄海桑田。

在那樣商議存亡大事的關頭，蘇摩還是沒有說話。他的眼睛凝視著虛空，穿過室內搖曳的燭光，似乎看到極其遙遠的地方。真嵐彷彿想繼續說什麼，但看到對方縹緲的眼神，便暫時沉默下去。

「龍神如果被放出，那麼白薇皇后被封印的力量也將回到白瓔身上。這是雙贏的事情。作為鮫人的少主，你根本不該拒絕。」恍惚中，真嵐的話語忽然傳入耳中，分析利弊：「而且，若是你再度毀約，將置白瓔於何地？」

輕輕「哢嚓」一聲響，偶人的嘴巴大大張開，面目有些扭曲，似乎傀儡師弄痛了他。

蘇摩面沉如水，本來就空茫的深碧色眸子此刻更加看不到底。他只是抱著偶人，把頭微微轉向桌子上那顆會說話的頭顱。忽然間，不知什麼樣的情緒控制了傀儡師的心，一個奇異的笑容掠過他的唇角。

「死也死不掉，才真是可怕的事情。」漠然的微笑中，他忽然低聲說了一句，不知道是說冥靈女子，還是眼前這顆不死的頭顱。「我們會盡全力從鬼神淵帶回裝著你左足的石匣。」頓了頓，彷彿沒有看到真嵐的眼神也微微暗淡了一下，蘇摩一反方才恍惚的樣子，冷靜地一字字回答：「其實放出龍神，對你們空桑人的好處，不亞於對我們鮫人。你們也需要白薇皇后的力量吧？還要我們拿你的左足作為回報，似乎有些太貪心了。」

空桑皇太子沒有料到這個桀驁陰沉的鮫人少主忽然間如此反擊，微微錯愕了一下。

「不過，既然我答應了，自然會做到。」沒等對方發話，蘇摩只是揚著頭，看外面漸漸亮起來的天色，眉間是看不出喜怒的漠然。「讓白瓔獲得力量也沒什麼不好——至少，如果你敢毀約，她就有能力殺了你。」

那樣漠然的語聲，卻讓所有聽見的人都猛然一怔。

如果釋放龍神，白薇皇后后土的力量回歸，的確皇太子妃的力量便會超過被封印的皇太子。空桑歷史上，還是第一次出現這種后土勝過皇天的局面吧？

「既然你也同意，那麼，我們在蒼梧之淵等你的到來。」真嵐笑了笑，卻不糾纏於這個頗為逆耳的問題，只是重複那個約定。

「好。天快亮了，你們該回去了。」蘇摩站在窗邊，蒼白俊美的臉對著天邊微露的晨曦，淡淡催促。外面，天馬已經驚覺日夜交替的來臨，開始不安地低嘶起來。

「嗯。」空桑皇太子的力量隨著白晝將近而慢慢增強，斷肢從桌上躍起，托起頭顱，凌空轉過頭去對著一旁的三位藩王吩咐：「白瓔、藍夏、紅鳶，你們先回去吧。大司命他們一定等急了。」

「『先』回去？」諸王有些詫異地驚問：「那殿下你……」

「我還有些事情要處理。」真嵐微笑著搖頭，把目光投向一邊已經打起瞌睡的慕容修和西京，以及守著炎汐的那笙，對屬下說道：「不用擔心，你們先回去，我馬上就來。」

諸王有些不安地面面相覷——前夜皇太子妃險遭不測，如果讓太子殿下一個人留在這個詭異的傀儡師身側……即使是剛結下盟約，但對方的可信度實在不高啊。

「那麼，我們先回去了。」首先開口的是作為皇太子妃的白王。彷彿感覺到了日光的逼近，那個冥靈女子越發蒼白和單薄起來，然而神色卻是從容的。她走過來抖開手中補好的斗篷，覆上那個凌空的頭顱。

應該是力量已經慢慢恢復，斗篷在虛空中立起，架出一個隱約的虛無人形。白瓔低下頭，將斗篷在真嵐頸中打了個結，然後拂了拂，認真地審視一番，微笑說道：「可不要再被人弄破了，不然怎麼還給玄王？」

「一件衣服而已，他沒那麼小氣吧？」真嵐滿不在乎地皺眉，然而看到外面的天色也有些緊張起來，催促妻子：「妳快回去，再過一刻，太陽便要躍出地平線了。」

「好。」知道時間緊迫，白瓔也不再多話，只是微微點頭。「你自己小心。」

然後，她便回身，和赤王、藍王一起走了出去。走過窗邊的時候，白色的女子眼睛停了一下，看著那個鮫人傀儡師，悄然一笑點頭說：「蘇摩，我在蒼梧之淵等你。」

沒有等到回話，冥靈女子空無的身體已經穿過蘇摩的身體、厚實的牆壁，無聲無息地走出如意賭坊，來到了庭中。天馬拍打著翅膀揚蹄嘶叫，急不可待地想回歸無色城，白、赤、藍三位藩王拉住了馬韁，翻身上馬。

雪白的雙翼頓時遮蔽天空，然後消失在晨曦微露的天穹。

蘇摩深碧色的眼裡始終沒有一絲光亮，他不再憑窗看向外面，只是沉默地轉過頭，低聲問了一旁的如意夫人幾句，然後來到左權使炎汐的榻邊，揮手讓發呆的那笙走開，並俯身查看復國軍戰士的病情。

「啊，太子妃姊姊走了？也不跟我說句話！」那笙對於那邊兩個大人物的談判沒有絲毫興趣，所以只是眼巴巴地看著炎汐是否好一點，然而等她抬起頭來，已經不見白瓔的影子，令她感覺受了冷落，委屈地嘟起嘴，同時將身子挪開，不情願地讓蘇摩取代自己的位置。

「呵呵，不要鬧，妳跟西京一起去北方的九嶷山，就能碰到她了。」她剛轉開頭，就看見那顆浮在半空中的頭顱，笑笑地向她招呼。雖然一開始就看慣這樣支離破碎的情況，然而那笙每次面對這張臉時，還是忍不住覺得想笑——雪山上凝結出的那個幻象，實在給她太深刻的記憶，所以每次看著這張平平無奇的臉時，總是有被欺騙而哭笑不得的感覺。

「九嶷聽說很遠啊。」那笙收起孩子氣的表情，眼睛望著天空盡頭，長長嘆了口氣。那裡，紅日驀然一躍，跳出了地平線。

「嗯？捨不得和炎汐分開嗎？」真嵐注意到她眼中的擔憂和留戀，老實不客氣地笑了起來。

那笙忽然間紅了臉，瞪他一眼。但她生性爽直，並不抵賴，只是抱怨：「又不像你和太子妃姊姊，幾千幾百里都可以不當一回事。我要走多久才能到九嶷呀。」

「嗯。」真嵐忍不住笑起來，饒有興趣地低頭看她。「可惜就算我現在教妳術法，妳也無法修行到日行千里啊。」

「術法？」聽空桑皇太子那麼說，那笙的眼睛忽然一亮。她畢竟對術法略知一二，立刻伸手去拉真嵐，跳了起來。「對了，你要教我術法！要學可以救人的那種，我會學得很快的！」

那笙拉了個空，這才想起真嵐沒有左手，卻依舊扯住斗篷不放。

「哎、哎，鬆手、鬆手！再拉就要破了，弄破了白瓔要說我的！」真嵐看著她扯住斗篷，眼神微微一驚，卻是皺眉，連忙想甩開那個黏上來的小傢伙。「我教妳便是。」

「呀，不許抵賴的！」那笙歡呼一聲，鬆開了手。

看到少女眼睛裡騰起的歡躍光芒，空桑皇太子默默笑了笑。反正他本來就是要教會這個皇天持有者保護自身的基本技能，所以才留了下來。

能扯住本來是「虛無」之物的斗篷，這個自稱通靈的女孩子，本身就有一定的靈力吧？她倒不算自吹自擂，如果學起來，進境應該不慢。

「我要學他那樣，砍了一刀馬上癒合的本事！」那笙放鬆力道，卻不肯鬆開斗篷，忽然指著後面榻邊的蘇摩嚷道：「這樣我就不怕被人殺了，你也就不用擔心我啦。」

「胡吹。」聽得那樣的話，真嵐眼睛微微在蘇摩身上一轉，神色不動，口中笑說：「那本事妳學不來的。」

「為什麼？」那笙不服，扯緊衣服。

「別拉！會破的！」真嵐嚇了一跳，連忙順著她的力道往前湊了湊。「人家練了一百年，妳呢？」

「呀，要練那麼久？」那笙詫異地急急問：「那有沒有快一些的術法？」

「有的有的。」真嵐答應著，抬起唯一的右手，手指憑空畫出連續的四條折線。當最後一條線的末端和第一條線的開端重合的剎那，那個虛空的方形忽然凝結出實體，幻化成一本書的形狀，掉落在那笙的手心。

「是九天玄女那樣的天書嗎？」苗人少女驚詫地鬆開拉著斗篷的手，接住那本書，詫然發現是一本薄薄的羊皮冊子，滿心歡喜地去翻，卻立刻氣餒——封面上是淡金色的一行文字，一個個如同蝌蚪扭來扭去，她根本看不懂。「咦？真是天書啊……」那笙不死心，往後再翻，還是滿頁的蝌蚪文字，不由得嘀咕。

「本來就是空桑文寫的術法篇章，妳看得懂才有鬼。」真嵐嘴角扯了扯。「我幫妳翻譯吧。妳要苗文的？還是漢文的？」

「啊？」沒有料到對方那樣殷勤，那笙愣了愣，立刻道：「漢文！」

真嵐的手指憑空劃過，那笙手中的羊皮冊子頓時有了細小的改變，上面淡金色的文字居然如同有生命般扭曲，變換成她熟悉的文字——《六合書術法篇》。

「這本書本來就是虛幻的東西，所以能用念力隨意地改變。」看到那笙睜大的眼睛，空桑皇太子邊解釋，邊俯過身來用右手翻開書，點著扉頁，給旁邊的少女耐心地講述：「妳看，其實都是一些啟蒙的東西……」

「胡說！分明是真的書！」那笙根本沒聽真嵐說了什麼，只是用手搓著書頁。柔軟細膩的羊皮微微發出皮革硝過的氣味，還有真切的手感，令少女叫了起來：「分明是真書嘛。」

「是嗎？」真嵐微笑起來，口唇微微翕動，手指輕輕一點。也不知做了什麼，那笙手上的書瞬間變成透明，然後消失。她還來不及驚呼，轉眼手心裡凸起了一處，居然是一條嫩綠色的藤蔓爬了出來。

根莖扎入她的腕脈，汲取著養分，藤蔓迅速攀爬上她的手指，相互牽連著，枝葉「唰唰」地延展，居然在盡頭處開出一朵淡藍色的花，美麗芬芳。那朵花迅速地又變成一顆果實，陣陣清香。然後，那顆果實熟透了，葉子漸漸枯黃，根莖也從她手上的皮膚脫離，金黃色的果實「啪」一聲落在苗人少女的手心裡，滾了滾，停住。

那笙看得目瞪口呆，只覺四季榮枯在瞬間呼嘯而過，幾乎感覺如同夢寐。

然而，那顆剛掉下的果實在她手心裡，沉甸甸地壓著手上的肌膚，厚重實在的感覺提醒她這片刻間發生的一切都是真實的。

「嘗嘗看？很好吃的。」怔怔出神時，耳邊聽到那顆頭顱微笑的提議。彷彿被催眠一樣，那笙拿起果子咬了一口，沙而甜的汁液流入口中。

「啊呸！」她剛要咬第二口，忽然想起這該死的果子是從自己血脈中長出來的，忽然間覺得噁心，立刻吐了出來。然而嚼碎的果瓤吐到半空，忽然化成繽紛的火星。

那笙徹底呆住，張大了嘴巴說不出話來。

手心已經空空蕩蕩，無論書本、鮮花、果子全都不見了，繽紛而落的火星中，浮凸出空桑皇太子微笑的臉，帶著戲謔的表情說：「如何？那本書還是真的嗎？那個果子還是真的嗎？小丫頭，妳知道什麼真假啊。」

「你……你……」一時間腦子昏亂，那笙不知道說什麼好，感覺到自己的無知和被捉弄，忽然就怒了，用力一推那個頂著個斗篷的怪物。「討厭！」

「哎呀呀！」斗篷在少女用力之下再度破裂，「刺啦」一聲裂開個大口子，這次忍不住叫出來的是真嵐。他立刻拉著衣服跳開，愁眉苦臉地看衣襟上的破處。

那笙原是滿肚子火，但在看到那隻斷手拉著衣襟的樣子時陡然息怒，不禁「嗤」地一笑：「管你是真是假，反正我能撕破你的衣服。」

「妳厲害、妳厲害，我怕妳了。」真嵐苦笑著順著這個小孩兒脾氣的皇天持有者，重新攤開了手，那一本羊皮書赫然完好地躺在他手心。「自己看吧，妳那麼厲害，不用我教妳了。」

「變成漢字再給我！」那笙柳眉倒豎，看到書上換成認識的文字才一把拿過來，「唰唰」翻頁，又是眉開眼笑。

果然是些精妙不可言的術法。隱身術、定身術、隔空移物、支配五行、堪輿天地……很多東西都是她在中州依稀聽過的傳說中的仙人法術。

那笙忍不住歡呼起來：「呀！雲荒真是仙境！不然怎麼會有天書？」

「我們空桑人信仰神力，千年來竭盡全力試圖通天徹地，這方面術業有專攻而已。」真嵐卻是不經意地笑了笑，否定她的恭維。「妳先看看，雖是入門啟蒙的一卷，但也夠妳受用了。」

「咦，為什麼你們喜歡修行這個呢？」那笙詫異地抬頭問空桑皇太子。

真嵐微微笑了笑，抬頭看著天地盡頭那一座高聳入雲的伽藍白塔，聲音忽然變得遼遠，淡淡道：「因為……我們相信空桑人的祖先是從天上來的。因為某事下到凡間，卻不能再回去。」

「祖先？星尊帝和白薇皇后嗎？」那笙睜大眼睛，想起方才真嵐說的那一段祕聞。看來空桑人的皇室內，真有無數不為人知的隱祕吧？那一卷只供帝王閱讀的《六合書》裡，到底記載了一些什麼東西？

「星尊帝和白薇皇后……唉。」空桑皇太子沒有回答問話，只是輕輕嘆了口氣，眼睛抬起，沿著天空盡頭的白塔，一直將目光投注到淺藍色的天空上。「所以我們造起白塔，幾千年來都在努力想著回老家去，就像鮫人想要回去大海一樣。」

那樣的話，讓在座的人都是一怔，沒有人說話。

「嗯，和我們中州一樣呢。那些皇帝，個個都說自己是『天子』，也不知道天帝認不認。」唯獨那笙沒有那樣微妙的感觸，雀躍地回答，為自己的舉一反三得意。「看來哪裡的皇帝都一樣，覺得自己厲害得不像人。」

「呃……」真嵐驀地苦笑，搖頭道：「我可沒那麼說。」

「不過你真的很厲害啊。」見過方才那一個小小的術法，那笙表面倔強，卻是心服口服地點頭。「你的法術再厲害一點，就可以像神仙那樣了吧？」

「丫頭，其實方才不過是個小小的幻術。」

真嵐笑了笑，臉色卻是凝重的。他真的沒有時間手把手教導，只好提綱挈領地說，看她到底能領會多少。

「妳確認那本書是真的，不過是通過眼、耳、鼻、舌、身的種種感觸，但那些其實都是不可靠的。我不過是凝結出一個幻象，而那個幻象告訴妳的眼睛、耳朵、鼻子、舌頭和真實書本一模一樣的感覺，那麼，妳就會覺得手裡拿的是一本真的書。同樣的，隱身術就是告訴別人『我是不存在的』，用這一個虛幻的『念』來封閉別人的視覺。定身術，則是通過告訴對方『你的身體現在不能動』，來封閉他四肢的一切移動能力和觸覺。當然，要做到這樣，首先施展術法的人本身要有壓過對方的強大念力。」

「嗯……」那笙聽得那樣一段話，似懂非懂地應著，不好意思說自己沒聽懂。

「所謂的幻術，就是繞開實體，用虛無的幻象代替……呀，說白了就是騙人啦，而且要理直氣壯地騙，騙得對方相信那絕對是真的就行了。」真嵐說著，也有些毛躁起來，一句話總結拉倒。「妳多看一下書就會明白。」

「嗯……」那笙連連點頭，驀然問一句：「有沒有不是騙人把戲的真本事啊？」

「呃？那個啊。」真嵐抓抓頭大笑。「當然有很多，比如堪輿、觀星，再比如支配金木水火土風各種六合間的要素，甚至溝通天地、交錯無色兩界。不過那些對現在的妳來說還太深奧，妳好好學，說不定有生之年能略窺一二。」

「哼。」聽得那樣的語氣，那笙忍不住「哼」了一聲，不服氣地問：「那麼你可以做到最厲害的那種，是不是？」

真嵐搖頭道：「以前可以，但現在大約差了好幾點。」

「好幾點？到底幾點？」那笙詫異，莫名其妙。

「這裡、這裡，和這裡……」斷手掀起斗篷，點著空空蕩蕩的身體各個部分——左臂、雙腿和軀體。「一共四點。」

「啊，是這樣……」苗人少恍然大悟地連連點頭，接著大包大攬地拍胸脯。「放心，我答應過你的，一定會替你補上這幾點，讓你變成最厲害的！」頓了頓，那笙終歸還是好奇，忍不住問：「那麼現在誰最厲害？」

真嵐笑了笑，拉著那笙，指指一旁的蘇摩悄聲說：「我現在還沒有他厲害呢。」

那笙看著一旁低頭給炎汐治傷的鮫人少主，心裡卻是歡喜的——那樣炎汐一定不會有事了。她壓低聲音，吐了吐舌頭說：「他最厲害？但他一定不肯教我。」

「嗯。妳要自己好好學。」空桑皇太子輕聲囑咐，神色卻是凝重。「以後會很辛苦……即使有西京一路陪著妳。最厲害的如果是蘇摩也罷了，可惜滄流帝國還有個垂簾聽政的智者……那個人、那個人……唉。」

真嵐的眼神從未有那樣的晦暗沉重，交錯著看不到底的複雜。

「那個人才是最厲害的嗎？」那笙嚇了一跳問道。

「至少我還沒見過更強的。他到底是誰……我九十年前就是敗在他手裡，卻從未看過那個人的『真相』。」空桑皇太子長長吐了口氣，微微搖頭。「太強了……雖然那時候我被青王出賣、中了暗算，但那個智者居然能擊敗帝王之血的力量，並將其封印，這已是匪夷所思……哪裡來的這種力量？」

那笙聽他喃喃自語，有些莫名其妙，只懂得他確認了那個滄流帝國的人才是最厲害的，不由得心裡忐忑。「萬一……萬一他來了，我可打不過他啊。」

「他不會親自來的吧。」真嵐看著天空盡頭的白塔，喃喃自語：「百年來那個智者從未離開過伽藍神殿一步……真是個奇怪的人，很多事情，他似乎是有意放縱，不然鮫人早已全滅，無色城也未必能安全。」

「嗯？」那笙詫異，卻看到真嵐已經回過頭來，對著她微微一笑。那個笑容又是爽朗乾淨一如平日，將她心頭的烏雲驅散。「不要怕啊，小丫頭！妳戴著皇天，好好學一些防身的術法就好。妳一定能解開四個封印的。」

「我才不怕。」那笙咬著牙抬起眉頭，看著真嵐說：「那笙答應別人的，還從來沒有做不到！」

真嵐忍不住抬起手摸了摸她的額髮笑說：「真要感謝皇天選了妳。」

另一邊的西京，卻是和慕容修低語了許久，兩人的臉色都是凝重。

「看來我無法親自送你去葉城了，不然反而會害了你。要知道眼下整個滄流帝國都會追殺我和那笙一行。」兩人在這個間隙裡分析了眼下的形勢，西京沉吟許久，終究說了一句：「想不到，我居然不能實現對紅珊的諾言。」

看到劍客鬱鬱不樂的神情，年輕商人反而安慰他：「前輩不用為我擔心……」

「西京大人不要擔心，如果是澤之國境內，我可以託人一路護送慕容公子。」一旁開口的，卻是風華絕代的賭坊老闆娘。家業一夕間破敗至此，如意夫人卻毫不驚慌，慢慢開口：「我在此地多年，好歹有些人脈，要護送一個人並不難。」

「如此就多謝了。」西京愣了愣，看到老闆娘認真的神色，脫口道謝。

「不必謝。慕容公子是紅珊的孩子，也是我們鮫人一族的後代，理當出手相助。」如意夫人抬手撩了撩鬢髮笑說：「而且……如今我們鮫人和空桑人也該相互扶持，不好讓西京將軍為難。」

她想了想，從懷中拿出一個錦囊解開，將一面晶瑩的玉牌拿在手裡輕輕撫摩。上面刻著雙頭金翅鳥的權杖——滄流帝國十巫賦予領地總督的最高權柄象徵。這個情人的饋贈她保留了多年，未曾輕易動用。

「這面雙頭金翅鳥的權杖，就讓慕容公子隨身帶著吧……」如意夫人垂下頭，看了手中那面溫潤的玉牌半晌，終於收回戀戀不捨的目光。「為了海國，紅珊當年戰敗被擒，受了多少苦楚才遇到你父親。如今天可憐見，讓我遇到了她的孩子。」

如意夫人輕輕嘆息，終究狠下心，將那面意義深長的玉牌遞給一旁的年輕商人。啪！忽然間憑空一聲輕響，彷彿無形力量驀然捲來，那面玉牌從慕容修指間跳起。眾人大驚，西京按劍回頭，看到坐在角落榻邊的傀儡師面無表情地抬手一招，將那一面令符收入手心。

「少主？」如意夫人詫異，有些結巴地問：「怎、怎麼？少主不同意嗎？」

「不同意。」蘇摩收起手，冷冷道：「這個東西，不能給中州人。」

「啊？」沒有料到少主會這樣斬釘截鐵地反對，如意夫人愣了一下，只是無奈地低頭服從，但依然低聲分辯：「但慕容公子是紅珊的……」

「紅珊是紅珊，他是他。」不等如意夫人說完，蘇摩驀然出言打斷，傀儡師的眼睛依然是茫然冰冷的，嘴角忽然泛起一絲不屑的冷笑。「一個走南闖北的男人，還要靠前人餘蔭庇護，算是什麼東西？」

那樣鋒利惡意的話，彷彿刀般割過慕容修的心。

年輕商人驀然抬起眼睛，看了這個傀儡師一眼，彷彿要把這個說出這樣冷嘲的人記住，然而只是對著蘇摩淡淡道：「教訓得是。原來閣下畢生都未曾受人半點恩惠，佩服。」

蘇摩冷笑，本來開口就要說，陡然間彷彿想起一個人，心裡便似被什麼狠狠咬了一口，忽然間閉口不言，臉色轉為蒼白。

雖然是沉默，可那樣凝聚起的殺意讓室內幾個高手都悚然動容。一旁的真嵐已經顧不得捧著書卷的那笙，立刻回身，有意無意地攔在雙方之間，笑道：「鮫人也會鬧內訌？這個慕容小兄弟算是你們自己人吧？」

「呵，自己人？」忽然間，蘇摩身上的殺意淡了下去，卻是冷笑著，輕聲吐出兩個字：「雜種。」

那樣的兩個字，讓所有人都變色。

雲荒上幾千年來都畜養鮫人作為奴隸。無論空桑人，還是現在的滄流帝國，都很少有鮫人生下的混血孩子。

一方面是由於跨種族通婚，本身就很難成孕。另一方面，畜養奴隸的主人們雖然耽於縱欲享樂，卻從骨子裡認為讓鮫人延續血脈是極端可恥的事。很多胎兒在剛成形的時候，便被殺死在母親身體裡。最後，即使是鮫人內部，對於這種被淩虐而生下的半人孩子，也視為恥辱的印記，並不善待，以「雜種」稱之。

那是不被任何種族接納的代稱，這個中州來的商人並不瞭解這個稱呼背後錯綜複雜的意思，聽得那兩個字，只是按照中州的字面理解，怒意勃發。

雖然知道傀儡師的脾氣詭異陰鷙，然而真嵐實在沒有想到蘇摩會莫名其妙地為難慕容修。雖然慕容修和空桑沒有半點關係，但他是那笙的朋友，真嵐還是需要維護他，只好開口試圖緩和氣氛：「哎，你這麼說可就不……」

「先別說他。」蘇摩冷笑，再度打斷真嵐的話，眼角帶著說不出的惡毒。「你不也是嗎？」

帝王之血本該由空桑皇室男子和白族王族女子共同延續，才算嫡系。真嵐之母來自北方砂之國，身分卑下，甚至不是空桑一族，那也是眾所周知的事情。

盟約剛剛結成，鮫人少主那樣傷人的話語猝然而至。

「蘇摩少爺！」如意夫人連忙拉住他，低聲說：「你說的什麼話！」

「公歸公，私歸私——答應的事情我自然會做到，但是沒有必要給我厭惡的人好臉色看吧？」對著自己的乳母，桀驁陰鷙的傀儡師終於稍微軟化，卻仍是冷笑。「皇太子以大局為重，一定不會見怪……」

話音未落，忽然間黑影拂動，蘇摩臉上瞬間一痛。

「我當然會見怪。」真嵐淡淡回答一句。他猝不及防地動手，揮袖拂去，身手如傀儡師居然一時間也不來及閃避，臉上熱辣辣地挨了一下。「所以我動手了——當然，為了鮫人一族的大局，少主肯定也不會見怪。」

真嵐那一擊快如鬼魅，即使是西京也來不及阻攔，此刻見兩人居然動上手，不由得大吃一驚，連忙按劍插身其間，想要調停。如意夫人也連忙過去拉住少主，生怕以他的脾氣便要徹底翻臉，一時間氣氛凝重。

然而蘇摩慢慢抬起手撫著臉上的傷痕，空茫的眼睛漸漸凝聚如針，沒有說話。

「有趣……哈哈哈哈。」第一次被人打到臉，傀儡師卻沒有回以顏色的意思，反而奇怪地笑了起來。「不錯，我當然不會見怪。真是好身手。」

看到傀儡師微笑的一剎那，所有人都鬆了口氣，唯獨空桑皇太子眼裡波瀾不驚——絕不要畏懼，也絕對不要縱容那樣乖戾陰鷙的脾氣，對於每一根鋒利的毒刺都要針鋒相對地回敬過去。這樣，他才會把對方放到對等的位置上。

這是白瓔給真嵐的忠告，果然是正確的……看來，這世上唯一能瞭解這個孤僻傀儡師的，也只有她了。

「九頭金翅鳥的令符不能給慕容修。」彷彿被那樣一擊打回了冷漠的常態，蘇摩忽然轉開話題，將手中握著的令符舉起。「這樣的權柄，應該還有更重要的用途。」

真嵐愣了一下，忽然間明白過來：「你是想拿到澤之國的兵權？那不可能。」

「我當然不會笨到以為拿著這塊石頭就可以掌控澤之國。」傀儡師蒼白修長的手指緊握那一面令符，紅潤的嘴角浮出一個奇異的笑。「澤之國內民怨沸騰，軍隊也多有怨言，我只是要借著這個攪渾一潭水，好讓大家各自安然上路。」

真嵐眼睛停留在這個傀儡師身上，慢慢凝聚神光。

「昨夜在那些死人堆裡，我聽到本地的軍隊想不顧上頭禁止，反擊征天軍團……好像總兵姓郭吧？」一說到正事，蘇摩空茫的深碧色眼睛就變得深沉不見底，字字句句透著寒氣。「無令舉兵自然是株連的罪名，但如果給他『總督同意』的諭示又如何呢？」

「呀，好主意！」慕容修脫口稱讚，西京和如意夫人均是動容。

蘇摩不出聲地笑了笑，將令符揚手扔出，扔到慕容修手裡。「給你。」

年輕商人下意識地接過，卻有些發愣，不明白這個方才還堅決反對如意夫人贈予自己令符的人為何忽然有如此舉動，耳邊卻聽到傀儡師沒有感情的冰冷聲音說道：「我們鮫人不便親自出面，想要假你之手去傳布『總督口諭』。你是個聰明人，做這點事不難吧？」

慕容修感覺到手中沉甸甸的玉牌，聽到那樣的要求，不由得有些錯愕地握緊。

「護身符不是不給你，但你總要做一些什麼作為回報。世上沒有不付代價的東西。」蘇摩的聲音冷靜，沒有方才的邪異和惡毒，字字句句清晰且帶著壓迫力。「你替我去傳播煽動軍隊的口諭，讓澤之國開始動亂，然後你便可趁機上路。在商言商，這生意很公平吧？」

「是很公平。」年輕商人點頭答應，看著面前這個喜怒莫測的詭異傀儡師，眼裡一掃方才的記恨，微微顯露出欽佩讚許。

「這樣一來，西京將軍也不用太擔心了。」蘇摩淡淡道，卻是頭也不抬。「可以把你的光劍收入鞘中了吧？」

光劍悄無聲息地滑入鞘中，西京有些感慨地看著這個盲人傀儡師，暗自嘆息。到底是怎樣的人啊……

「可、可是……少主，這樣一來高舜昭總督怎麼辦？用他的令符調動軍隊對抗征天軍團，不是讓他成了逆賊嗎？」只有如意夫人臉色青白不定，沒有料到少主居然將情人贈予她的權杖做了那樣的用途。「十巫會派人殺他的！」

「那麼，就在十巫沒有下手前舉起反旗吧。」蘇摩神色不動，冷冷道：「他若不反，就只有一死。」

如意夫人怔住，看著這個自己一手帶大的俊美傀儡師，怎麼也看不清這個年輕男子眼底沉沉的碧色。蘇摩……蘇摩少爺，何時變得這樣看不到底？連她在面對他的時候，都感到某種無名的恐懼。

「如姨，如果妳真的為他好，我想妳應該趕快前往總督府，幫他看清局勢。」彷彿感覺到旁邊女子蒼白的臉色，蘇摩面色微微一緩，修長的十指輕輕拍了拍如意夫人的肩膀，聲音卻是冷而輕地吐出最後一句話：「不然，莫要說是我們把他逼上了絕路。」

「如果……如果舜昭不反呢？」如意夫人想起當初總督對十巫做出妥協，將自己遷出總督府，移居桃源郡，忍不住蒼白了臉顫聲問：「如果他不肯反呢？」

「那麼，如姨，妳就逼他反。」蘇摩的臉色絲毫不動，聲音也是毫無起伏。「如果他不肯背棄十巫，那麼……」頓了頓，傀儡師嘴角忽然露出一個奇特的笑。「那麼沒有『他』也不是不可以。我隨時可以造出一個傀儡取代他目前的位置，繼續做一切我要做的事情。他一定不如一個傀儡聽話。」

如意夫人放開手，下意識地倒退幾步，怔怔抬起頭看著傀儡師毫無光亮的深碧色瞳孔，忽然間打了個寒顫。自從第一次看到蘇摩少爺回到雲荒，她就感覺到了歸來者身上陌生的氣息——歸來的，還是以前那個蘇摩少爺嗎？

傀儡師懷中的小偶人一直沒有說話，只是張著眼睛看著，忽然間對如意夫人笑了笑。那樣詭異的笑容，讓如意賭坊的老闆娘臉色倏地蒼白。

「不要害舜昭……你不要害舜昭！」如意夫人看到偶人惡毒詭異的笑容，忽然間脫口而出，拉住傀儡師的袖子。「蘇摩少爺，你、你不要害他，我會去勸他……」

「那就好。」雖然對方是自己的乳母，但傀儡師對於那樣的接觸還是覺得嫌惡，不動聲色地抽出自己的衣袖。「如姨，我也不想走到那一步，所以不要逼我走那一步。高舜昭他畢竟是滄流的冰族貴族，如姨是聰明人，可別像那些沒見識的小女人一般犯了一時的糊塗，耽誤大事。」

「少主說得是。」如意夫人怔住，倒抽了一口氣低聲回答，臉色蒼白。

「事關重大，如果他不肯回心轉意。」傀儡師從懷中拿出一個指甲大的小瓶子。「就把這個送給他吧。」

說著，蘇摩的手指輕輕一震，左手食指上那一枚奇形的戒指忽然打開，一隻極其細小的白色東西從戒面的戒指暗盒中爬出來，發著奇異的光，宛如閃電般落入那個瓶子中。蘇摩隨即將瓶子擰緊，遞給一旁發怔的如意夫人。

如意夫人下意識地接過，喃喃問：「這是……」

「傀儡蟲。」傀儡師俊美的臉上沒有絲毫表情。「萬一事情不順，這便是最後的底牌。」

「你要逼她對那個人下蠱？」終於明白那個瓶子裡裝的是什麼，慕容修雖是頗歷風霜，依然忍不住脫口說。

「我沒有逼她。」蘇摩眼神依舊是淡然渙散，語氣也漠然。「輕重緩急，如姨自己心裡應該明白。二十多年前她留在總督身邊，以色侍人、曲意承歡，也就是為了等這一天。」

連真嵐和西京都驀然驚住，說不出話來。

「我們鮫人是脆弱而不擅戰的，偏偏有著令貪婪者擄掠的種種天賦。但是，畢竟我們有一種好處……」傀儡師的手指托著懷中偶人，阿諾歪歪頭，做出奇異的動作。「就是我們活得比陸地上的人類更久。上天給予我們千年的歲月，去承受更長時間的痛苦，但同時我們也可以長時間地隱忍，一直等著看到你們的滅亡。我們終將回歸那一片蔚藍之中。希望以後的鮫人，都可以自由地活在藍天碧海之間……」

那樣的話語，讓原本激動的如意夫人都沉默下去。這個貌美如花的女人經歷過諸多風霜坎坷，已經不再如同少女時期。

靜靜握著手心裡那個小瓶子，如意夫人眉間忽然沉靜如水，跪了下去用額頭輕輕觸碰蘇摩的腳面，低聲說：「少主，如意一切都聽從您的吩咐。」

「希望不至於動用傀儡蠱。」蘇摩俯下身去拉起幼時撫養他的女人，空茫的眼睛裡帶著罕見的嘆息意味，以及莫名的深沉哀痛。「如姨，明知如此，為什麼當日妳不把自己的心挖出來呢？」

「蘇摩少爺。」迎上傀儡師那樣空茫又洞徹一切的眼睛，歷經滄桑的美婦人忽然間再也壓抑不住內心的掙扎，失聲痛哭。這一次她的額頭抵住了傀儡師的肩，蘇摩卻沒有嫌惡的神色，只是靜靜任憑她痛哭，並有些疲倦地闔上眼睛。

斗篷下，真嵐臉色靜默，但眼裡有複雜的情緒變換。西京有些茫然地抬起手，卻不知自己能說些什麼。對於鮫人的一切，因為紅珊和汀，他或許比很多空桑人更加瞭解。然而，他對於他們的痛苦雖然明瞭，一百多年來卻選擇了旁觀。

室內只有「簌簌」的輕響，那是鮫人眼淚化為珍珠落地的聲音。

「鮫人一切痛苦都由空桑而起，千百年未曾斷絕。」蘇摩漠然的眼光彷彿穿透了面前的空桑人皇太子，聲音也是遼遠的。他忽然抬手拍了拍如意夫人，冷然道：「所以，如姨，不要在他們面前哭。」

如意夫人的手指在袖中默默握緊，身子慢慢站直。

那個瞬間，房裡的氣氛忽然變得說不出地凝重。幾千年來兩族之間的恩怨糾葛，宛如看不見的深淵裂開在腳下，讓近在咫尺的雙方忽然間無法再說出什麼。

真嵐的眼睛看不到底，蘇摩深碧色的瞳孔也是散漫空茫。

方才他們交握的手，原來不是代表徹底的諒解，只不過是架起一座橋梁而已。橋底下，依然是看不到底的深淵和鴻溝。

那樣的盟約，不知道又能堅守多久？

第十九章　征途

東方第一縷曙光劃破天際時，萬丈高的伽藍白塔頂上，新一批的風隼集結待發。

那是征天軍團中北方玄天部的軍隊，正準備飛往九嶷山，由正在拜訪九嶷王封地的巫抵帶領，前往澤之國追捕皇天的攜帶者。這次一共出動了二十架風隼，領隊者更是用上了帝國內寥寥可數的幾架「比翼鳥」之一。

滄流帝國的統治如鐵般不可動搖，幾十年來，還很少有這樣的大規模出動。那些穿著銀黑兩色軍服的滄流戰士眼裡，都有掩不住的興奮和戰意。雖然前幾日先行出動的東方蒼天部已告失敗，損兵折將地返回，但這樣挫敗的消息無法抵消玄天部戰士的士氣。征天軍團下屬分為九個部隊，號稱「九天」，分別監視著雲荒大地各個方向的動靜，但是各支部隊之間相互並不服氣，所以玄天部並不因蒼天部的失利而氣餒。

巨大的機械發出鳴動聲，風猛烈地流動起來，吹起待發戰士的髮梢。所有人都已經在風隼上就位，只等少將一聲令下便出發遠征。

然而奇怪的是，負責此次行動的飛廉少將，卻未出現在座駕「比翼鳥」上。

「咦，那邊是……」有人忽然低聲叫了起來，指向另外一個方向的通道——那是和出征方向不同的另一個出口。飛往西方的通道上，一架銀白色的風隼緩緩滑動，然而在越來越猛烈的風中，一個黑袍的戰士站在通道旁邊，手指抓住窗櫺說著什麼，跟著開始起飛的風隼跑動起來。

「飛廉少將在幹什麼啊？」看到己方的將領居然跑到那邊去，副將旭風忍不住低聲抱怨一句。「那不是雲煥少將的風隼嗎？他難道要跟著去砂之國？」

「是在跟湘話別吧……」忽然有戰士低低笑了起來。「飛廉少將總是婆婆媽媽。」

副將旭風默不作聲地看了那個大膽的戰士一眼，卻沒有喝令那個人閉嘴。和雲煥少將治軍的嚴厲鐵血相比，飛廉在征天軍團內一向有優柔的口碑，即使他各方面一直以來都在軍團中出類拔萃，晉升的速度卻總是落後於演武堂同一屆畢業的雲煥。但從另一方面來說，作為下屬，很多戰士是樂意接受飛廉的帶領，而不願歸於雲煥麾下。

由於一門中出了兩代聖女，雲煥的出身和背景遠遠優於平民出身的飛廉。而且雲煥雷厲風行的手段和不苟言笑的作風，更是符合巫彭元帥對於軍人的定義，成為整個征天軍團戰士的典範。至於飛廉，從畢業那一天就在比劍上敗給了雲煥，此後步步落後於同僚，也得不到巫彭元帥的青睞，經常被派駐外地。雖然他的實戰經驗多於長期鎮守帝都的雲煥，可是晉升速度非常慢，就連被提拔為少將，也比雲煥晚了好幾年。

這一次追捕皇天攜帶者的指令，巫彭元帥第一個想到的也是派出雲煥。可惜雲煥失手，錯過這次立下大功的機會，從而在巫即和巫姑的提議下，改派飛廉出馬。可是這樣得之不易的機會到來時，那個人卻尚自怠惰，耽誤出發的時機。

副將旭風有些不耐煩地坐在風隼裡，等著那個尚在雲煥風隼邊的主將。

黑衣在風中獵獵舞動，風隼滑行的速度越來越快，飛廉卻不放手，拉著窗櫺對裡面的雲煥大聲叮囑著什麼，隨著風隼一起奔跑，臉色關切。

——飛廉少將，是被鮫人傀儡的魔性迷住了呢。

看到這一幕，陡然間，旭風的臉色微微變了一下，想起軍團裡的傳言。

傳聞裡，飛廉幾次該升而不升，甚至失去巫彭元帥的青睞而得不到重用，其中一個原因便是他對配備的鮫人傀儡往往懷有不適當的感情。

在征天軍團戰士的眼裡，那些臉孔漂亮的白痴傀儡，不過是一件用來操縱風隼的器械，偏偏優柔寡斷的飛廉少將卻將他們當作同伴一樣對待。一次風隼墜毀時，為了救出被固定在座位上的鮫人傀儡，飛廉冒著爆炸的危險衝入火焰，赤手拉斷禁錮，救出了鮫人傀儡。

「那是非常危險的傾向。」當巫彭元帥聽到這件事的時候，立刻下了斷語。「飛廉太優柔寡斷，不足以擔當大任。」

於是，那個傀儡被調離飛廉身邊。而且從此以後，為了防止意外出現，任何一位和飛廉搭檔的鮫人傀儡，停留在他身邊的時間都不會超過一年。

這一次，藉口雲煥的傀儡死去，又將湘從飛廉的身邊調走，去試飛迦樓羅。那是多麼危險的任務，只要是征天軍團的戰士，心裡都有數。為了讓迦樓羅飛起來，幾十年來已有三位數的軍人和傀儡死去。何況這一次和湘合作的軍人又是雲煥少將——那個在軍團內部以冷血聞名的軍人。

「還有，湘吃辣的東西會過敏……」風隼的移動已經越來越快，然而飛廉依然對著坐在風隼內的雲煥做最後的囑咐。「砂之國乾燥的氣候會讓她的皮膚裂開，你帶上這個。傀儡是不會自己開口要求什麼的，所以請你好好留意她……」

海貝穿過劇烈的氣流，劃出一條歪歪扭扭的曲線，最終落在雲煥的衣襟上。那個掏空的貝殼裡面，填滿的是防止皮膚裂開的油膏。雲煥一直漠然看著窗外邊跑邊說話的同僚，臉色木然得如同另一側的傀儡，然而看到那個海貝，他忽然笑了。

「你還真是愛惜她呀……」笑容在軍人薄而直的唇線邊上露出，雲煥抬手拿起那個貝殼，竟然好好地收了起來。「不過，請記住，湘從現在起已經是我的所有物。你再囉囉唆唆地說下去，我會認為你是在懷疑我的能力。」

「湘不是『物』呀！」已經快到了通道的盡頭，風隼的速度越快越快，疾風托起巨大的機械翅膀，讓飛廉幾乎無法說話。「她雖然不會自己思考，但她不是……」

「不，鮫人傀儡就是『物』。難道你忘了演武堂教官對我們的訓導？」雲煥忽然間打斷他的話，語音冷酷。「鮫人傀儡是和風隼配套的武器，訓練一個好的傀儡需要龐大的人力物力，所以是很『珍貴』的『物』。戰士必須愛護他的武器，那樣貴重的東西，要和風隼一樣好好『使用』才對。」

「雲煥！」聽到同僚的回答，飛廉不知道是該喜還是該憂，只好再次叮囑：「你一定要好好帶著湘回來啊。」

「放手吧。」忽然間，雲煥看了這個同一屆演武堂畢業的少將一眼，眼神是淡漠而銳利的，隱隱有著金屬的冷光，寓意深長。「再不放手，就要被拖下去了。」

飛廉驀然放手，撲倒在通道邊緣。那個瞬間，風隼滑行到了通道盡頭，劇烈的氣流托起機械的雙翅，呼嘯著滑入伽藍白塔下的千重雲氣中。

一旁的鮫人傀儡熟練地操縱著風隼，美麗光潔的臉上沒有一絲表情。所有傀儡都是那樣木然，除了聽從主人的吩咐之外，對外界沒有任何反應。在巫彭將她送到雲煥身邊時，她的腦子裡便已經不再記得前一個主人。

「蠢材啊……」手裡握著那個海貝，雲煥銳利的眼神裡閃過譏誚。「對一個沒有思考能力的傀儡再好，又有什麼用？」

白雲在眼前分了又合，天風呼嘯著托起機械巨大的雙翼，從窗外湧入，獵獵吹動帝國戰士一頭黑髮。

萬頃土地在腳下如無邊無際的地毯般展開，西方盡頭的色澤是枯黃的，間或夾雜著一點點慘綠——砂之國，那就是他將要前往的地方。

「榮耀與夢想同在。」將手按在心口的位置，帝國少將低眉輕輕說了一句。

「你們的路將由榮耀和夢想照亮，將一切罪惡和黑暗都踩踏在腳下。」教官昔日最後一番訓導，宛如烙印刻在這個年輕軍人的心裡，無論哪一次回想，心頭都有熱血如沸，燃燒在他的靈魂深處。

雲家從卑賤發跡，到如今在階級森嚴的滄流帝國裡已經成了新貴。其中，他的姊姊雲燭和妹妹雲焰更是付出了捨身的代價，才讓整個家族從伽藍城的最底層，一路遷移到了十巫等最高貴、最有權勢的人居住的皇城。

那是一個家族奮鬥的血淚史，每一步的前進，都必須有人付出代價。

現在，輪到他了。

那些遮蔽天日的雙翼還沒有離開伽藍帝都，遠在雲荒大陸最東方的澤之國一家破敗的賭坊裡，所有和大陸命運相關的重要人物都已經悄然離開。

一襲黑斗篷裹住了大陸原先主宰者的臉，真嵐在安頓好了一切事務之後，再度將那笙託付給西京，便立刻回歸無色城。作為滄流帝國長年通緝的頭號要犯，為了安全起見，百年來空桑皇太子極少行走於這個大陸上，這次迫不得已出面達成了盟約，便要迅速回歸水下，以免千里外的征天軍團聞風趕來。

「一路上妳要聽西京的話，不許胡鬧。」看到那個苗人少女笑嘻嘻的表情，真嵐心裡總是感到不放心。「儘快趕往九嶷，如今東方慕士塔格的封印一破，滄流帝國必然加強其餘幾個地方的警戒。你們要趕在伽藍城派出的人馬將九嶷控制住之前，趕到那裡將封印打開。」

「嗯、嗯，知道了。」那笙微微感到不耐煩，這樣簡單的事情卻要一而再地提醒，讓她心裡頗沒好氣。而且炎汐一直發燒，眼看都要各自上路了還沒醒過來，令她心裡急得要命，心思完全沒有放在真嵐的囑託上，只顧著看蘇摩那邊，不知道鮫人要將炎汐送往何處。

真嵐看了那笙一眼，心裡微微嘆了口氣，覺得這個女娃大約沒有真正瞭解前方等待著她的是什麼樣的考驗，生怕她半路鬧起脾氣來壞了大事，不由得看了西京一眼。

西京只是對他默默點頭，示意他放心，然而對著這個什麼也不懂的少女，空桑的大將軍也有些無可奈何。

「喂、喂！你要把炎汐送哪裡去？」忽然看到蘇摩和如意夫人低語了幾句，先是將汀的屍身抬走，又有心腹下人過來將軟榻上昏睡的炎汐抬起，那笙再也顧不上敷衍真嵐，一下子撇開兩人跳了過去，試圖阻攔。「不許帶走炎汐！」

蘇摩側頭微微冷笑，理也不理，只是吩咐幾個顯然是裝扮成普通平民的鮫人：「僱一輛車，立刻祕密將左權使送往離這裡最近的青水。你們兩個就帶著左權使從水路回去，一路上小心。」

「是，少主！」原本是如意夫人心腹的兩人齊齊領命。

「不許帶走炎汐！」那笙急了，一把攀住軟榻的邊緣，不讓那兩個鮫人走開，瞪著蘇摩說：「你、你不許把他送走！你快把他給我治好了！」

「輪不到妳說話。」蘇摩忽然對這般的拖拖拉拉感到說不出的厭惡，只是一揮手便將那笙擊得踉蹌出去。「炎汐是復國軍左權使，須聽從我的命令。他回到鏡湖後，還須前往南方碧落海的鬼神淵執行任務。」

「才不！」那笙卻不服氣，又幾步跳了過去，拉住那個抬起的軟榻，已經語帶哭腔：「他、他也是我喜歡的人！不許就這樣把他帶走！」

蘇摩眉頭一皺，然而這次不等他出手，肩上偶人微微一動，空氣中看不見的光一閃，就有什麼東西勒住那笙的咽喉，讓她說不出話來。

真嵐和西京臉色微微一變，雙雙抬手扶住了那笙，等判斷蘇摩出手的輕重後才鬆了口氣。然而，真嵐眼睛裡再度閃過擔憂——那笙還是這般不知輕重。蘇摩是何等人，也敢和他說三道四？一路上如果這傻丫頭倔脾氣發作，不知要惹來多少麻煩。

「那笙姑娘，那笙姑娘。」看到那個少女捂著咽喉，卻依然要再度上前，如意夫人不顧蘇摩的冷臉，一把上前攔住，好言相勸：「不怪少主，蘇摩少爺也是為了左權使好。現下他如果不趕快回到鏡湖去，用水溫把體內不斷上升的溫度降下去，他就會一直發燒、脫水而死的。」

「啊？」那笙愣了一下，看如意夫人的表情不像說謊，睜大眼睛問：「炎汐、炎汐到底是受了什麼傷？怎麼這麼厲害？」

這回輪到如意夫人一愣，忽然忍不住掩袖而笑。一屋子裡的人，臉上都露出微微的笑意。雲荒大地上的人，無論空桑人還是一般平民，對於鮫人「變身」都已經當作了常識，忘記對這個中州少女來說，還是雲裡霧裡不知道發生了什麼。

「你們笑什麼呀？」看到這樣顯然是別有深意的笑，那笙急了。「是、是很嚴重的病嗎？非要泡到水裡去？」

「嗯。」出乎意料的，這一次回答的是傀儡師，嘴角居然露出一絲奇異的笑。

「如果他不趕快回到水裡，就沒法變成一個男子。」

「咦？炎汐本來不就是……」那笙順著腦中慣性脫口反問，忽然想起鮫人「無性」的特徵，這才回過神來，一下子跳起來，歡呼著拉住蘇摩的袖子。「哎呀！真的嗎？真的嗎？他……他真的要變成男的了？」

「如果是變成女的，我看連這位法力無邊的少主也會很驚訝。」看到少女如花綻放的笑容，真嵐陡然感覺心頭一朗，忍不住笑起來。「好啦，這下妳可以不糾纏了吧？」

「啊，真好……真好。是你、是你用法術變的嗎？」聽得「法力無邊」，那笙卻是會錯了意，忍不住地雀躍，拉住蘇摩的袖子不放，仰視著他，眼裡充滿感激和喜悅。「你真是好人！謝謝你把炎汐……」

「不是我變的。」下意識地對這樣的接觸感到厭惡，然而這一刻少女臉上那樣的神色居然讓傀儡師忍住了沒有翻臉，只是淡淡回答：「我沒有那樣的法力，是妳令他改變的。」

「咦？我還不會法術呢，哪裡能比你還厲害？」那笙摸了摸懷裡剛拿到手的書籍，詫異道：「不對，那麼你是被誰變的？那個人一定也比你厲害。」

嚓！忽然一聲輕響，蘇摩出其不意地揮手，瞬間將那笙震了開去，臉色陰沉下去。他這一次出手頗重，那笙的身子直飛了出去，若不是真嵐和西京雙雙接住，她便要直跌出門外。

「上路。」再也懶得多說，蘇摩回頭吩咐，軟榻抬起。

「喂、喂！我哪裡又得罪你啦？怎麼你翻臉比翻書還快啊！」那笙心下大急，想要跑過去，然而真嵐和西京怕她再度觸怒蘇摩，趕緊拉住她。

看到她那樣焦急的表情，真嵐嘆了口氣，決定不再兜圈子。「好啦，別鬧了。人家是因為喜歡妳，才會想變成一個男子來娶妳。妳就讓人家安生一些，好好地變身行不行？鮫人這段時間內如果不待在水裡，會有很大麻煩的。」

「呃？」聽得這話，不停鬧騰的少女陡然愣一下，不可思議地抬頭，滿臉不信。「炎汐、炎汐也喜歡我嗎？你怎麼知道？」

「天啊。」真嵐皺眉，陡然覺得頭大如斗，這樣簡單的事解釋起來居然要那麼費力，只好簡而言之：「我不是法力高嗎？所以就知道他喜歡妳，行不行？」

「哦……」那笙愣了愣點頭，看著那些人將炎汐帶走，忽然又哭起來：「不行……我要和他說話！他一直都沒醒呢，我要多久才能再見到炎汐啊？」

「空桑如約讓鮫人回歸碧落海之日，妳便可見到左權使。」蘇摩的聲音忽然響起來，抱著傀儡冷然轉過臉，看著真嵐。「可以在藍天碧海之下，過自由自在的生活……否則，呵！」

「蘇摩！」陡然明白傀儡師那樣的神色背後的威脅意味，真嵐的眼神頓時冰冷。

「那笙姑娘，妳看左權使真的發燒得很厲害了，還是回頭再說吧。」如意夫人出來打圓場，微微笑著安慰少女。「其實，如果左權使醒來，我想以他刻板的脾氣，他大約還不好意思見妳呢。」

「咦？」想像著炎汐臉紅的樣子，那笙忽然也臉紅了一下，乖乖低下頭去，覺得心裡又是甜蜜又是難過，許久只訥訥問道：「如意夫人……妳說，炎汐真的、真的喜歡我嗎？」

「嗯，是啊，一定是。」如意夫人見她到了此刻還不明白，掩嘴笑說：「不過左權使有很重要的事要去做，又發著燒，必須馬上回鏡湖去。」

「這樣啊……那麼……」那笙的臉一直紅到脖子上，戀戀不捨地望了那抬出去的軟榻一眼，忽然扯了扯如意夫人的袖子，低聲說：「那麼妳替我告訴他……我也很……很喜歡他。」

「好，一定。」如意夫人看著這個爽朗的少女忽然間扭捏的樣子，心裡頓時有種說不出的母性憐惜。她真心實意地點點頭，撫摸著那笙的頭髮。「妳也要保重自己，好好一路走下去，在前方某處，你們定然會再相遇。」

「嗯！」那笙用力地點頭，忽然露出笑容。「就算他不來找我，我也會鑽到水底去找他的！」

說話之間，軟榻已經被祕密抬了出去，在清晨的陽光裡消失。

那笙笑著笑著，又覺得傷心，眼淚簌簌落下。

蘇摩卻似見不得這般情景，只是轉過頭，對如意夫人淡淡叮囑：「如姨，妳也要趕快上路趕去總督府那邊了。慕容公子已經拿著令符出去，有一場動亂就要發生。妳若不去高舜昭那邊……」

「是，屬下立刻就去。」如意夫人行禮後，馬上退出去打點行裝，準備前往總督府。只是不知道此去能否說服高總督，她憂心忡忡地握緊手裡的傀儡蟲。

「那麼，真嵐，蒼梧之淵再見。」蘇摩頭也不回，只是扔下最後一句話就轉身離開，那個傀儡偶人坐在他懷裡，一臉漠然。

「咦，蒼梧之淵，不是和我們同路嗎？」那笙回過神，訥訥道：「怎麼……怎麼不和他一起走？」

有那樣厲害的同盟者，如果和他一起前往北方，應該可以共禦很多強敵吧？

「他那樣子，像是肯和別人結伴的嗎？」西京冷笑起來，看著那個黑衣傀儡師帶著偶人走入日光的背影。雖然是沐浴在日光裡，然而溫和的晨曦落到他身上都彷彿變冷了。那樣一襲黑衣和毫不掩飾的鮫人藍髮，越行越遠，不曾回頭。

「而且……他身上有某種吸引魔物的氣息，只怕引來的麻煩會更多。」真嵐也是沉吟著，看著那個孤獨的背影，眼裡有複雜的光。「所以那笙，妳還是乖乖和西京一起走吧，一路上要聽他的話……」說著，那顆蒼白的頭顱忽然微笑起來，抬起唯一的右手，拍了拍少女的臉，戲謔道：「這一次，妳可要捧我的『臭腳』去了。」

「呸！」眼裡還噙著淚，那笙卻忍不住笑了起來。

「好，我也該走了。」成功將這個少女逗得笑了，真嵐歪了歪頭，對西京笑說：「接下來那笙就拜託你，我的大將軍。九嶷山上，祝你們馬到成功。」

「啊，等一下！」看到對方要走，西京忽然想起什麼，拉住好友湊過去問：「有個咒語我要問你……」

「你不是劍聖傳人嗎？學什麼術法？」連真嵐都微微愣了一下反問。

「臨時抱佛腳也行啊。我要問你那個……」西京仰起頭，想了一會兒才道：「對了，就是那個可以把人縮小收進瓶子裡的術法，免得一路上帶著太麻煩。」

「呃？帶什麼啊？」真嵐愣了一下，忽然間明白過來，大笑道：「好好好……你的瓶子呢？」

西京抓抓頭，從破舊的衣袍摘下一只空了的酒壺。「雖然不喝酒了，但還習慣帶著這個——味道可能不大好，將就一下吧。」最後一句，卻是對著那笙所說。

「啊？」苗人少女還沒有明白這兩個人是什麼意思，忽然間聽到真嵐拿起那個空酒壺說了幾個音節，她只覺「颼」的一聲，身不由己地飛出去，眼前立刻一片黑暗。

「喏，每次你只要敲敲酒壺口，念這個咒語就可以了……」頭頂上，驀然傳來真嵐和西京的對話。「這樣就可以了，對、對……」

刺鼻的酒味熏得苗人少女幾乎昏過去，她盯著頭頂上那一處遙遠的光亮，發現聲音就是從那裡傳來的。她陡然明白，立刻跳起來大叫：「放我出去！放我出去！該死的臭手、該死的酒鬼，放我出去！」

「唠嚓」一聲，頭頂唯一的一點光亮也被蓋上了。

「耳根總算是清靜了……」西京將那個酒壺掛到腰間和光劍放在一起，拍了拍，抬起頭卻看到空桑皇太子有些沉重的目光。真嵐看著他將酒壺放入腰間，點頭說：「你長年行走江湖，我也不多嘮叨要你小心之類的話，只是沿路要好好照顧這個丫頭。等一下放她出來吃飯的時候，你多賠些小心，她在裡面一定鬱悶得發瘋。」

「呃……我可不會哄孩子。」西京想起待會兒總要將這個麻煩鬼放出來，不禁頭大。「不行，還是你先給她說清楚利害關係吧，讓她乖乖自己鑽進壺裡去……」

然而話未說完，那一襲黑色的斗篷就瞬間消失在日光裡，遠遠只傳來真嵐的朗笑：「不行！我也哄不了……我的大將軍啊，就交給你了……」

「真嵐你這個臭小子給我回來！」

日光中，這片廢墟在熱力下蒸騰起血的腥味——那是昨日那一場殺戮中死去的平民屍體，已經開始腐爛。一切已塵埃落定，西京收起酒壺，一人一劍走出破落的如意賭坊。

帶著腥味的風迎面捲來，吹得他亂髮飛揚。

「呵呵！」落拓的劍客抬頭看著萬里藍天，雖然明知前途漫長險阻，卻忽然覺得雄心滿懷，直欲拔劍四顧。這是他買醉百年來從未有過的躊躇滿志。他西京便要遊歷天下，去一一破開六合的封印。前路凶險異常，不知道會在哪一處倒下，被何人砍去了大好頭顱。

「將軍也要上路了嗎？」身後忽然聽到有人招呼，回過頭去就見到收拾好包袱出來的如意夫人。這個賭坊原先的老闆娘成熟美豔，看似柔弱無骨，卻是復國軍中的精英。為了族人她曾委身侍敵，多年辛苦經營，斂聚勢力財產。一等時機到來，便毫不猶豫地一夕間散盡家財、遣走莊客，孤身一人踏上前往總督府的道路。

那是什麼樣的一個女子……烈烈風骨，慷慨激昂，該讓世間多少男子汗顏。

作為遊俠的西京心下肅然起敬，立住了腳步。「夫人也要上路了嗎？」

「嗯，少主吩咐我要儘快趕去總督府，片刻延遲不得。」如意夫人已經換了一身素衣打扮，卻掩不住舉止之間的美豔風姿，神色焦急地說道：「慕容公子已經拿著雙頭金翅鳥的令符出去，假若他能成功，桃源郡的變亂便要起於俄頃，我得趕快去見舜昭。」

「總督府……是在息風郡吧？」西京沉吟著，盤算著前方的路途，對如意夫人點點頭。「路途不算遠，夫人自己小心。」

「嗯。」如意夫人答應著，跟了出來。「怎麼不見那笙姑娘？」

「她？」西京忽然笑起來，扣了扣腰上的空酒壺。「在這裡。」

如意夫人一愣，潛心聽去，果然隱隱聽到酒壺裡有敲擊的聲音，陡然明白誰在酒壺裡，終於忍不住掃了滿臉的愁容，掩口微笑起來。笑著笑著，她忽然想起什麼，從頭上拔下一根簪子交給西京說：「將軍此去九嶷，必經康平郡。我有一位好姊妹在康平多年，廣有人脈，或許能幫上一點忙也未必。將軍到那裡，只管拿著這個信物去找天香酒樓的老闆娘天香就好。」

「酒樓？」多時未曾沾酒，西京聽得那兩個字便喉頭聳動，也不客氣地笑了笑伸手取過，頓了頓，在如意夫人就要出門的時候，他忽然從懷中掏出一物，交給對方。「對了，這裡有薄物，還請夫人收下，代為轉交復國軍。」

如意夫人詫異地看著交到手裡的一卷舊書，入目的是封面上古樸的手書，赫然是幾個大字：《天問劍法》！

恍然知道西京交付到自己手裡的是什麼，如意夫人彷彿燙著一般退了一步，訥訥地看著面前這個鬍子邋遢的落拓劍客。「西京將軍……你、你把劍聖門下的不傳之祕交付給我？這、這怎麼當得起……」

「我還嫌交得晚了。若我早日將卷中的劍技教給汀，她也不會……」西京頓了頓，聲音低啞下去，扯著嘴角笑了笑。「其實師父在我入門的時候就教導過我，劍聖之劍要為天下被侮辱、被損害之人而拔。可笑我習武有成，卻遭遇國破家亡，百年來更一味沉溺在醉鄉裡，居然對身邊那些需要我拔劍相助的人視而不見。尊淵師父若知道我今日將劍聖門下的劍技公之於眾，遍授復國軍，想來他只會怪我做得晚了，絕不會說我做錯了。」

如意夫人握緊手中薄薄的一冊，眼睛微微紅了一下。「將軍何必如此自責……其實汀雖不能長久追隨閣下，對我們鮫人一族來說，她已是少有的幸運。」

「幸運嗎？」西京忽然低頭苦笑，搖頭道：「不，我只希望以後鮫人中如她那般命運的不要再多。希望夫人將這一卷書帶給復國軍。我不知道汀從我這裡偷師學去了多少，但這卷書總比零碎的片段要有用得多。」頓了頓，西京再度補充：「鮫人天生缺乏力量，不過靈敏的反應勝過陸上人，所以我覺得劍技對你們來說是很適合的選擇。這本書裡面亦記錄了我師祖雲隱到師父尊淵，以及我至今的心得，包括了分光化影、九歌九問。左權使炎汐的身手已經不錯，如能好好研習這卷書，當有大成。到時他可將劍聖門下劍術結合鮫人自身技能，遍授復國軍。」

「多謝將軍！」如意夫人聽得劍聖傳人這般籌畫，忍不住便是低首拜倒。

西京忙不迭扶起對方。「夫人不必多禮。那也是汀的願望。我既答允了她要幫她看顧族人，自然要盡力。可惜我故國也是事務繁雜，暫時無法分身。等九嶷之行完畢，有空我便來復國軍中，親自指點各位將士劍法。」

「如此，他日我們鮫人必將盛宴結彩，開鏡湖水道，迎接將軍。」如意夫人手裡拿著那卷天下不知道多少人憧憬的武學至寶，平素從容的語氣也激動起來。「歡迎將軍成為第一位來到復國軍大營的空桑貴客！」

「夫人客氣了。」滿身酒漬的劍客朗聲大笑，按劍四顧，只覺心中無數豪情湧動。雖然明知帶著那笙去往六合封印，此行凶險異常、幾無生機，然而出發前總算將心事了結一件，來日泉下見到汀，也不會有未曾盡力的愧疚。

看著西京按劍長笑出門，如意夫人眼裡陡然有了同樣爽朗的豪氣，朗聲說：「西京將軍，等來日痛飲，請鑒賞妾身親釀的極品『醉顏紅』如何？」

「好、好！」西京大步踏出門去，聽得「醉顏紅」三字卻是喉頭聳動，連連答應：「我雖答應汀不再酗酒，但若殺出重圍，來日必當和復國軍諸將士一醉方休！」

朗笑中青衫閃動，西京已是揚長而去。廢墟中，如意夫人將那一卷書小心收起，也向著總督府所在的息風郡上路。那裡，不知道等待著她的又是什麼？

冥靈軍團和六王早已回歸無色城，真嵐也已經返回。紅珊的兒子，那個老成幹練的年輕人正拿著象徵屬國最高權柄的雙頭金翅鳥令符，去設法挑動起新一輪的混亂，力爭在下一批伽藍城派出的滄流軍團追殺到來之前，用澤之國本地軍隊的力量結成新的屏障。這個年輕商人的手腕和野心，或許已經超出一名商賈。

而她的少主——所有鮫人心中視為救世英雄的那個黑衣傀儡師，卻孤身帶著那個孿生的偶人踏上漫漫征途，前往遙遠的北方蒼梧之淵，去和以前的宿敵聯手釋放出龍神，希望那個古老的神祇可以再度庇佑受盡苦難的一族。

如意夫人微微抬頭，看了看矗立在天空盡頭的那座白塔——那裡，穿入雲霄的白塔頂端彷彿有一片烏雲忽然散開，向著東北方迅速移動。那是征天軍團中的變天和玄天部同時出發，呼嘯著往東方和北方撲去。

陽光照射在桃源郡的廢墟。在這個破敗的賭坊中，雲荒大陸的各方勢力風雲際會，短短幾日間各種合縱、連橫轉瞬結成，將滄流帝國鐵腕維持的平衡秩序打破。

如意夫人和西京背向而行，遠遠地聽到風裡傳來劍客的長吟：

「天龍作騎萬靈從，獨立飛來縹緲峰。
懷抱芳馨蘭一握，縱橫宇合霧千重。
眼中戰國成爭鹿，海內人才孰臥龍？
撫劍長號歸去也，千山風雨嘯青鋒！」

一場風雲際會、龍爭虎鬥之後，所有人都風流雲散，各自奔向各自的漫漫前程，只是都許下了在前方再度相逢的諾言。

雲荒大地上傳奇般的歷史即將開始新的一卷。然而在《六合書往世錄》上留下的，不知道會是哪幾個名字？

（《鏡・雙城》完）

國家圖書館出版品預行編目資料

鏡.雙城/滄月作. -- 初版. -- 臺北市：臺灣角川股份有限公司, 2021.12

冊；　公分. -- (Kadokawa fantastic novels DX)

ISBN 978-626-321-039-4(下冊：平裝)

857.7　　110017675

Kadokawa Fantastic Novels DX

鏡·雙城（下）

（原著名：镜·双城）

2021年12月6日　初版第1刷發行

作　　者：滄月
封面插圖：君翎
封面題字：廖學隆
發 行 人：岩崎剛人
總 編 輯：蔡佩芬
編　　輯：溫佩蓉
美術設計：吳佳昫
印　　務：李明修（主任）、張加恩（主任）、張凱棋

發 行 所：台灣角川股份有限公司
地　　址：104台北市中山區松江路223號3樓
電　　話：（02）2515-3000
傳　　真：（02）2515-0033
網　　址：www.kadokawa.com.tw
劃撥帳戶：台灣角川股份有限公司
劃撥帳號：19487412
法律顧問：有澤法律事務所
製　　版：巨茂科技印刷有限公司
ISBN：978-626-321-039-4